Barcelona Dream

CORINNA ANTELMANN,

geboren 1969 in Bremen/Deutschland, lebt seit 2006 in Oberösterreich. Nach ihrem Diplomstudium (Film, Literatur, Musik, Psychologie) an der Universität Hildesheim war sie in der Theaterwerkstatt Hannover und als Head-Autorin der Trickompany Hamburg angestellt. Seit 2001 arbeitet sie als freie Roman- und Jugendbuchautorin sowie als Dramaturgin und Lehrbeauftragte. Für ihr literarisches Werk erhielt sie zahlreiche Stipendien, Nominierungen und Auszeichnungen, unter anderem den Frau-Ava-Literaturpreis, White Raven, das Kranichsteiner Jugendliteraturstipendium und das Alsergrunder Literaturstipendium. Zuletzt erschienen, neben Jugend- und Bilderbüchern, die Romane „Vier", „Hinter die Zeit", „Drei Tage drei Nächte" (Septime Verlag) und „Spargel in Afrika" (Verlag Monika Fuchs), außerdem die Briefnovelle „Im Geiste, Anna", in der sie sich von Motiven aus Anna Freuds Leben inspirieren ließ (Kollektiv Verlag, 2022). „BARCELONA DREAM. oder: Puppen leben nicht" ist ihr erster Roman in der EDITION ROESNER.

Die Autorin ist neben ihrem literarischen Schaffen auch als Drehbuchberaterin tätig:
https://corinna-antelmann.com/film/#dramaturgische-beratung

Corinna Antelmann

BARCELONA DREAM

oder: Puppen leben nicht

Roman

EDITION ROESNER
artesLiteratur

Titelbild: © EDITION ROESNER

Gefördert durch das
das Bundeskanzleramt

Bundeskanzleramt

Die Autorin erhielt ein Arbeitsstipendium
durch das Land Oberösterreich

mit Unterstützung von
Kultur ober österreich

Erste Auflage

Maria Enzersdorf
Datenverarbeitung: Andreas Pflügl

ISBN 978-3-9505217-2-6
www.edition-roesner.at

„Quand il s'agit de faire un film,
les rêves ne suffisent pas."

„Um einen Film zu machen,
genügen Träume nicht."

Godard, Jean-Luc: *Le Mépris*,
Frankreich 1963

Prolog

Ein Telefon ist ein Ort der Erwartung, der zählebigen Hoffnung auf Resonanz, auf ein Echo.

Und Telefone in Träumen?

Die Sonne zeichnet ein Lichtquadrat an die Wand, und in dem Quadrat sehe ich ihn als Schattenriss stehen: Dany. Ja, die Geschichte beginnt mit ihm oder anders: Die Geschichte beginnt mit meiner Entscheidung, ihn ausfindig machen zu wollen, nachdem er mir bereits im Traum begegnet war. Der Schatten an der Wand verwandelt sich, und ich weiß, ich muss mich vor Visionen hüten, denn in jede Lücke, die du im Gewebe des Erzählens lässt, nisten sich Gespenster ein.

Ich bin nicht einmal sicher, ob ich hier abermals einen Traum beschreibe oder meine Erlebnisse in Barcelona als Grundlage für diese Erzählung nehme. Ob beides ein und dasselbe ist. Jedenfalls schreibe ich es einer glücklichen Fügung und nicht der Konstruktion eines wohlplatzierten Wendepunktes zu, dass ich mit der Arbeit an diesem Buch begonnen habe. Wer, wenn nicht ich, denke ich und warte nicht länger auf das von mir bisher so lang ersehnte Echo. Der Film verwandelt das Leben in sich selbst, auch wenn er die Bewegung auf der Leinwand lediglich vorgaukelt und verschweigt, dass alles, was wir dort sehen, in Wirklichkeit, und anders als es der Fortgang des Lebens will, unveränderbar ist und bleiben wird, von kleinen Änderungen abgesehen, die du vornehmen kannst, solltest du dein Material neu zusammenmontieren.

Gestern Nacht fegte ein Windstoß durch das offene Fenster, und die losen Seiten meines Manuskriptes wirbelten durcheinander. Ich verspüre wenig Lust, sie zu sortieren und greife ein einzelnes Blatt aus dem Chaos heraus, um den möglichen Anfang zu finden: *Was denke ich, als ich nach Barcelona fahre, um Dany zu begegnen? Alles und nichts, aber dann rüttelt mich der Zug an die Schwelle zu einem unruhigen Schlaf, und während ich eindämmere, versuche ich, mir den Traum zurückzuholen, der in gewisser Weise dafür verantwortlich zeichnet, dass ich mich auf den Weg begeben habe.*

Ich erinnere mich, diese Passage in Betracht gezogen zu haben, aber mit jedem Wirbel, der dich erfasst, kannst du einen Neuanfang wagen.

Und einen neuen Anfang auch.

Ich werde es langsam angehen. Und alle, denen es zu mühsam ist, sich Schritt für Schritt in eine Geschichte hineinzuschlängeln, all jene, die es drängt, schnell zum Ziel zu kommen, wie zum Beispiel Dany, dürfen sich frei fühlen, die Reihenfolge zu ändern und ins zweite Kapitel einsteigen. Ich aber beginne von vorn, beginne mit diesem Traum, der um das Thema kreist, das ich *mein Lebensthema* nenne, denn hier auf dem Papier kann ich ihn leben lassen, ohne dass er von jemandem abgewürgt und somit dazu verdammt wird, auf der Müllhalde der nicht auserzählten Geschichten zu landen: *Der Traum spielt an einem sonnigen Tag. Das Telefon läutet, und ich stürze in den Flur, wo es wie ein Relikt aus vergangener Zeit auf dem Schubladenschränkchen ausharrt, ohne je die Perspektive ändern zu können. Ich hebe ab und melde mich mit meinem stolzen Namen: „Eva!?", dem Namen der ersten Frau. Der mir unbekannte Mann am anderen Ende der Leitung sagt die magischen Worte, die Worte, die zum Glück führen, zum Ruhm, zum Durchbruch: „Komm, Eva, es ist soweit: Dreh deinen Film. Ich biete dir an, die Regie zu übernehmen."*

I.

Eine von vielen Funktionen des Traumes ist die Wunscherfüllung, doch bevor ich einen Traum wie diesen überhaupt zu träumen gewagt hätte, vereinbarte ich einen Termin mit Nölle, um den Traum vom Regieangebot wahrwerden zu lassen, den ich in meinem Innersten längst hegte.

Seit immer.

Dass Nölle seine Produktionsfirma *We-move-movies* nennt, klang vielversprechend in meinen Ohren, aber nun sitze ich vor seinem Schreibtisch, beziehungsweise kniend darunter, und schaue Jochen Nölle aus der Froschperspektive in das Gesicht, während ich die Hände gen Himmel hebe, sagen wir: zu jemandem, der sich unter meinen Blicken in einen zu Gott überhöhten Menschen verwandelt, denn vor mir sitzt ein glatter Mensch, ein Handyoberflächenmensch, und was ist das Glatte anderes als das Göttliche, das Perfekte, ein Überhöhtes, ohne menschliche Spur? Sogar Nölles Kinn ist in einem Maße glatt, als gäbe es keinen Bartwuchs; kein Haar krümmt sich am Körper, Nölle ist ein haarloser Mensch, ein Mensch, der aus Fußnägeln besteht.

Ich verspüre den Impuls, mein Handy auf den Fliesenboden zu werfen, damit es zerbricht. Feine Adern sollen die Oberfläche des Glases durchziehen und dem Gerät durch dieses Zersplittert-Sein Tiefsinn schenken, es beleben und zeigen, dass das Leben Spuren hinterlässt. Nein, das Glatte verkörpert nicht Gott, sondern ist nichts anderes als Pornografie, ein Transparentes, das kein Dahinter kennt, in dem sich mit Hilfe der Einbildungskraft das eine oder andere Geheimnis entfalten könnte, vielleicht sogar ein göttliches.

Schönheit zum Beispiel.

Ich verschone mein Handy vor einem Sprung in der Schüssel, belasse es ganz in dem einen Sinne, während es in dem anderen eben dadurch so kaputt bleibt, wie es seiner Natur entspricht: eine seelenlose Fläche, hinter der sich jemand wie Jochen Nölle verschanzt, um sich in einen Schwan verwandeln zu können und Leda zu schänden. Gemäß dem Gefälle der Macht war es Zeus, der über den Ablauf und Fortgang ihrer beider Geschichte bestimmte und nicht ihre Lust am Verführt-Werden. Warum musste er sie schwängern, obgleich er bereits berühmt war für seine Kopfgeburten, die als mächtiger gelten als die Geburten, die Frauen vollbringen? Ja, so lautet der allgemeine Konsens, denn heute wie damals bestimmen weiße Männer, wie der Common Sense auszusehen hat, der unsere Vorstellungen von der Welt und unseren Blick auf sie generiert. Und so bin ich gezwungen, einen doppelten Fortpflanzungsakt zu absolvieren und meinen Samen, den Samen der Idee, irgendwie in diesen Nölle-Männerschädel hineinzupflanzen, hineinzubetten, oder sagen wir: hineinzu*betteln*, auf dass er dort gedeihe und das Leben (des Werkes) schließlich aus seinem Kopf heraus geboren werden könne.

Wäre es einfacher, ein Mann zu sein, frage ich mich und verwerfe den Gedanken wieder, denn ich weiß, dass es immer einem Kampf gleicht, einen Film durchfechten zu wollen, und deshalb: Stell dich nicht so an!

Da ich vom Stuhl hinunter auf den Fußboden geglitten bin, präsentiere ich dem Gott des Maßstabs von hier unten meine Geschichte. Sie handelt von einer Frau, die auf die Bäume zieht. Ich lese die Absage bereits in seinem Götter-Gesicht und nehme sie damit vorweg, dagegen bin ich machtlos. Da sitzt dieses Tierchen in mir und versengt mit seiner brennenden Verachtung jede Zuversicht, die richtigen Bilder fischen zu können, zu einem Aschehäufchen der mutlosen Gewissheit, niemals je einen Film drehen zu werden. Weder diesen einen noch einen der anderen, die bereits ihr vorzeitiges Grab in der Schublade finden mussten.

Das Tierchen animiert mich, Verrat an meinen eigenen Figuren zu begehen, indem ich von ihren zersplitterten Absichten spreche. Ich bemerke Nölles Widerstand gegen das Undurchsichtige und biedere mich ihm an, indem ich mich seiner abschätzigen Bemerkung über die mütterliche Hauptfigur meines Baum-Dramas anschließe. Mehr noch wische ich alles, was ich bisher in ihr angelegt hatte, ihre Güte, die Stärke und Entschlossenheit, mit dem Eingeständnis weg, das Motiv, aus dem heraus sie in den Gipfeln einer Baumkrone verweile, sei zugegebenermaßen ziemlich diffus. Das Wegwischen aber evoziert einen heftigen Regenguss im Masoala Regenwald, wo die Geschichte spielt. Es ist nicht das erste Mal, dass mir der Regenwald als Setting dient, der Dschungel als Metapher des Unbezähmbaren; nun aber regnet es gewaltig, und der Regenguss spült die Baumfrau hinunter von ihren selbsterwählten Gipfeln und spült auch die Aussicht, das Buch umzusetzen, vom Gipfel des Möglichen.

Hier unten kann ich sitzenbleiben, solange ich will, ich komme nicht wieder auf Augenhöhe hinauf, nicht einmal auf Augenhöhe mit der Tischplatte. Aber mich erhaben zu erheben und meinen Samen hübsch bei mir zu behalten, statt ihn an unfruchtbare Partner zu verschwenden, ihn bei mir zu verwahren, um mich bei passender Gelegenheit, einem Regenwurm gleich, selbst zu befruchten, kommt mir nicht in den Sinn.

„Verschonen Sie mich mit diffusen Frauen", sagt Nölle. „Und falls es das ist, worauf Sie hinauswollen: Selbstbefruchtung wird selbst bei Regenwürmern selten beobachtet. Der Vorgang des Paarens gefällt uns Lebewesen offenbar doch zu sehr." Sein Blick schweift zum Sofa, so kommt es mir vor, aber mich mit ihm zu paaren, wäre mir nicht einmal mit der verbindlichen Zusage möglich, mir in Folge den Weg in den Götterhimmel zu ebnen. Also stehe ich auf, klopfe den Staub von meinen Schuhen und hinterlasse Nölle neben einem Händedruck meine Visitenkarte.

Auf dem Heimweg denke ich daran, dass ich dieses Treffen *einen Termin* genannt hatte, obwohl ich wusste, es würde auf eine selbstinszenierte Demütigung hinauslaufen. Ich selbst rühre die Zutaten aus Zweifel und einer Portion Misstrauen zusammen, die verhindern, dass der Kuchen in der Weise atmet, wie ich es mir wünschte. Die freie Entfaltung kann nur gelingen, solange sie von zwanghaftem Zutun befreit ist, von Zeit- und Leistungsdruck, gebettet in die Süße eines Seins-Zustands, wie ich ihn zum Beispiel mit meinem Liebsten erlebe. In seiner, Olivers, Gegenwart vollendet sich jedes Werk locker und fluffig zu dem, was die in ihm angelegten Ingredienzien hervorzubringen in der Lage sind, wohingegen im Zusammensein mit Nölle das wirksamste Gärmittel versagt. Noch bevor ich den Kuchen ins Rohr schiebe, ist er schon verbrannt.

„Es liegt an deiner Ungeduld“, lacht Oliver, als ich ihn anrufe, um zu sagen, dass ich unterwegs bin zu ihm. „Warum bäckst du Brötchen, von denen du glaubst, es fehle ihnen an Salz?“

„Fehlt es ihnen an Salz? Und warum Brötchen?“

„Das weißt nur du, aber das *We-move-movies*-Büro ist kein Solebad. Da musst du schon in anderen Gewässern auf Fang gehen.“

„Du musst?“, frage ich, und da lacht er wieder, denn gewöhnlich ist er derjenige, der davon redet, allein ein *Ich-will* zu kennen, während ich in seinen Augen diejenige bin, die beharrlich denkt: Ich muss das und dies, muss das tun und dies sein, vor allem jedoch: *Ich muss*.

Was soll ich tun? – Frag jemanden, der sich auskennt.

Am Hafen kaufe ich zwei Maischollen, weil ich weiß, wie sehr Oliver frischen Fisch liebt. Und da ich ihn liebe und sich die Liebe darin ausdrückt, denjenigen, die wir lieben, darzubringen, was wiederum sie lieben, handele ich so folgerichtig, wie es die Dramaturgie der Liebe erfordert.

Der Geruch der Markthalle hilft mir, das Tierchen in mir zu verscheuchen, zurück in die Schatten, denen es entstammt, zumal sich die Lust, das eigene Schaffen abzuwerten, allmählich verbraucht, nicht zuletzt deshalb, weil Oliver es kaum aushält, wenn ich etwas murmle wie: „Es ist dumm, uninteressant, sinnlos, was ich tue.“

„Hör zu“, sagt er wenig später, nachdem ich den Fisch abgeliefert habe. „Solltest du noch länger an dir herumnörgeln, dann werfe ich dich aus der Wanne.“ Aber in der Badewanne, in der wir uns die Füße wärmen, ist es so hübsch warm und Oliver so hübsch unbekleidet, dass ich den Rauswurf nicht riskieren möchte. Und um dem inneren Land ein wenig Ruhe zu gönnen vor dem Krieg mit mir selbst, wechsle ich die Strategie und gehe dazu über, das äußere Land, die böse, antagonistische Welt, dafür verantwortlich zu machen, keinen fertigen Film im Kasten zu haben, sondern im Schatten zu stehen wie das zurückgedrängte Tier.

„Wenn dieses Land ein anderes wäre", sage ich und nenne es *das falsche Land*, ein Land, in dem sich alle künstlerischen Tätigkeiten im Mittelfeld bewegten, weil niemand Neues ausprobiere und jedwede individuelle Erzählform an die Anforderungen des entfesselten Marktes verraten werde. „Wenn es den Entscheidungsträgern nicht an Wagemut fehlte, dann könnte, würde, täte ich …"

„Wenn, wenn, wenn", unterbricht Oliver. „Der Konjunktiv ist ausgereizt; ertränk ihn in der Badewanne. Meiner Meinung nach ist es sinnlos, deine Kraft darauf zu verwenden, dich auf die Umstände herauszureden."

„Meiner Meinung nach auch", murmle ich und möchte dennoch, dass es einen Schuldigen gibt, dem ich die Verantwortung in seine großen oder kleinen, blauen oder roten Schuhe schieben kann. Denn das ist der positive Aspekt von Macht und Ohnmacht: dass die Ohnmächtigen eine außerhalb von ihnen selbst liegende Macht bestimmen können, die zur Ursache ihrer Ohnmacht ernannt werden darf. Auch Kinder machen ihre Eltern verantwortlich für alles, was in Schieflage gerät; schließlich sind diese Eltern mächtiger als sie und missbrauchen nicht selten diese Macht. Und das Kind, das später erwachsen ist, seufzt und sagt: Sie sind schuld an diesem und jenem, zum Beispiel daran, dass ich bisher kaum einen Schritt in die Welt hinauswagte. Bis es erwachsen ist und sich selbst die Schuld gibt. Ja, ohnmächtig ist es, das Kind, solange es Kind ist; im Austausch dafür bleibt es verschont davor, Fragen beantworten zu müssen in der Art von: Was soll ich tun? Im Gegenteil ist es sogar berechtigt, diese Fragen zu stellen und nach Antworten zu verlangen, und es darf sich ebenso rechtmäßig darüber beschweren, wenn die Antwort, die es erhält, keine richtige Antwort zu sein scheint.

Keine dem Kind entsprechende.

Beschwerden abzusondern mag zwar unbefriedigend sein, zumindest aber schließt es das An-ihnen-Scheitern-Können aus.

„Es bleibt dabei", beschwere ich mich folgerichtig. „Ich bin am Tiefpunkt angelangt."

Oliver winkt ab, aber das ändert nichts daran, dass mir der Glaube an meine Zukunft verlorengegangen ist und ich nur mehr versuche, den Umstand zu vertuschen, diesen Glauben an die Zukunft, und damit an mich, verloren zu haben. Ja, ich befinde mich in einem Zustand der Verzweiflung und finde nicht einmal mehr den Zuschauer für eine Szene wie diese, in der ich die Verzweiflung mit der abwertenden Behauptung beiseite zu wischen versuche: „Es ist ohnehin alles sinnlos, was ich tue."

Entweder ich schaffe es, mein Innen (die Unsicherheit) mit dem Außen (dem Bestehen-Wollen) zusammenzufügen, oder ich muss ein für alle Mal den Beruf wechseln. Sagen wir es, wie es ist: Nicht das Tierchen ist scheu, nur ich, und in meiner Scheu scheue ich davor zurück, einen Film zu drehen, weil ich nicht weiß, ob der fertige Film so aussehen wird, wie ich ihn mir vorstelle. Träume sind flüchtig, Filme sind es nicht, und bei allem, was du tust, kannst du den Blick hinter die Kurve erst tätigen, nachdem du in sie hineingefahren bist, und bis es so weit ist, bleibt jedes Ende denkbar, sogar die Möglichkeit, dich tot am Strand wiederzufinden.

Ich greife vor und dennoch: Die Gewissheit über das Endprodukt gibt es nicht eher, bis dass der Film im Kasten und sein Überleben (mein Überleben!) somit garantiert ist. Ich spüre bereits, wie das Tierchen frohlocken wird, sobald ich den sicheren Sarg verlasse, in den ich mich in der Annahme bette, im Licht der Öffentlichkeit zu dem bekannten Aschehäufchen zerfallen zu müssen. Aus diesem Grunde bevorzuge ich es, mich in meinem gefühlten Unglück einzurichten, das einfacher zu handhaben ist als das vermeintliche Glück. Denn sobald du das Glück annimmst, ist es nicht länger möglich, die Schuld, unglücklich zu sein, auf andere abzuwälzen, ebenso wenig wie die Verantwortung für dein Glücklichsein. Andere in die Pflicht zu nehmen, dich glücklich zu machen, durch einen Auftrag oder einen Blick, zeugt genau genommen von einem gewissen Wahnsinn und bedeutet, sich in die freiwillige Abhängigkeit zu begeben; einem Wahnsinn, der mich nicht daran hindert, weiterhin Signale in die Welt zu senden und darauf zu hoffen, ein Echo in ihr zu finden, das sie mir näherbringt und den gefühlten Abstand überbrückt. Indes: Mein Echo fehlt mir, eine lebendige Echo-Gestalt, die meine Rufe dadurch beantwortet, dass sie zurückruft (gern auch telefonisch), um zu sagen: „Sie werden Ihren Film drehen, Eva, bitte sehr, hier haben Sie Ihre Regiearbeit, auf dem Tablett serviert, einem silbernen Tablett ohne Kratzer, versteht sich, sodass Sie die angerichteten Häppchen nur aufzunehmen und zu essen brauchen. Guten Appetit, lassen Sie es sich schmecken." Mir aber wird das Glück von Narziss, eine Reaktion auf sich selbst zu bekommen, gespiegelt zu werden, verwehrt bleiben, wiewohl ich ihn darum beneide. Denn obwohl er am Ende an seiner Selbstverliebtheit scheitert, so sammelt er zuvor diese eine glückliche Erfahrung: Ich rufe, die Nymphe Echo antwortet. Wie glücklich ist das? Sie antwortet, weil sie ihn liebt. Er aber wehrt ihre Umarmung ab, um der einsame Held zu bleiben, der er ist.

Keine schlechte Geschichte, wenn ich es mir überlege, nur ist hier keine Rolle für mich vorgesehen, denn ich kann und will mich in der Figur von Narziss nicht wiederfinden, und den Part der Echo lehne ich dankend ab und umarme stattdessen Oliver.

„Was soll ich tun?", frage ich ihn, nass an seine nasse Brust gelehnt, und wiederhole somit die Frage, die ich mir am Vormittag nach meinem Besuch bei Jochen Nölle stellte. Oliver antwortet nicht, so wie er mir nie auf diese Frage antwortet. „Im Sinne der Eigenverantwortung", wie er behauptet.

„Was wirst du tun?", fragt er.

„Träumen", sage ich, und das tue ich, kaum dass ich die nun kalte Wanne gegen das warme Bett getauscht habe.

WOHNUNG EVA INNEN/TAG

Der Flur von Evas Wohnung. Es ist ein sonniger Tag. Das Telefon läutet. EVA stürzt ins Bild.

Umschnitt auf –

PRODUKTIONSBÜRO INNEN/TAG
Der Mann am anderen Ende der Leitung dreht sich auf seinem Sessel zum Fenster, sodass wir sein Gesicht nicht erkennen können, während er in sein Handy spricht.

MANN

Ich biete dir an, die Regie zu übernehmen. Aber mach einen Animationsfilm aus dem Baum-Stoff. Die Unterlagen dazu findest du auf deinem Schreibtisch.

Er legt auf, und Eva bleibt allein mit ihrem Erstaunen.

Es stimmt: Bereits während des Träumens empfinde ich nichts als Erstaunen darüber, mit einem Animationsfilm beauftragt zu werden. Warum in aller Welt, frage ich mich, fragt sich das träumende Ich, warum handelt es sich bei meinem ersten Regieangebot um einen Animationsfilm? Nie im Leben beschäftigte ich mich bisher mit Animation. Aber so ist das wohl mit den Träumen; sie machen, was sie wollen und erzählen dir das Blaue vom Himmel herunter, wenn du nicht achtgibst.

Soll ich mich also eher darüber wundern, dass diese Regie an mich herangetragen wurde, oder darüber, dass der Film animiert werden soll, denke ich, während ich zugleich eine unerwartete Erleichterung verspüre, dass es bei einem Animationsfilm ja weder Außendrehorte gibt noch Menschen, denen ich Anweisungen geben müsste, wie sie zu spielen haben. Denn obwohl ich jahrelang daraufhin studierte Regie zu führen und nun schon jahrelang warte, ebendies zu tun, bin ich nicht sicher, ob ich den geordneten Umgang mit der Wirklichkeit finden werde, der erforderlich ist, um einen Film mit Schauspielerinnen drehen und ein Set strukturieren zu können. Ja, sobald ich mich in der Position der leitenden Regisseurin sehe, verwandelt sich die Szenerie jeden beliebigen Drehorts in die Szenerie eines Horror-Streifens und mutieren die Menschen, die mit mir am Set arbeiten, zu Monstern, die allein darauf warten, mich anzufallen. Sie werden dich anfallen, so sage ich zu mir, und dir deine Arroganz über die Gesichtshaut ziehen, um darunter die wahre Eva zutage treten zu lassen, die sich verkriecht hinter den glatten (!) Wangenknochen, an denen alle Furcht abgleiten soll. Und deshalb muss ich schneller sein mit meinem Biss und ihnen zuvorkommen.

„Du wirst dich doch jetzt nicht zu fürchten beginnen?“, fragt Oliver, der auf einmal neben mir steht. „Los, beweg dich!“

„Hinter dem Wohnzimmer liegt das Meer“, sage ich widersprüchlich und logisch zugleich, wie Träumende es zu tun pflegen, und mit diesen Worten werfe ich ihn aus meinem Traum, wie er mich aus der Badewanne hatte werfen wollen, und werfe auch alle Zweifel hinaus, die mich davon abhalten könnten, das Glück zu genießen, meine Träume wahrwerden zu sehen.

Was für ein Glück!

Schon renne ich los, um eben dieses Glück mit dem nun menschenlosen und somit unbelebten Ausschnitt der Welt zu teilen, das heißt mit den Gegenständen meiner unmittelbaren Umgebung, die da markiert ist als: Evas Wohnung. Ich umarme alles, was mir in die Quere kommt, den Stuhl, den Tisch, streichle die Porzellan-Vase mit den rosigen Blumen, die Vase meiner Großmutter, die mir nach ihrem Tode überreicht wurde, sodass ich damals dachte: Ist sie womöglich darin? Zuletzt umarme ich meine alte Puppe Susi, die seit Kindergartentagen in meinem Regal sitzt und darauf wartet, dass ich wiederhole, was ich tat, als ich noch mit ihr zu spielen verstand: ihr Leben einzuhauchen, heißt, ihr eine Seele zu geben. Nichts anderes meint das Wort *animieren* als ebendies.

Also doch!

Auf eine eigene Weise beseelt lasse ich mich von Susi zu meinem Schreibtisch führen, um mich auf die kommende Arbeit am Film einzustimmen, der mir angeboten wurde und mich voller Erwartungen erwartet. In meinem Inneren schlummern bereits die Bilder, die von mir geboren werden wollen, lebendige Zellen, ein Film.

Beim Durchblättern der Unterlagen stelle ich fest, dass mir eine Kombination aus Zeichentrick und Puppenanimation vorgeschlagen wird, ausgerechnet. Allein bei dem Gedanken, kleine Püppchen modellieren zu müssen und ihnen die Gliedmaßen zu verrenken, erlahmt meine Feinmotorik, denn ich suche die Geschmeidigkeit des Echten. Und deshalb entscheide ich unerschrocken, über meinen Schatten zu springen, sobald ich aus ihm herausgetreten sein werde, und die Puppen durch Schauspielerinnen zu ersetzen, und Schauspiel mit Animation zu kombinieren. Klingt nach großem Budget, genau, ich werde das Skript umschreiben, ab heute keine halben Sachen mehr, keine Im-Schatten-der-Männer-Filme, Püppchen-Filme, nein. Denn was, frage ich mich, kann passieren? Hier geht es nicht um meine Existenz, um das

Heft, das mir bei meiner Geburt in die Hand gedrückt wurde, nein, hier geht es um ein Produkt, ein Stückchen wiedergegebene Wirklichkeit, eine abgedrehte Wirklichkeit, wie sie abgedrehter nicht vorstellbar ist. Und dann behaupten wir, das Gedrehte sei real, ein reales Leben in Bildern, mit realen Menschen. Deshalb weg mit den Puppen, bei denen die Künstlichkeit stets augenfällig bleibt, das Irreale entblößt, denn Spielzeuge sind ein sichtbares Instrument, dem es ohne eine fremde Hand niemals möglich sein wird, zum Leben erwachen geschweige als etwas Eigenständiges wahrgenommen werden zu können.

„Das erinnert mich an mich!", rufe ich aus, aber niemand hört mich, außer Susi, und die bleibt stumm und das seelenlose Wesen, das sie ist.

Cut.

Übergangslos sitze ich im Zug zum Drehort und während ich dorthin fahre, male ich mir mein erstes Treffen mit Schauspiel und Stab aus. Die Püppchen-Gefahr scheint vorerst gebannt, nicht aber die Gefahr des Scheiterns. Augenblicklich wünsche ich mich in die Badewanne zurück, in der ich vor Kurzem noch lag. Ja, denke ich, leg dich in die Badewanne, begib dich in die Gegenwart eines Menschen, der durch das Wasser hindurch seine Hand auf deinen Schenkel platziert, um dich für einen Moment spüren zu lassen, wie zärtlich es sich anfühlen kann, das Leben, und dir Worte in den Mund legt wie: „Ich kann das!" Aber jemandem Worte in den Mund zu legen, das machen allein die Kinder, während sie mit ihren Puppen spielen, nicht jedoch der erwachsene Mensch. Denn der erwachsene Mensch möchte im Grunde seines Herzens weder Worte in den Mund gelegt bekommen noch Text ins Hirn gepustet, strebt er doch nach Eigenmächtigkeit, der Eigenmächtigkeit, eine Regie zu übernehmen zum Beispiel, um sich in die Lage zu versetzen, selbst anderen Menschen Worte in den Mund zu legen. Aber um das zu tun, muss dir zuerst eine Regie übertragen werden, die Regie, von der du am Tage vergeblich träumst, bis du eines Nachts träumst, sie werde dir angeboten, und so ist es ja jetzt gekommen.

Auf einmal befinde ich mich in einer Stadt. Ob es sich um Hamburg handelt oder nicht scheint von keinerlei Bedeutung zu sein, sondern nur, dass diese Stadt am Wasser liegt. Der Regieassistent, ein junger Typ mit Vollbart und dem Namen Gregor, begleitet mich durch eine Allee, in der links und rechts Autos parken. Ich betitele ihn insgeheim als *meinen Gönner*, da sich herausstellt, dass er der Mann am anderen Ende der Leitung war, meine persönliche Glücksfee, die mir die frohe Botschaft überbrachte.

Wir laufen weiter, und ich frage ihn, wohin er mich führen wolle; schließlich steige ich noch immer nicht durch, nachdem ich offenbar aus dem Zug gestiegen bin, nicht aber aus diesem Traum, der wie alle Träume die Eigentümlichkeit mit sich bringt, eine unzuverlässige Erzählung zu sein.

„Nach Barcelona sicher nicht", sagt Gregor und gibt mir mit dieser Aussage ein Rätsel auf, ohne dass ich es zu lösen versuche. Die Wirklichkeit verhält sich schon im Wirklichen kompliziert genug.

Wie verhält es sich mit den Traumwirklichkeiten? – Vermutlich leichter.

Im Traum hinterfragst du nichts, nicht einmal eine Antwort wie: „Nach Barcelona sicher nicht", zumal ich zu diesem Zeitpunkt nicht ahne, dass Barcelona tatsächlich eine Rolle spielen wird in dieser

Geschichte, die sich nicht linear, sondern traumkreisförmig ihrem eigentlichen Thema nähert. Das kann ich ja nicht ahnen; nur niederschreiben im besten Fall.

Was für ein inniges Gehen, denke ich, während ich neben Gregor schlendere, Schritt für Schritt, so könnte ich ewig weitergehen, doch kaum gedacht, bleibt Gregor vor einem Kino stehen.

„Hier sind wir."

„Treffen wir uns nicht mit dem Team?", frage ich erstaunt.

„Keine Bange, es sind alle gekommen", sagt Gregor, führt mich in das Gebäude und fordert mich auf, in den Vorführsaal einzutreten. Und ich öffne die Tür, ohne zurückgehalten zu werden von einem Schwellenhüter, nein, hier gibt es keinen Wächter zu einer anderen Welt. Das ist mir fremd. Immer steht etwas oder jemand neben mir, ein Mensch oder eine personifizierte Allegorie, um mich am Arm zu packen und zurückzureißen, bevor ich mir das Träumen überhaupt erlaubt habe. Und allen dramaturgischen Gesetzen gemäß sollte die Überschreitung der Schwelle mit Anstrengung verbunden sein, nun aber geht es leicht.

Zu leicht womöglich.

Der Saal ist dunkel. Ich sehe nur so viel, dass es sich hier um ein hübsches, kleines Kino mit Sesseln aus Plüsch handelt, in dem einige Leute sitzen. Der Film läuft bereits, warum, wieso, ich weiß lediglich, wir sollen ihn uns gemeinsam anschauen. Und ich schaue und sehe eben jenen Film, den zu drehen ich soeben erst angereist bin, und in diesem Moment entdecke ich den Alp; seinen Auftritt hätte ich beinahe verpasst. Mit seiner warzigen Haut und den dreieckigen Pupillen erinnert er an einen Lurch, und ich bin sicher, dem Tierchen gegenüberzustehen, das in mir wohnt. Jetzt grinst es diabolisch, denn es weiß um seinen Sieg. Immer schon wollte es alles vernichten, was gut ist, alles, was wert ist; es tummelt sich in zahlreichen Alpträumen zahlreicher Regisseurinnen, nehme ich an, in Alpträumen, die zu real sind, um verträumt zu sein. Du bereitest dich vor, monatelang, jahrelang, auf die Geschichte, die Location, den Cast, und dann ergeht es dir mit dem Film wie mit jeder Beziehung: anfängliche große Liebe, die Hände nicht voneinander lösen können, sich spiegeln im anderen, dann die erste Enttäuschung, der Fall der Engel auf den Boden der Welt, die Ernüchterung, dass nicht alles in dem Maße schwebend weitergehen wird, wie es eingangs schien. Am Anfang gehen die Worte mühelos, der Funken entzündet sich ohne weiteres Zutun und schlägt ungehindert das Feuer der Begeisterung über den jeweils anderen und dich selbst, aber dann, oh Mann: Du bereitest dich vor, Strecken an Durst und Hunger begleiten dich, bis sich allmählich der Gedanke einschleicht, warum ihr nicht lieber die Finger voneinander gelassen habt, von dieser Geschichte, diesem Irrsinn, diesem Unsinn (und das ist keine Abwertung, falls du das glaubst, du mieses, vorlautes Tierchen, sondern schildert allein Tatsachen). Und dann holst du dich heraus aus der auftretenden und durchaus brutalen Desillusionierung, hegst den ersten zarten Trennungsgedanken, und ihr nähert euch einander wieder an, die Liebe wächst, die Fixierung aufeinander, mit allen Ängsten und Leiden und Leidenschaften, Enttäuschungen und Verheißungen, bis ihr einander unerträglich nahe seid. Und dann bist du kurz vor dem Ziel deiner Träume, der Film liegt vor dir, im Geiste und auf dem Papier, aber jetzt, oh weh, betritt das Tierchen abermals den Ort des Geschehens und berichtet, dass bereits ein anderer eben diesen Film gedreht hat und nennt diesen Vorgang mitleidslos *Synchronizität*. So sind sie, die Tierchen, und verschweigen, dass ein anderer sich angeeignet haben muss, was du erarbeitet hattest.

Oder vorgelebt.

Und mein Tierchen, das rotbäuchige Luder, geht noch einen Schritt weiter: Es lädt mich ein, mir den nunmehr fertigen Film, der meinen Eingeweiden entrissen wurde, um von jemandem anderen realisiert zu werden, in aller Ruhe anzuschauen. Das grenzt an Sadismus, hörst du, mein kleines sadistisches Ding, Sadismus nennt sich das! Es lacht, und sein Lachen droht, die Grenze zu meinem wirklichen Leben zu durchlöchern, um das Traum-Gespinst dort mithineinzuweben.

Die Kinosituation ist absurd, denke ich im Traum, die werde ich so niemals verwenden können, nicht in einem Skript, nicht einmal in einem Traum, aber Folgendes reime ich mir zusammen: Der Mann, der den Film eigenmächtig (!) drehte, ist niemand anderer als mein vermeintlicher Gönner Gregor, der mir meinen Erfolg nicht gönnen wollte, sondern meinen Film entwendete, von wo auch immer, vermutlich aus meinem Kopf, den er gestürmt haben muss, während ich schlief. Nun lässt er mich im Kinosaal Zeugin der eigenen Schmach werden, obwohl diese Schmach im Grunde genommen seine Schmach ist, denn zu allem Unglück ist der Film stümperhaft umgesetzt.

Oder ist es zu meinem Glück?

So miserabel wirkt das Ergebnis auf mich, dass ich den Saal fluchtartig verließe, wenn nicht die Umstände, diese anderen Umstände, mich hielten. Der Konsum eines stümperhaft umgesetzten Filmes bereitet mir Übelkeit, wiewohl gepaart mit Neid, ich gebe es zu. Neid, dass nicht ich eine derjenigen, bin, die, von Göttern wie Nölle, sagen wir: Halbgöttern, befugt werden, irgendeinen Schmarrn zu drehen, ohne zu wissen, ob er so fluffig wird wie geplant. Da es sich aber trotz allem um mein erstes Test-Screening eines mehr oder minder eigenen Produkts handelt, lehne ich mich zurück in der Hoffnung, im Plüsch Halt finden zu können, ja, ich hoffe, dass der Plüsch mich unterstützen wird. Bis zu meinem Scheitel soll er von den Seiten um mich herumkriechen und auf mich herauf und anschließend über mir zusammenfallen, mich in sich einhüllen. Ein Uterus aus Plüsch ist der einzige Ort, an dem ich mich in diesem Moment befinden möchte, allein, der Sitz gibt sich unbewegt und stumpf. Er setzt mich schutzlos diesem Film aus, ohne mütterlich besorgt einzuschreiten, und so bin ich gezwungen, mich Szene um Szene zu konfrontieren, und sehe unter anderem die Sequenz, in der sich eine Zeichentrickfigur an einem Ast festhält, um nicht hinuntergeweht zu werden.

Also doch Zeichentrick!

Der gezeigte Himmel bleibt statisch, während der Baum im Wind wogt, selbst die Wolken treten auf der Stelle, und diese dilettantische Animation ruiniert die gesamte Szene. So können wir das nicht drehen, denke ich, nein, wir müssen den Himmel weniger tot erscheinen lassen; einige spielende Blätter würden genügen.

Ja oder nein? – Keine Antwort.

Es gibt niemanden, der darauf antworten könnte. Als Träumende bin ich mit mir allein, allein mit der Hoffnung und der Enttäuschung, dem Enthusiasmus und einer Müdigkeit, die mich verhöhnt, da ich ja schlafe. Und ich seufze einen Seufzer, in dem alles Leben enthalten ist, denn siedend heiß wird mir abermals bewusst, dass der Film (mein Film!) bereits fertiggestellt wurde. Dem habe ich nichts hinzuzufügen. Ich bin zur Handlungsunfähigkeit verdammt und damit handlungsunfähiger noch als es der Plüsch ist, der zumindest die Wahl gehabt hätte, sich an mir emporzuschlängeln; er kann sich kaum auf die Unbeweglichkeit der Objekte herausreden, nicht ohne Weiteres, nicht angesichts dieses Mediums, um das sich alles dreht. Stets gibt es die Entscheidung zwischen hopp oder top, ob du nun ein Püppchen bist oder ein Stuhl, ein Stoff, eine Geschichte oder eine heimliche Regisseurin.

Ich wende meinen Kopf, um im Halbdunkel die Gesichter der anderen zu betrachten. Wie reagiert das Publikum, wenn es sieht, dass die gezeigte Welt umweht wird, ohne dass ein einziges fliegendes Blatt zu sehen ist? Es schweigt und schaut weiter, offenbar nicht willens, sich aus seinem Traum reißen zu lassen. Nur verstohlen lässt der eine oder die andere den Blick durch den Saal schweifen, er gilt mir, dieser Blick, mir, der rechtmäßigen Regisseurin, mit der sie bei der Entstehung dieses Films zusammenarbeiten werden, zusammengearbeitet hätten, denn es wird nichts mehr zu arbeiten geben; der Film ist fertig geworden ohne mich.

Unter den Leuten (meinem Stab!) entdecke ich mein Idol, Dany, das Regie-Genie. Er nickt mir aufmunternd zu und fordert mich flüsternd auf, nach der Filmvorführung einige Worte zu sprechen. Ich erschrecke, denn darauf bin ich nicht vorbereitet, aber als ich ihn bitten möchte, mir beizustehen, ist er verschwunden. Während ich überlege, ob ich in meiner Rede offenlegen soll, dass es sich bei dem bevorstehenden (hinter uns liegenden?) Dreh um meine erste große Regiearbeit handeln werde (gehandelt haben wird), also die anderen um Nachsicht und Mitverantwortung anrufe, läuft der Film weiter, und ich kann kaum mehr an mich halten, vor Scham über das, was ich dort sehe. Niemals würde ich wagen, so etwas auf die Leinwand zu bringen, denke ich, hoffe ich, aber Fähigkeiten können immer erst dann überprüft werden, wenn dir das Heft in die Hand gegeben wird, halt!

Du das Heft in die Hand nimmst! – Aber ja.

„Gib es her", will ich Gregor zurufen. „Es ist mein Heft", doch er hält es fest, in Absprache mit Nölle, wie ich im Traum zu wissen glaube. Sie stecken unter einer Decke, machen, was sie wollen, und zwanghaft kreise ich um den Gedanken: Wenn, wenn, wenn ich es noch einmal anders machen dürfte, besser, neu drehen. Aber ist ein Film einmal auf Zelluloid verewigt, dann heißt es Abschied nehmen. Ja, in meinem Traum sind die Bilder des Films auf Zelluloid gebannt, ein Traum kennt allein Licht und Schatten, nicht aber Bytes; das digitale Zeitalter scheint als der Träume nicht tauglich verworfen worden zu sein.

Unerträglich langsam steuert der Film dort vorn auf der Leinwand dem Ende zu, und als der Abspann endlich läuft, läuft mir mit ihm mein traumhaftes Angebot davon; es entpuppte sich als das skrupellose Spiel eines möglicherweise ideenlosen

Regieassistenten und Emporkömmlings und entschwindet unwiederbringlich in den Nebeln der vereitelten Gelegenheiten.

Kaum gewonnen, schon zerronnen.

So oder so: Der Film ist geboren, die Crew nicht informiert, der Wind eine Flaute, und die Bilder, die zuvor allein auf dem Papier existierten, haben sich materialisiert, sind belichtet, und können bei Nichtgefallen allenfalls auf den Müll geworfen werden, dies nur im Notfall, denn wer soll das bezahlen? Und da auch ich am Ende bin, versinke ich ebenso macht- wie sprachlos in meinem Plüsch.

Hier endet der Traum, denn ich erwache, ohne zu erfahren, was während meiner Antrittsrede als Regisseurin besser gewesen wäre: dem Stab Professionalität vorzuheucheln oder ihm die Wahrheit zu sagen.

Es ist Nacht, ich befinde mich in Olivers Wohnung, in Olivers Bett, unvermutet allein, keine Hoffnung und keine Zuversicht liegen neben mir, kein der Zuversicht Gestalt gebender Mann. Er muss in die Küche gegangen sein, um den Fisch mit Öl und Gewürzen einzureiben. Wir gaben ihn in den Kühlschrank, bevor wir uns gemeinsam in die Badewanne und anschließend noch einmal ins Bett legten, wie wir es gern tun am Nachmittag, wenn die Sonne schräg ins Schlafzimmer scheint und die Welt sich zum Kuckuck schert, also dorthin, wo der Pfeffer wächst. Oder der Kuckuck selbst, denn das Bild vom wachsenden Kuckuck gefällt mir: Ich sehe einen kleinen grauen Vogel, der aus dem moosbewachsenen Erdreich hervorlugt, die Augen geschlossen, er selbst ebenso unsichtbar für andere wie wir für ihn, sodass alle einander in Ruhe lassen, unbehelligt von etwaigen Anforderungen. Bilder wie diese kommen in der sogenannten natürlichen Welt nicht vor, eigneten sich jedoch hervorragend für einen Animationsfilm. Indes: Ich hege keinerlei Ambitionen, einen Animationsfilm zu drehen.

Oder doch?

Mir fällt der Traum ein, mit dem ich aufgewacht bin, und ich rufe leise nach ihm, nicht nach dem Traum und nicht nach dem Kuckuck, sondern nach Oliver. Da er nicht antwortet, ziehe ich mir die Decke über den Kopf und bleibe liegen, um nicht der Welt begegnen zu müssen, dem Land, dem Zimmer, meinem wachen Ich. Und statt nach Oliver rufe ich mir nun meine Traumfetzen ins Bewusstsein, hole mir Details, um sie in Ermangelung von Zelluloid mit Hilfe des Gedächtnisses zu speichern. Ich habe bereits des Öfteren trainiert, das Traummaterial zu reanimieren, es erzählbar werden zu lassen und somit vor dem Schicksal zu bewahren, dorthin zurückwandern zu müssen, woher es kommt, in dieses große Diffuse, das erst in dem Moment Gestalt gewinnt, wenn du es bewusst zu formen beginnst und somit reproduzierbar machst auf eine Weise. Alles bewusste Leben beginnt zu dem Zeitpunkt, an dem du zu erzählen beginnst und es zu einer Geschichte wird.

Wahr oder nicht wahr?

Hier also ist sie, meine Kopfgeburt, der ich ins Leben verhelfen werde. Wie ein Mann werde ich das tun: vom Kopf in die Welt. Ich sichere den Fortbestand des Traumes, indem ich ihm die Möglichkeit gewähre, sich von etwas ursprünglich Flüchtigem zu etwas Beständigem zu entwickeln, ja, wenigstens dieser Traum soll geboren werden, wenn ich schon die Baumfrau abtreiben muss. Eben jetzt werde ich damit beginnen, ihn in die Welt zu hieven, bevor er zu entschwinden droht, und Olivers Ohr wird mir als Trichter dienen, in den ich hineinbabbele, wie ich es oft und gern tue, weil er es liebt, wenn ich in sein Ohr babbele; zum Beispiel raune ich Liebesworte dorthinein, die er durch die Art beantwortet, wie er sich bewegt.

In mir, auf mir oder unter mir.

Ich verlasse den sicheren Hafen des Bettes und greife nach dem grauen Bademantel, der am Schlafzimmerschrank hängt, um ihn mir überzustreifen und dorthin zu gehen, wo ich den einzigen Menschen zu treffen erwarte, dessen Gegenwart das Gefühl aushebelt, die Welt und ich passten nicht zusammen.

Der Geruch von Bratfett hängt in Olivers kleiner Küche, obgleich die Fische noch roh auf dem Schneidbrett liegen.

„Ich habe geträumt", sage ich. „Der Traum spielt an einem sonnigen Tag und beginnt in meiner Wohnung", aber Oliver verdreht die Augen. Ausgerechnet Oliver, der sich für einen Experten auf dem Gebiet der Lebensthemen hält, unterbricht meine Erzählung und verwehrt meinem Traum somit die Möglichkeit, sprachlich erweckt und damit zu Fleisch zu werden, nicht Fisch, nicht Fleisch. Fehlt das Publikum, so fehlt die Resonanz, die jedem einzelnen Leben Voraussetzung seiner Existenz ist. Ja, es muss erkannt werden, das erscheinende Leben, und anerkannt; das weiß jedes Kind und weiß auch Narziss, dessen Erscheinung sich ohne Echo verflüchtigt hätte, und deshalb: „Hör zu, verflucht!" Oder auch: „Schau hin!" Oder besser noch: „Antworte!"

„Träum nicht, lebe!", sagt Oliver ungeduldig, während er die Marinade aus Zitronensaft und

Rosmarin auf seinen Handflächen verteilt und zärtlich nach den Fischen greift. „Anders gesagt: Lebe deinen Traum!" Wie so oft klingt sein Ratschlag nach einem der Buchtitel, die der Buchhandel in die Regale der Lebenshilfe-Abteilung sortiert. Ich schweige, obwohl ich ihn selbst dafür liebe: für diese Art des Dialogs, den er als Monolog führt: „Wenn du Filme machen willst, dann mach das in Gottes Namen oder in deinem."

Mach dies, mach das.

„Und auf welchen Boden, sag, kann ich die Kamera platzieren, wenn doch mein Fundament bröckelt? Noch einmal frage ich dich: Was soll ich tun?" Ich gebe mich an ihn ab, ich weiß es, er weiß es, aber er nimmt mich nicht, sondern erhitzt das Öl in der Pfanne. Vermutlich denkt er, ich würde einmal mehr in Mutlosigkeit versinken und jeder denkbare Ratschlag ohne den geringsten Widerhall von dem Sumpf meiner Melancholie aufgesogen.

Ich liebe es, Oliver zu beobachten, wie er kocht und seine Stirn dabei konzentriert zusammenzieht. In diese Falten bette ich meine Verzagtheit, schmiege mich dort hinein, lande und lasse mich halten, aber heute gelingt es mir nicht, das Bild heraufzubeschwören, wie ich dort in den Furchen seiner Stirn verweile, da ich darauf warte, dass er sich von der Pfanne ab- und mir zuwenden wird. Wenn er schon nicht länger mit mir redet, möchte ich wenigstens seine Lippen erwischen, die zu küssen ich niemals genug bekomme. Du musst mich glücklich machen, denke ich und erkenne in diesem Satz den Wahnsinn der Erwartung, die ich durchschaue, ohne ihr zu entgehen und Oliver dennoch gern ersparte.

Mir gern ersparte.

Ja, seit ich ihn kenne, versuche ich, den Inhalt des Satzes zu zerlegen und einzig den Teil davon zu kosten, der genießbar ist. „Du musst mich glücklich machen", hieße entgrätet und geschmackvoll: „Lass uns unser gemeinsames Glück genießen."

Ich bugsiere mich auf die Anrichte der Küchenzeile und bitte Oliver um ein Glas Rotwein. Er reicht es mir und beobachtet, wie ich an dem Wein nippe.

„Ein Glas!", lacht er. „Richtig muss es heißen: ein Achtel Zweigelt."

„Wenn du meinst", sage ich.

„Wenn du *ein Glas Rotwein* sagst, ist es so, als würdest du eine beliebige Straße abfilmen, nicht jedoch diese eine Straße in dieser einen bestimmten Stadt. Die Beschreibung: *Da sitzt ein Mensch auf dem Baum* erzählt nicht, was du siehst, so hast du es mir selbst erklärt und präzisiert: *Da sitzt diese Frau mit dem üppigen Busen auf dem knorrigen Ast.*"

„Dürfte ich jetzt mein Glas Rotwein trinken?" Mehr als die Feinheiten der deutschen Sprache interessiere mich allein, was um Himmels willen ich tun solle.

Wiederholungen nutzen das Original ab und die Überraschung und die Neugier auf das, was kommen könnte; in diesem Falle weiß ich, was kommen wird, ich kenne die Antwort, die prompt erfolgt: „Frag dich selbst." Oliver weiß so gut wie ich: Wenn ein Rat befolgt wird, die eigene Geschichte aber sodann anders verläuft als erwartet, schlüpft der Satz: „Die anderen sind schuld", allzu leicht über die Lippen; er folgt der Einfachheit des Unglücks.

Dito.

„Du hast recht", sage ich und bin zugleich sicher, dass ich die Antwort nicht aus mir werde herausfischen können, trotz der Mühe, die ich mir gebe, trotz des Zweigelts und trotz der mütterlichen Frau in dem Baum, mit der ich im Übrigen nicht ungern zusammenleben würde. In der Baumkrone könnte ich unbehelligt mit ihr leben, weit, weit oben, dort, wo so schnell niemand hinaufsteigt. Ob dieser Wunsch nach einem Baummenschendasein als Begründung reicht, eine Figur in schwindelnder Höhe auf einem Ast hocken zu lassen? Was hätte ich Nölle antworten sollen? Was tut sie dort oben, außer den Himmel anzustarren, der zurückstarrt und fragt: „Warum schaust du so? Bin ich Kino?"

So heißt es in einem Witz, der mir gerade einfällt, denn alle Gedanken münden ins Kino, ja, dies ist die einzige Wahrheit, der ich vertraue, und deshalb kommt mir Dany in den Sinn, Dany, der mir in meinem Traum aufmunternd zunickte und in der Hierarchie, die innerhalb der Filmbranche unanfechtbar aufrechterhalten wird, über Nölle steht, wiewohl Nölle das anders sehen würde. Ich hingegen sehe es so: Indem er Regie führt, ist Dany der Kreator und damit näher an Gott.

Auch ich könnte Kreatorin sein, wenn ich dürfte, man mich ließe!

Aber da der Konjunktiv kürzlich ersoffen ist und Oliver mit dem Reis beschäftigt, in den er Nüsse schüttet und Kurkuma, recherchiere ich nebenher am Handy, ob es etwas Neues über Danys filmische Aktivitäten gibt. Im Großen und Ganzen bin ich ohnehin ausreichend informiert, denn ich verfolge jeden seiner Schritte, soweit dies mit Hilfe von Onlinediensten möglich ist. Immer nachts und immer heimlich schlüpfe ich mit dem Smartphone unter die Decke, als wäre ich eine Jugendliche, die das Bedürfnis verspürt, mit einem ihrer diversen YouTube-Stars ins Bett zu gehen. Ich wische mich unter der Bettdecke auf Tuchfühlung mit meinem persönlichen Film-Gott, um mir meine Träume zu versüßen oder mir ihre Besetzung herbeizuwischen, und in der Küche erwische ich die Information, dass Dany sich in Barcelona aufhält.

Barcelona sicher nicht. – Doch, ebendort.

Dass er ausgerechnet in Barcelona sein soll, nachdem Gregor Barcelona als mögliches Ziel für mich ausgeschlossen hatte, klingt nach einem unglaubwürdigen Zufall und würde ich aus jedem Manuskript streichen, aber für Kritik bleibt keine Zeit, denn während ich den Artikel studiere, überrasche ich mich auf meine stumme Frage an mich selbst, die in der Dunkelkammer meiner Seele einer Entwicklung harrt, mit der Antwort: Dany aufsuchen. Und die Vorstellung, ihm wahrhaftig begegnen zu können, versetzt mich in eine unbestimmte Bewegung, die zu einem ebenso unbestimmten Ende führen wird.

Statt vorgeformt und abgedreht.

Obwohl darüber nichts im Netz zu finden ist, bin ich sicher, Dany dreht einen neuen Film. Ich kenne seine Gewohnheiten dahingehend, dass er sich während der Phasen intensiven Arbeitens von der Öffentlichkeit zurückzieht und somit wenig nach außen dringt von dem, was er arbeitet. Aber wenn ich recht habe mit meiner Annahme, dann gibt es, außerhalb der Träume im Allgemeinen und meines Traumes im Speziellen, tatsächlich einen Drehort, der nicht den Träumen, sondern dem Leben selbst zugehörig ist.

Zugehörig auf ungehörige Weise.

Oliver serviert den Fisch, und ich folge ihm zum Esstisch. Während ich dem Fisch auf meinem Teller in seine toten Augen schaue und überlege, was er jetzt wohl sieht und ob überhaupt etwas, materialisiert sich der eben noch flüchtige Gedanke, den Zufall als Wink des Schicksals zu nehmen und Dany nachzureisen, zu der Absicht, es tatsächlich zu tun, um in Dany einen Mentor zu finden, der meine Vorhaben protegiert. Kurz schrecke ich vor meiner Kühnheit zurück, bis ich denke, aber nein, nimm die Kurve, schau dahinter, wehr dich nicht länger, auch wenn du dich dafür aus deiner Komfortzone und aus Olivers Bett wirst herausbewegen müssen.

„Eva?", fragt Oliver. „Eva! Bist du noch da?"

Von den Augen des Fisches schaue ich hoch in die Augen von Oliver, und er erwidert meinen Blick und fragt, ob mich eine Erleuchtung ereilt habe, damit meine er Inspiration, er diene sich mir bei Bedarf gern als Muse an.

„Ja, meine Muse, das bist du", sage ich. Von meinen Plänen verrate ich nichts, sondern küsse ihn, und er meint, ich solle es der Muse besorgen, das finden wir so witzig, dass wir nicht aufhören können zu lachen, und gleichzeitig denke ich, statt es der Muse zu besorgen, sollte ich mich küssen lassen von ihr.

Willkommen im Himmel.

II.

Das Schicksal kennt keine Telefone; die Verbindung zur Welt muss ich selbst herstellen. Nicht warten sollte ich, ob es läutet, und ob Jochen Nölle sich meldet, um zu sagen: „Tut mir leid, aber die Idee von Frauen, die auf Bäumen leben, ist abstrus, das wissen Sie ebenso gut wie ich", sondern selbst den einzigen Draht zur Welt nutzen, der mir zur Verfügung steht. Dass es eine Möglichkeit gibt, über den leeren Raum, ja, durch ihn hindurch zu kommunizieren, mutet mir, trotz meines technischen Verstandes, im Übrigen abstruser an, als es Frauen auf Bäumen je sein könnten. Ich bebildere mir die telekommunikative Verbindung mit einem haptisch wahrnehmbaren Kabel, das sich aus der Wand windet und in den Telefonkörper hineinschlängelt, um die Vorstellung zu erhalten, ich könne mich an ihm, einer Liane gleich, entlanghangeln, bis ich mein Gegenüber erreiche. Dieser Vorgang gleicht einem Drahtseilakt, und so balanciere ich fort von dem Ort der Hoffnung, der auf dem Schubladenschränkchen lokalisiert ist, in die Ungewissheit des Nichts hinein. Weder denke noch rede ich, sondern bleibe einfach dran und meinem Ziel treu.

Wie sieht es denn aus, dein Ziel? - Ich suche Dany.

Und mit ihm (oder durch ihn) werde ich den Boden unter meinen Füßen finden, weil mir die Höhe wenig geheuer ist.

„Sei mir Fundament, sei mir ein stützender Vater", so beschwöre ich das Nichts hinter dem Hörer, auf dass es an Kontur gewänne und mir den Weg zeichnete, auf dem ich zu Dany gelange, um mich von ihm an die Hand nehmen zu lassen. Ich treffe ihn auf halber Strecke. Er sagt: „Komm, Kind, geh mit mir in die Welt."

Und ich nicke erfreut: „Ja, zeig sie mir."

„Ich werde sie dir zeigen, keine Bange."

Ich klinge wie ein heranwachsendes Mädchen, na und? Ich will es dennoch hören, Oliver, denn es braucht ein Geleit in diese Welt, die nicht den Frauen offensteht, eben weil sie uns nicht offensteht, hörst du? Und ich werde es mir besorgen, lach du nur, trotzdem ich nicht genau weiß, wie ich Dany ausfindig machen soll, sprich, an ihn herankommen.

Ich bleibe hartnäckig, dem Apparat unterworfen, und tatsächlich meldet sich der Produktionsassistent der Produktionsfirma, bei der auch ich unlängst einmal anklopfte, um ein Projekt zu lancieren, von dem ich dachte, es könnte ihr gefallen, dieser Firma, die Filme von Dany produziert, wie ich wusste. Helmut Korinth heißt der Hüter der Schwelle, über die ich dann keinen Schritt setzte, aber zumindest erinnert er sich jetzt an meinen Namen und hält mich für in einem Maße harmlos, dass er unerwartet Auskunft gibt. Offenbar befindet sich Dany tatsächlich in den Drehvorbereitungen zu seinem neuen Film, den er in Barcelona verwirklichen wird, während meine kreativen Ambitionen sich gegenwärtig darauf beschränken, auf den erlösenden Satz zu hoffen: Komm, ich werde dir die Welt zeigen. Ich bitte Helmut um die Nummer von Danys Regieassistenten, die er mir ohne weitere Fragen diktiert, mit der scherzhaften Bitte, sie nicht zu missbrauchen.

„Niemals würde ich etwas oder jemanden missbrauchen!", rufe ich, dann verabschiede ich mich übereilt, erwähne nicht einmal mein Baum-Projekt und wähle die Zahlenkombination zum Herzen der Regie. „Komm, ich werde dir die Welt zeigen", so höre ich Dany sprechen, und mit diesem ihm von mir in den Mund gelegten Satz im Ohr, überhöre ich, was er in Wirklichkeit sagt, als er sich meldet. Ja, da spricht er, Dany höchstpersönlich, unter eben der Assistenten-Nummer, die ich mir durch meine Harmlosigkeit erschlichen habe. Dass er so leicht zu erreichen, sprich, so zugänglich sein würde, hätte ich nicht zu träumen gewagt, und deshalb brauche ich einen Moment, um zu verstehen, was er sagt. Statt des Inhalts seiner Worte, vernehme ich allein die Stimme, diese Stimme, die ich bereits das eine ums andere Mal mit ins Bett nahm und die mir, aufgrund der zahlreichen Interviews, die direkt an meinem Ohr geführt wurden, in unheimlichem Maße vertraut ist. Umso befremdlicher erscheint es mir, dass sie sich jetzt, und anders als ich es gewohnt bin, unmittelbar an mich richtet. Sie babbelt so dicht in mich hinein, dass eine Vertrautheit suggeriert wird, die es nicht gibt. Einzig das Telefon vermag ein solch unfreiwilliges Näheverhältnis herzustellen oder der Liebesakt, dieser meist freiwillig. So intim spreche ich mit Dany, wie ich es mit Oliver zu tun pflege, wenn ich auf ihm liege, an seinem samtenen Ohr knabbere und mit dem Gefühl des elegischen Ichs aus Ovids *Amores:* „Komm", flüstere.

Dany sagt weder „Komm!", noch weiß er, was ich von ihm will, noch kennt er mich, und auch ich kenne ihn nicht, und das, was ich will, gründet auf einer diffusen kindlichen Bedürftigkeit.

„Ja, bitte?", wiederholt er, und ich stottere ein, zwei, drei Worte, weil ich bisher an nichts weiter dachte, als ihn finden zu wollen. Um es jedoch nicht beim Stottern zu belassen, spreche ich den einzigen Satz, der mir in diesem Moment flüssig über die Lippen schwappt: „Bitte, ja, kann ich kommen?"

„Sicher", sagt er, als Hospitantin sei ich jederzeit willkommen; ob ich bereit sei, auf eigene Kosten nach Spanien zu reisen?

„Spanien, warum nicht?", frage ich dumm, und er fügt hinzu, dass er sich momentan in Barcelona befinde, um morgen mit den Dreharbeiten zu seinem neuen Film zu beginnen.

„Diese Stadt ist ein guter Ort zum Untertauchen", fügt er hinzu. „Wussten Sie das?"

„Wusste ich nicht", sage ich und verschweige, dass ich hingegen längst wusste, wo er sich aufhält. „Ich bin so gut wie unterwegs."

Als ich auflege, starre ich den Hörer an und denke, wenn das nicht abermals ein Traum ist, dann habe ich soeben den Sechser im Lotto gewonnen, meinen persönlichen Dany-Sechser. Ich bin gerufen worden und berufen. Er rief, und ich antwortete und bin so gut wie unterwegs.

Nicht mehr, nicht weniger.

Was denke ich, als ich nach Barcelona fahre, um Dany zu begegnen? Alles und nichts. Träge schaue ich aus dem Zugfenster, um zu ergründen, inwieweit Frankreich sich von Deutschland unterscheidet. Und ohne dass mir ersichtlich wird, woran ich die Veränderung festmache, spüre ich, wie ich mich auf etwas Neues zubewege, auf einen Ort, an dem er stehen wird, Dany, um zu sagen: „Alles ist gut."

Die Landschaft fliegt an mir vorbei, ja, selbst die Kühe fliegen. Auch ohne dass ihnen die Flügel wachsen, mit denen ich mich beflügelt fühle, fliegen sie ebenso dahin, wie es die trostlosen Wiesen tun, deren Grün im Sommer nicht gesättigt wirkt. Vielleicht versäumte jemand, die Farbkorrektur vorzunehmen, wer weiß das schon, ich nicht und muss es auch nicht wissen, Gott sei Dank. Die letztgültige Entscheidung darüber, wie das Bild am Ende aussehen soll, blieb mir bisher ebenso erspart wie die Verlegenheit, sie womöglich nicht treffen zu können. Auch hier im Zug kann ich die Verantwortung für das Bild abgeben, an die Ingenieurinnen der Deutschen Bahn oder an die von der SNCF, aber ich werde nicht müde, visuelle Eindrücke zu sammeln, um zu einem späteren Zeitpunkt darauf zurückgreifen zu können und mich davon überraschen zu lassen, welche von ihnen Verwendung finden werden und welche nicht.

Weiter fliegen Häuser und Autos und Schornsteine an mir vorüber, aber was in Wirklichkeit, der echten, echten Wirklichkeit, fliegt, ist die Seele, die beim Reisen niemals so schnell hinterherkommen kann, wie uns der Zug weismachen will. Ich mag die fliegenden Bilder dennoch, vierundzwanzig Bilder in der Sekunde und mehr. In ihnen wird nichts festgehalten, ihr Kommen und Gehen geschieht ohne statische Anordnung der Elemente, und da ich den Anblick, der sich mir bietet, nicht aufzeichne, werde ich niemals mehr auf diese Art betrachten können, was ich sehe. Jedes Einzelbild ist und bleibt in Bewegung, ohne reproduzierbar zu sein.

Leben im Leben, flüchtig zieht es vorbei, schau nur, schau diesen einen Moment, den die Landschaft für dich Bestand hat. Du siehst sie allein jetzt, weil sie nicht stehenbleibt, du nicht stehenbleibst, und eben deshalb denkst du, sie fliege. Die Sprache verhext die Wirklichkeit mehr noch als es die Bilder tun. Sie schafft sich Abstand zum Wirklichen; das kommt mir bekannt vor. Ach, würde ich die Sprache ganz fallenlassen können und mich allein den Bildern anvertrauen; die Missverständnisse ließen sich vermeiden und mein Abstand zur Welt verkleinerte sich. Das Bild ist ein emotionales Medium, denn es spricht die rechte Gehirnhemisphäre an, weckt Wünsche und wird zudem schneller erfasst als die, entwicklungsgeschichtlich gesehen, junge menschliche Sprache; so erfuhr ich unlängst durch den Bildschirm in der Straßenbahn, der im Übrigen keine Bilder abschirmt, sondern im Gegenteil liefert er sie den Betrachtenden aus, die sie in sich aufnehmen, während sie sich der Bewegung überlassen.

In Ermangelung von Ton las ich auf dem News-Screen den untertitelten Ausspruch eines Filmschaffenden, der Film als solcher sei das Emotionalste und Direkteste, was sich in den Kunstformen finden ließe; er berühre, indem er den Intellekt ausschalte. Schade, dachte ich spontan, denn ich wollte immer Filme machen, um Gedanken in Bildern auszudrücken, sie in meine Bilder hineinzudrücken, auf dass sie unmittelbar wirkten.

Kann ein Gedanke emotional sein? – Das ist mir zu hoch.

So oder so gibt die unmittelbare Wirkung der Bilder auf die Emotion ihnen ihre Kraft und liefert den Grund dafür, warum du zugemüllt wirst mit Bildern, sogar in den Straßenbahnen. Ein Wunder, dass in den Zügen noch keine Monitore montiert werden, oder allenfalls im Kinderbereich, den ich tunlichst meide, um wenigstens während des Reisens Raum für das ungerichtete Denken und das ungerichtete Arbeiten und das ungerichtete Träumen zu bewahren, wie ich jetzt denke. Der Zug rüttelt mich an die Schwelle zu einem unruhigen Schlaf, das muss ungefähr auf der Höhe von Narbonne sein. Die Richtung stimmt.

Noch während ich eindämmere, versuche ich, meinem Träumen eine Richtung vorzugeben, es zu lenken, das heißt mir den Traum zurückzuholen, der in gewisser Weise dafür verantwortlich zeichnet, dass ich mich auf den Weg begeben habe und ausgezogen bin, das Schauen zu lernen. Ich hätte ihm eine andere Wendung geben sollen, doch zu abrupt bin ich an diesem vergangenen Morgen erwacht. Ich erinnere mich nicht, ob mich ein Geräusch aus der Küche emporschrecken ließ oder aber mein masochistischer Wunsch, es enden zu lassen, wie es endete, um mir abermals vor Augen zu führen, dass ich dem Gefühl der Resignation Vorrang vor der Handlung gebe.

Aber jetzt, heute, hier, an diesem sonnigen Nachmittag, auf halber Strecke zum Ziel, befinde ich mich mittendrin, denn ich habe die Handlung ergriffen, jederzeit in einen Zug steigen zu können und loszufahren, in Bewegung gesetzt durch den Entschluss, die Widerstände aufzugeben und das Abenteuer zu beginnen, das mir auf dem unbeschädigten Silbertablett serviert worden ist.

Move on.

Und ich zolle diesem Umstand der Veränderung meines Status Quo Tribut, indem ich, oder mein Schlafbewusstsein, denselben Traum aufzunehmen versuche, um aktiv einzugreifen, statt mich passiv dem Plüsch zu überlassen, wenn es heißt: Kaum gewonnen, schon zerronnen.

Oder schon früher.

Ja, ich werde mir den Traum neu erzählen, ihn umzustrukturieren, das ist möglich und nennt sich *luzides Träumen*, du musst es nur wollen, üben, daran glauben - das tue ich! –, na, siehst du, dann produzierst du zwar keinen Kinofilm, aber Traumbilder, und das Gute an Traumbildern ist: Sie verschlingen kein unüberschaubares Budget, sondern sind gratis, denn sie kommen ohne aufwendiges Equipment aus und im Übrigen auch ohne Stab. Ohne Kosten zu verursachen, werde ich kreative Ansätze eruieren, Auswege, die mir das Brett vor dem Kopf gewöhnlich versagt. Aber hinter dem Brett gibt es andere Möglichkeiten als diese Resignation, derer ich längst überdrüssig bin, und die sich zum Teufel scheren soll. Und deshalb werde ich meiner geträumten Geschichte ihr hoffnungsloses Ende entreißen und stattdessen ein hoffnungsfrohes Ende schenken und somit in diesem Fall sehr wohl entscheiden, wie das Bild am Ende aussehen wird. Und so sehr ich die Entscheidungsgewalt über die Farbgebung zu filmender Bilder scheuen mag, die Entscheidung, die Augen zu schließen, begrüße ich freudig. Ich schließe die Augen und bleibe dennoch wachsam. Nun werde ich diejenige sein, die zuschaut und der bloßen Erscheinung zum wahren Sein verhilft, während mein Körper in Richtung Barcelona geschaukelt wird. Schon kehrt die Traum-Erzählung zu mir zurück; das ist gut. Die Bilder steigen in mir auf, als Déjà-vu innerhalb dieser einen Zone, der Erinnerungserlebnisse entspringen.

Als Wiederholung von bereits Geträumtem.

Die Geschichte setzt dort ein, wo zu träumen ich in Olivers Bett unterbrochen wurde: bei der Müllvariante. Und ich weiß mit einem Mal, dass hier eine ungenutzte Möglichkeit zur Weiterentwicklung liegt, denn nicht einmal die Müllvariante darfst du ohne Weiteres auf den Müllhaufen werfen, also sie verwerfen und neben den anderen unentdeckten Möglichkeiten verrotten lassen. Nein, die Müllvariante ist, bei dem Licht innerhalb des Dunkels hinter den Lidern betrachtet, die ideale Variante, den Neuanfang zu wagen, von dem ich träume, real träume, während und weil ich hier im Zug nach Barcelona sitze; demnächst müsste er auf Perpignan zusteuern.

Hör zu, sage ich zu mir, diese Geschichte erzählt nicht von verpassten Chancen, also dem von dir zum Lebensthema gekürten Stoff, im Gegenteil erzählt sie von der größten Chance deines Lebens. Hier darfst du so viele Fehler machen, wie du willst, einen Testlauf, der dir verwehrt wird, sobald du als Regisseurin am Set stehst und nur mehr darauf vertrauen kannst, die richtigen Entscheidungen zu treffen. Aber heute setzt du dich ins Kino und siehst dir alle Fehler an, die dir unterlaufen könnten, und dadurch, dass sie dir vor Augen geführt werden, kannst du sie vermeiden, bevor du sie begehst. Und später wirst du wirklich (!) Wind in deinem Film zeigen, wirst denselben Fehler nicht wiederholen, also denk daran, nie, niemals, die Bewegung des Himmels zu vergessen.

Was für eine Chance.

„Was für ein Nonsens!“, höre ich Dany sagen. „Denn leider, leider kannst du den Blick hinter die Kurve erst tätigen, nachdem du in sie hineingefahren bist. Du musst sie nehmen, um entdecken zu können, was dahinter liegt: So ist das. So ist das Leben.“

„Mehr fällt dir nicht dazu ein?“, frage ich, während mein bewusstes Ich hofft, in Wirklichkeit werde er mehr zu sagen haben als das.

Ich bemühe mich, weiterzuschlafen, um den mühsam herbeigerufenen Traum nicht mit Danys Worten enden lassen zu müssen, sondern mit den meinen, die sich an die Welt richten, symbolisiert durch die Crew, auf jeden Fall aber mit dem Gefühl der Selbstbestimmung, wie es nun weitergeht, sagen wir: mit der Regie-Entscheidung darüber, welches Gefühl sich beim Aufwachen einstellen wird, denn beim Träumen wie beim Film geht es um die Temperatur, um den Grundton, die Emotion, mit der du den dunklen Saal verlässt. Und so lasse ich mich tiefer in den Plüsch sinken, als ich ohnehin gesunken bin, und schließe die Augen, um einzuschlafen.

Ist es möglich, im Traum einzuschlafen? - Alles ist möglich, was du dir denkst.

Ich verwende die Kraft der Luzidität, um das Kino zu verlassen und zurück in meine Wohnung zu wandern, zurück zu dem Moment, in dem ich besagten Anruf erhielt, von Gregor, dem skrupellosen Regieassistenten, der mich meiner Inhalte beraubte, wie ich inzwischen weiß, indem er mich mit den Worten verführte: „Komm, Eva, es ist soweit: Du wirst Regie führen.“ Ich sehe mich noch, wie ich voller Hoffnung durch die Wohnung lief, und nachdem ich alles umarmt hatte, was ich fand, zog ich mich aus und legte mich in die Wanne, tauchte den Kopf unter Wasser und fand dort die Zuversicht, dass mir eine Zukunft als Regisseurin beschert sein würde. Aber dann ging es anders weiter, als ich es mir erwartet hatte, mit Gregor und dem Kino, und in die Badewanne stieg ich auch nicht, aus Furcht, Oliver könne mich tatsächlich hinauswerfen, so wie ich ihn hinausgeworfen hatte aus diesem Traum, in dem er keine Rolle spielt. Und dann erwachte ich, jetzt weiß ich es wieder, und mir blieb allein die Zusammenkunft in Olivers Küche und die Erkenntnis, kein Gehör finden zu können für Träume dieser Art: Träum nicht, lebe!

Auch im Traum erwache ich. Noch immer finde ich mich in den Kinosessel gedrückt, noch immer sprachlos, noch immer passiv. Nun aber ist der Zeitpunkt gekommen, an dem ich eingreifen, indem ich das luzide Träumen perfektionieren werde: Ich schnelle aus dem Sessel empor, der mich hübsch gefügig und flaumig hatte halten sollen, und fahre auf, ja, fahre hoch, auch emotional. Rühr dich und wandle die Verzweiflung in Wut um, denn Wut ist immer auch Antrieb, sofern sie sich nicht gegen dich selbst richtet oder gegen ein Unbestimmtes, sondern gegen das oder den, dem sie gilt, in diesem Falle: Gregor. Gregor, der Gönner; dass ich nicht lache! Möge die Wut mit dir sein, so sage ich zu mir und kann sagen, was ich will, denn es ist mein Traum, mein Film, die Sätze gebe ich vor, das Textbuch ist von mir. Und schon brülle ich Gregor an, schäume die Ohnmacht zu Macht auf, er solle mir sagen, woher er die Dreistigkeit nehme, mir meinen Film zu stehlen.

„Seit wann, mein Lieber," so rede ich ihn an, „seit wann willst du dich als Regisseur versuchen, obwohl du nie, niemals!, Ambitionen in diese Richtung gezeigt hast?"

„Jeder hat ein Recht darauf, sich auszuprobieren", sagt Gregor und bleibt unverschämt ruhig. „Warum nicht ich? Oder glaubst du an Hierarchien?"

Sicher, will ich klagen, gerade innerhalb des Filmbetriebs sind die hierarchischen Strukturen sichtbar wie nirgendwo sonst, aber mein Mund ist versiegelt, die Worte wollen nicht hinaus, und so sinke ich zurück in den Schoß von Mutter Kino.

„In zwei Tagen wird dem Entscheidungsträger die Endfassung des Schnitts vorgeführt", sagt Gregor, wieder klingt er gönnerhaft. „Du wirst die Möglichkeit haben, Kritik an einzelnen Szenen zu äußern." Leider kann ich nicht noch einmal erwachen, wie sehr ich es mir jetzt wünschte, denn dies scheint kein Traum mehr zu sein, sondern mein Leben, und somit ist jede Aufregung sinnlos, das Ende unverändert, der Projektor abgeschaltet, nichts zu machen. Dort geht sie hin, meine Zukunft, lediglich ein Zipfelchen ist noch zu sehen von ihr, es lugt hinter dem schweren Vorhang hervor, der heruntergelassen wird, ja, der Vorhang ist gefallen und verhüllt die Leinwand, meine Geliebte, die einst blank und schön und nackt und unberührt war, bevor Gregor sie mit Schmalspurfilm besudelt hat.

Schmalspur in einem nicht-technischen Sinne.

Und deshalb: Adieu, Geliebte.

Vergeblich wartete sie auf meine Ergüsse, auf all das, was ich nach dem Dreh auf sie hätte hinaufprojizieren können, oder heißt es: in sie hinein? Die Leinwand wurde besetzt mit einer fremden Geschichte, die nicht die meine ist, und so ist auch sie nicht länger die meine; sie gehört nicht mir. Zu lange ließ ich sie unbeachtet, und wer möchte schon liegengelassen werden statt gelassen geliebt?

Ade, Zukunft, ade, mein Traum.

Traumschwer blinzle ich zwischen den verhangenen Lidern hervor, und siehe da: Dort ist kein Kino, sondern ein Abteil, das es mir ermöglicht, mich in dem

Zug zu verorten, der in Kürze Barcelona erreichen wird. Das willentliche Gestalten von Träumen ist begrenzter als das willentliche Gestalten eines Drehbuchs, denke ich, die kreativen Lösungen lassen sich hier wie dort nicht erzwingen. Also halte ich mich, wenn nicht an der Zukunft, so doch an diesem Zipfelchen fest, das aufgetaucht ist, halte mich fest an diesem einen Gedanken: dass ich das Zipfelchen nehmen und ein Wesen daraus formen könnte, einen Baummenschen, ein besseres Ich, wie es aus mir hervorkriechen wird, sobald ich von Dany lerne, was zu lernen ich erhoffe, wiewohl mir unklar ist, worauf sich meine Hoffnung gründet. Und noch etwas erhoffe ich mir von meinem Aufbruch in die Nacht: dass es gelingen wird, durch den Aufenthalt in der Aura von Danys beinahe göttlicher Filmkunst, die Lust an der Arbeit am Set, an seinem Set, wiederzufinden und zu vergessen, was ich an zahlreichen Sets bereits an Frustration erleben musste: fehlende Inspiration. Wie oft stand ich in Zeiten, in denen ich während endloser Dreharbeiten als *best girl* aushalf, dumm herum, ohne selbst das Heft in die Hand nehmen zu können. Ja, allenfalls das Hospitantinnen-Heft hielt ich bisher in der Hand, während ein Regisseur seine Welt vor uns ausbreitete, vor mir und meiner inneren Regisseurin und allen anderen Beteiligten, die sich womöglich ebenso langweilten, wie ich es tat. Die Langeweile beim Drehen ist ein Problem, wenn du ohne kreativen Einfluss bleibst, und nicht gleichzusetzen mit Untätigkeit. Es gibt eine innere Langeweile, die niemand zugibt, und deshalb sind alle unentwegt geschäftig; zu tun gibt es genug. Oft schon langweilte ich mich in dieser Art, so oft, und hielt es kaum aus, danebenzustehen und zuschauen zu müssen, wie schmalspurig die Geschichten sind, die dort inszeniert werden, während die Geschichten, die ich aufzuschreiben plante (und schon aufgeschrieben hatte), darauf warteten, gedreht zu werden. Zugleich war ich mir der Hybris bewusst, mit der ich zu wissen meinte, wann eine Geschichte sich in die Länge zog und nach welchen Kriterien sie hätte entwickelt werden müssen. Handlung dient zur Ablenkung vom Eigentlichen, so dachte ich zum Beispiel das eine oder andere Mal und bezog das auf die Fiktion ebenso wie auf das Leben, denn niemand kümmert sich um das Pure, Authentische, das Richtige, dies vor allem: richtig.

Niemand außer mir, haha, jaja.

Soviel Langeweile herrscht am Set, dass dir solche Gedanken kommen, aber wenn dir solche Gedanken kommen, dann behalte sie für dich, denn du weißt, mit dem Attribut der Langeweile rettest du dich in eine zerbrechliche Zufriedenheit hinein und aus drohender Frustration hinaus.

Träum weiter.

Eine Funktion des Traumes ist die Wunscherfüllung, das dachte ich schon einmal, und auf die Manifestation meiner Wünsche schlittere ich jetzt zu, ich rolle, nein, ich rase mit der Höchstgeschwindigkeit, die uns die technologisierte Welt schenkt. Ich liebe Technik, und diese Technik führt mich nun zum Ziel, schon ist es erreicht, ich muss nur aussteigen, und Barcelona breitet sich vor mir aus. Barcelona liegt am Meer, und mit Dany wird sich alles ändern.

Die Stadt empfängt mich mit schwerem Atem; es riecht nach Feuchtigkeit und Pisse. Der warme Hauch, der meinen Nacken streift, irritiert mich. Wo ist das Meer, stets sollte es gegenwärtig sein, weil dieses Barcelona am Wasser liegt, oder nicht? Und deshalb: Irgendwo muss es sein, das Meer, abseits vom Bahnhof womöglich. Ich recke die Nase nach vorn und in die Welt hinein. Spür es auf, los, such es, such das Salz, an dem es deinen Brötchen mangelt, und dann fang an, größere Brötchen zu backen.

Am besten ein Brot.

Immer der gereckten Nase nach ziehe ich meinen Koffer durch die Gassen und ernte böse Blicke für das Geräusch, das ertönt, das Geräusch des Reisens, wie es inzwischen durch alle Gassen dieser Welt dringt, in Venedig nicht anders als in Rom, bis offiziell verfügt werden wird, sich einen Träger leisten zu müssen, eine gummibereifte Karre, die uns die Erklärung vorenthält, warum die Ziehkoffer nicht von Vornherein alle mit Gummireifen bestückt werden, um die schönen Nerven der schönen Bewohnerinnen schöner Städte zu schonen.

Ich lasse mich weiterhin von dem Salz führen, dem Salz des Lebens, und biege um eine weitere Ecke. Dies ist die Stadt, in die ich untertauche, noch bevor ich meinen Kopf unter die Wasseroberfläche bringen werde, jetzt bald, gleich, sofort, eine letzte Ecke, und da liegt es, Endpunkt aller Sehnsucht, oft besungen und beschrieben, das Ziel der vielen kleinen Tropfen, die unterwegs sind, um zur Mutter zurückzukehren: das Meer. In unzähligen Filmen musste es den Erzählenden dienen und ihre Geschichten bebildern, nicht selten als Ziel der Reise, die ihre Heldinnen und Anti-Heldinnen, ob von realen Schauspielerinnen verkörpert oder von kleinen animierten Püppchen, eben dorthin führt: ins große

Wasser, in die Auflösung, in Tod und Geburt, sagen wir gleich, wie es ist.

Und warum? – Um zu leben.

Oder um sich vom Leben zu verabschieden, sich einen Traum zu erfüllen, sich von Beklemmungen zu lösen, von einer Krankheit heilen zu lassen. Das Meer ist gut für alles, und so abgenutzt es als Motiv sein mag, ich liebe dieses Motiv, wir alle lieben es, so denke ich, während sich der Sand in die Rollen des Ziehkoffers frisst. Ich weiß, wie ungünstig es ist, ihn durch den Sand zu schleifen. Schon als Kind wurde mir beigebracht, nicht mit Rollschuhen an den Strand zu gehen, denn der Strand besteht aus Sand, und Sand ist das, was jedes Getriebe stört und somit den reibungslosen Ablauf. Da reibt sich die glatte Technik mit dem Unerwarteten, das reibungslose Prinzip mit dem Wunsch, unterbrochen zu werden in eben dieser Reibungslosigkeit.

Abermals werde ich von dem drängenden Wunsch erfasst, Lebensspuren sichtbar machen zu wollen, von diesem Wunsch, der mich beinahe dazu verleitet hätte, mein Handy auf die Fliesen des *We-move-movies*-Büros schmettern zu wollen. Dieses Mal gebe ich ihm nach und lasse den Koffer in den Sand kippen, sodass seine kratzerresistente ABS-Hartschale unter den frisch zugefügten Kratzern zu jammern beginnt. Mitleidslos ziehe ich den knirschenden Reißverschluss auf, werde fündig und ziehe mir meinen Bikini an. Es drängt mich, das Meer zu umarmen, das mir meine Zögerlichkeit vom Körper waschen wird mit seinem Größenwahn, von dem ich mich benetzen lassen möchte, nein, umtosen möchte ich mich lassen. Schon tauche ich den Kopf unter

Wasser, und alles ist gut, denn nichts anderes brauche ich als das Meer.

Und immer wieder das Meer.

Nachdem ich wieder ans Land gekrochen war, setze ich mich zum Trocknen auf den Sand, ein Handtuch habe ich vergessen, und tippe mit nassen Fingern die Adresse von meinem Zimmer ins Handy; einmal mehr konsultiere ich einen Onlinedienst, um zu wissen, wohin ich gehen muss. Bisher war er mir gleichgültig, mein zukünftiger Standort, denn ich verortete mich allein in dem Ziel, an Dany heranzurücken, und als Route von Belang galt einzig die Strecke der Entfernung, die mich noch von ihm, und der Nähe zu ihm, trennte.

Als Unterkunft dient mir das erstbeste und preiswerteste Zimmer, das auf mein Miet-Gesuch hin im Internet aufschien, eingestellt von einer jungen Frau aus London, die in Barcelona Spanisch studiert, wenn ich das richtig verstanden habe; kaum hatten wir Kontakt, nichts, was als Kontakt bezeichnet werden könnte. Ich weiß nur, dass sie Nancy heißt, Nancy, *my host*, und dass ich mit meinem Geld haushalte, indem ich mir ein Hotel erspare, wie gern ich mich auch in einem dieser Zimmer mit Ausblick sähe, mit Weitblick, in einem dieser Zimmer, wie es sie gleich dort drüben gibt, in einem der wuchtigen Strandhotels, die außen behäbig und innen filigran sind, ein Zimmer im zwanzigsten Stock, die Ausrichtung zum Meer, auf dass es mir zu Füßen läge, um mir bei Tag und bei Nacht zuzuflüstern, was ich mir einzuflüstern nicht getraue: Es gibt keine Grenze. Eines Tages, denke ich, eines Tages wirst du dort oben sein, du mietest dich ein, wo und so oft und so lange du willst, Geld spielt keine Rolle, und es gibt auch keine Schwere mehr, die dich davon abhalten könnte, dort hinauf zu fliegen, kein Mühlstein um deinen Knöchel, der dich hübsch nach unten zieht.

Warum ist es wichtig, oben zu sein? Warum kannst du nicht hier unten durch die Gassen kriechen und dich zufriedengeben mit dem, was du hast: dem Koffer in der Hand und dem Rauschen im Ohr, mit deinen Plänen und Träumen und einem ganzen Menschenleben, das dir ohne Gegenleistung gegeben worden ist? – Weil ich es so will. Und außerdem: Sich nach oben zu wünschen bedeutet ja nicht, eine gehobene gesellschaftliche Stellung anzustreben, sondern kann ebenso gut die Absicht anzeigen, sich der Welt stellen zu wollen. – Ach so?

Zu viele Fragen.

Das Haus, in dem Nancys Wohnung liegt, ist nicht annähernd so hoch wie das Strandhotel, aber was nutzen Vergleiche; nichts tragen sie dir ein außer Not und Leid und Unzufriedenheit. Die Tür lässt sich schwer aufstemmen; das wiederum gefällt mir. Die Überschreitung einer Schwelle sollte niemals ohne Anstrengung vonstattengehen, ich sage es doch, sondern ein bisschen Kraft kosten, bis du dann in dem dunklen Hausflur eines beliebigen, zufällig gewählten, fremden Barceloneser Wohnhauses stehst, wo es angenehm nach Abfall riecht.

Nach dem Abfälligen des Delikaten.

Finster ist es hier, ein Reich der Schatten oder der Möglichkeiten, kaum erkenne ich das Konkrete hinter dem Diffusen, abgesehen von den spanisch verfassten Anweisungen des Hauswarts, die allzu oft das Wort *attención* enthalten, das fällt mir auf. Die hölzernen Stiegen sind abgeschrammt, das gesamte Haus wirkt ärmlicher, als ich es mir vorgestellt habe, da mir beim Lesen des Wortes *London* sogleich die Figur einer mondänen Stadtfrau in den Sinn gekommen war, die sich aus lauter Lebenslust eine zusätzliche Wohnung im Süden leistet, dort, wo es vibriert, statt zu regnen, wo es sich auf den Ramblas tanzen lässt, statt in düsteren Pubs Bier trinken zu müssen. Aber meine Londoner Stadtdame hegt offenbar ein Faible für das Düstere, sie bleibt der Farbe Grau ihrer Heimatstadt treu, bleibt im Nebel, der hier zwischen den angeschlagenen Wänden hängt und den Kochkünsten eines beliebigen Mieters geschuldet sein muss, denn schließlich: Wir sind doch hier nicht in London!

Eben noch in den Strudeln des Meeres, werde ich nun in das Treppenhaus gesogen. Jeder Ort hat seinen Traum, und ich bin in einen Traum von Alfred Kubin hineingerutscht, der die gängigen Bilder der städtischen Tourismuswerbung von Barcelona aus meinem Filmemacherinnen-Kopf wischt, um die puren Bilder zu finden, die authentischen, wie nur ich sie zu finden imstande bin, haha, jaja. Hier werden die Klischees betäubt mit Verheißung, ja, *Verheißung*, so denke ich. Warum nur denke ich in solchen Begriffen, was verheißt es mir, hier zu sein, mit meinem vom Meer feuchten Haar, in Gedanken bei dem, was sein könnte, was hätte werden können, was sein wird?

Im Dämmerlicht entdecke ich ein Gespenst, das unter der Treppe hockt und mir sein warziges Köpfchen entgegenstreckt, bevor es sich sogleich wieder zurückzieht. Es kommt mir bekannt vor, vielleicht kenne ich es aus einem Traum. Ich gebe vor, es nicht zu sehen, mir genügen die Geister, die mich bereits begleiten, nehme den ersten Treppenabsatz, und während ich mich Stufe um Stufe hinaufarbeite, kommt mir abermals dieses Wort in den Sinn: *Verheißung*; ein verheißungsvoller Aufstieg ist das, ein Aufstieg über mehrere Stockwerke, ein Aufstieg nach oben, ein Aufstieg aus den Nebeln ins Licht, aus dem Sumpf ins Trockene, aus dem Traum in die Wirklichkeit eines Zimmers, das ich besetzen kann mit mir. Wieder verfange ich mich in den Kategorien von Aufstieg und Abstieg, von unten und oben, während ich einen Treppenabsatz nach dem nächsten passiere. Die Türschilder bescheren mir nichts als unbekannte Namen, also steige ich weiter und weiter hinauf, hinauf, hinauf, dem Himmel so nah, und, Himmel nochmal, warum mache ich nicht einfach meine Filme, wenn ich Filme machen will, in Gottes Namen oder in meinem? Was soll daran so unerreichbar sein, wie ich immerzu glaube? Wozu warte ich auf Fundamente, die mich fundamental stützen, statt meinen nächsten Film nicht nur auf Bäumen, sondern höher noch, hoch über den Wolken, spielen zu lassen? Es gibt eine Geschichte, die von den *Himmolks* handelt, einem Volk, das in den Wolken wohnt. Zufällig weiß ich um jedes Detail der Geschichte, denn sie stammt von mir, also kenne ich sie von Geburt an und kenne auch die Umstände der Geburt des Himmolkmädchens Elena, mit dem diese Geschichte beginnt, und das von mir auf den Produktnamen einer DDR-Seife getauft wurde.

WOLKE AUSSEN/TAG

Die Wolkendecke wölbt sich und wirft Formationen auf, bis sich eine Gestalt aus einem der Gebilde formt, das Konkrete aus dem Diffusen. Die Gestalt wird voller und dichter, gewinnt an Kontur, `und wir sehen: Ein neuer Himmolk ist geboren.`

Ein Animationsfilm hatte das werden sollen, in der Tat ein Animationsfilm, also doch!, nur ist dann nichts aus dem Projekt geworden. Dennoch gibt es sie ja, diese Geschichte, in meinem Kopf gibt es sie, und ich allein weiß, wie sie weitergeht und worin ihre Dramatik besteht. Die Himmolks leben unberührt und friedlich und fürchten allein die Sonne, die jedes Wolkenwesen verbrennt, das ihr zu nahekommt. Ebendieser Gefahr wird meine Protagonistin Elena ausgesetzt, die geboren wird, während ihre Nähr-Wolke, die Große Mutter, versehentlich an die Sonne herantreibt. Elena überlebt und hält sich fortan fern von dem Platz an der Sonne; sie hat schnell gelernt. Doch dann fällt sie eines Tages herunter, was zugegebenermaßen wenig originell ist, aber noch weniger originell ist wohl der Umstand, dass sie auf der Erde dann ihrem wahren (!) Antagonisten begegnet, einem dunklen Typen, der in einem Schloss wohnt. Ich hatte ihn *Den Verhassten* genannt, ein Wesen, das dem Mädchen sein Wolken-Wasser aussaugt, von dem es sich am Leben erhält. Die Rolle des Hasses ist dabei so angelegt, dass der Typ dem Wolken-Mädchen zwar das Wasser abgräbt, aber während er das tut, ausgesprochen nett zu ihm ist, um seine düsteren Absichten zu verbergen. So ergötzt er sich an des Mädchens Kindlichkeit, bis es nicht mehr fliegen kann. Doch bevor Elena auf diese Weise dazu verdammt sein wird, endgültig an die Erde gebunden zu bleiben, nutzt sie ihren direkten Draht zum Himmel: das seidene Seil. Dieses Seil ist praktisch, denn es stellt eine alles verbindende

Nabelschnur dar, die sie nur deshalb nicht vor ihrem Fall bewahrte, weil Elena sich zu weit herausgelehnt, mit anderen Worten: vorgewagt, hatte.

Auf einmal bin ich froh, dass dieser Film nie geboren wurde, denn im Nachhinein betrachtet erzählt er wohl, dass dieses Mädchen, Elena, bei seinen Leisten hätte bleiben sollen. „Schuster, bleib bei deinen Leisten", ist ein Satz, den mein Vater zu sagen pflegt, wie mir einfällt, während ich mich dem Dachstuhl nähere. Erst vor ein paar Tagen führte ich ein kurzes Telefongespräch mit ihm, um mitzuteilen, dass ich eine Weile untertauchen werde.

„Barcelona, du hast richtig gehört, Vater."

„Machst dir ein gemütliches Leben, was?"

„Sicher, Vater, was sollte ich sonst tun?"

Und dann kam der Satz, der mich in beunruhigender Weise beruhigt, weil er mich auf vertrauten Boden führt: „Schuster, bleib bei deinen Leisten." Und die Leisten, seien wir ehrlich, die befinden sich nicht in dem Hotel am Strand, sondern in dieser stickigen Bude, nicht auf dem Regie-Stuhl, sondern daneben oder noch ein Stückchen weiter entfernt. Aber denk nur, Vater, längst bin ich aus allen Himmeln auf die Erde gefallen und machte meine Erfahrungen, auch mit dem Hass, sodass ich gewachsen bin. Und mein erwachsenes Ich denkt nicht länger, dass es genuin in ein sagenumwobenes Treppenhaus gehört, in dem die Träume von Kubin hängen; nein, es setzt eigene Handlungen, die ihm erlauben, das Schauen zu erweitern, um einen neuen Blick auf die Welt zu entwickeln: Eso es! Ich glaube, es ist richtig, hier zu sein; ob dieser Gedanke sich allerdings zu einem Glauben aufschwingt, der andere Glaubenssätze zurücklässt, muss sich erst herausstellen. In diesem

Moment entdecke ich an der rechten Tür im Dachgeschoss den Namen *Nancy Miller*, und mit dem letzten Strahl der untergehenden Sonne, der unvermittelt durch die Luke der Dachklappe aufflammt, erscheint mir die Tür ebenso verheißungsvoll zu sein wie der Aufstieg. Mit der Kamera ließe sich eine in diesem Maße verheißungsvolle Lichtstimmung schwerlich einfangen; allenfalls könnte ich sie künstlich herzustellen versuchen, mit einem Spitzlicht, das von außen auf die Dachziegel angebracht wird.

Ich lehne mich an die Wand und zögere den Zeitpunkt heraus, an dem ich klingeln und mich in dieses Leben begeben werde, das Leben einer Fremden, in das ich einsteige, obwohl daheim eine Wohnung auf mich wartet, ein Geliebter und die beinahe finalisierte Erstfassung zu einem Drehbuch, das von Baummenschen handelt. Gestern noch war ich zu Hause, in der gewohnten Umgebung und den gewohnten Mauern, die mir im Weg stehen und mich gleichzeitig stützen, so sehr ich auch gegen sie anrenne.

Der ganz normale Wahnsinn ist es, an dem wir uns festhalten, so sagte ich erst kürzlich zu Oliver: „Der ganz normale Wahnsinn ist es, der uns Halt gibt." Ich sehe uns vor mir, wie wir dort sitzen, draußen auf dem Platz. Wir hatten uns einen Kaffee geholt und diskutierten darüber, ob es Unterschiede gebe zwischen *Kaffee* und *Caffè*, wie Oliver es ausspricht, und ich sagte, dass ich es in Zukunft ablehnen werde, diese Art der Diskussionen zu führen, denn Kaffee sei nun einmal Kaffee.

„Aber das stimmt nicht", behauptete Oliver. „Die Zubereitung ist entscheidend!"

„Ist das wichtig?", fragte ich. Ich jedenfalls wolle mir nicht sagen lassen, wie ein richtiger Kaffee zu schmecken habe. Da lachte er, und ich verkroch mich in mir selbst, aber dieses In-mich-selbst-Verkriechen stellte nur einen Schutz dar, um nicht fremdbestimmt zu werden und sei es durch die Frage, was unter Kaffee zu verstehen sei.

Oliver begriff sofort, was los war und dass etwas los war, und sagte: „Rede mit mir, sonst fühle ich mich ausgeschlossen."

Und ich sah ihn an und lächelte, und mit einem Mal fand ich alles albern, den Kaffee, Oliver, meinen Rückzug, und dachte, das kann nicht dein Ernst sein, dich wegen sprachlichen Details zu verriegeln, während du ansonsten immer hübsch die Türen offenhältst, ohne Sinn und Verstand.

Zumindest ohne Arg.

Ja, ständig lasse ich Leute in mich traben, jeden noch so aufgeblasenen Egomanen lade ich dazu ein, meinen Raum zu betreten, willkommen, bienvenue, welcome, keine falsche Bescheidenheit, was mein ist, ist auch dein. „Herein, herein, hereinspaziert!", rufe ich. „Hier bin ich mit meiner grenzenlosen Offenheit, die mich manches Mal verabsäumen lässt, eine Grenze zu markieren." Nur ausgerechnet Oliver gegenüber gelingt es mir bestens, mich abzuschotten, alle anderen dürfen kommen, wann immer sie wollen, und dann machen sie sich breit und besetzen jede Kammer meines Wesens, und mir bleibt nichts anderes, als mich in einen Traum zu flüchten, womöglich in den Traum von einer Regisseurin, die ihren eigenen Film dreht oder in den Traum, mit einer mütterlichen Baumfrau zusammenzuleben.

„Also, was ist los?“, fragte Oliver, und ich erzählte ihm von dem Telefonat mit meinem Vater, der unser Gespräch mit der Frage eröffnet hatte: „Na, was macht die erfolglose Filmemacherin?“, um dann seinen zweiten Lieblings-Satz abzusondern: „Hochmut kommt vor dem Fall“, der ihm in Fleisch und Blut übergegangen sein muss, als Codon seiner DNA, und dank des Vorhandenseins in Vaters DNA dürfte dieser Satz bei meiner Konzeption auch in mich hineingewandert sein und sich in Geschichten niederschlagen wie die von Elena Himmolk. Die DNA jedoch lässt sich bekanntlich vom Denken verändern, sodass ich viel, viel denken muss. So oder so wäre das Denken von Vorteil für uns Menschen, und hier schließe ich meinen Vater mit ein, uns in allgemeiner Bewusstheit zu üben. Aber sich in allgemeiner Bewusstheit zu üben, stellt sich als ebenso unüberwindbare Hürde dar wie viele andere Hürden, die zu nehmen wir aufgefordert sind, um sie als Herausforderung zu begreifen: als zu mühsam.

„Die Sprüche deines Vaters sind Nonsens“, sagte Oliver. „Das weißt du hoffentlich?“

„Ja“, stimmte ich zu. „Und dennoch geben sie mir das Gefühl des Vertrauten und somit eine unmögliche Art der Sicherheit. Wie Grundmauern stützen sie die Konstruktion meiner DNA, nehme ich an. Der ganz normale Wahnsinn ist es, der uns Halt gibt.“ Ich lachte, um nicht zu verzweifeln, aber Oliver konnte nicht in mein Lachen miteinstimmen, sondern sagte barsch: „Das glaubst du doch selbst nicht! Hör auf damit!“ Dann schaute er schweigend, nahezu böse, über den von Menschen bevölkerten Platz, auf dem wir uns niedergelassen hatten. Die ersten Sonnenstrahlen wärmten die Stadt, sodass sich alle hier versammelt hatten, ausgehungert danach, nach der langen Zeit im Nebel endlich ein wenig Sonne zu sehen.

Hungrig nach Licht.

So viele Menschen saßen auf den Stufen am Platz. Wie wir hatten sie sich einen Kaffee oder Caffè geholt, mit Milch oder ohne, doppelt oder einfach, geschäumt oder verlängert und ohne über die Zubereitung zu diskutieren, vermute ich. Sie waren aus der Enge und Finsternis der Wohnungen ins Freie geflüchtet, hatten sich auf die Socken gemacht, um nun, von den Schuhen befreit, den freien Blick auf den Himmel zu genießen. Oliver starrte weiterhin geradeaus, und als ich ihn ansprach, wissen wollte, was los sei, da auch ich mich ansonsten ausgeschlossen fühlen würde, da sagte er, er könne es nicht leiden, wenn ich mich selbst am Fliegen hindere, indem ich mich mit fremden Sätzen beschwere und wiederholte: „Hör auf damit."

Er hat recht, dachte ich, wie gern würfe ich den Ballast ab, aber was hilft es, wenn jemand sagt: „Hör auf", wenn dieser Ballast ein Teil von dir ist; es nutzt genau gar nichts, sondern ist ebenso sinnlos, wie die Worte meines Vaters es sind, wenn er sagt: „Hochmut kommt vor dem Fall." Oder: „Pass auf, dass du kein Oberwasser bekommst, sonst gehst du unter." Und: „Schuster, bleib bei deinen Leisten." Und selbst, wenn Oliver sagen würde: „Du schaffst alles, was du willst", was hilft auch das, wenn es wieder bloß Worte von außen sind, und du in allem, was von außen kommt, allein hören kannst, was du zu glauben bereit bist oder eben nicht. Zuallererst wirst du das glauben, was zu glauben du belichtet wurdest, es sei denn, du verdoppelst die Anstrengung, das Bewusstsein zu verändern und damit die dir bewusste Codierung. Seit einiger Zeit schon verrenke ich mir täglich das Gehirn, indem ich es einer geheimen Gymnastik unterziehe, einem Yoga für die grauen und somit farblich ungesättigten Zellen, einer Akrobatik für die Gehirnhemisphären. Ich übe mich in Agro-Yoga, bei dem die Zellen unter Androhung von Gewalt aufgefordert werden, sich gefälligst in eine andere Richtung zu bewegen, um sich umformen zu können, schonender ausgedrückt: um geschmeidig zu werden. Das Training dient dazu, alle Sätze, die dich an der Entwicklung hindern könnten, abwehren zu lernen, bevor sie das Innere erreichen, oder umzudrehen. Ja, sie müssen umgedreht werden, diese Sätze, wie sie mein Vater zu verwenden liebt, aber auch Aussagen wie: „Ich kann es nicht leiden, wenn du dich selbst am Fliegen hinderst, indem du dich mit fremden Sätzen beschwerst, also hör auf damit!"

Auf dem Platz, mit meinem Kaffee in der Hand, gelang es mir nicht, einen gescheiten Dreher zu finden, denn Agro-Yoga bleibt Gymnastik und Oliver Oliver und der Vater der Vater.

„Erfolglose Filmemacherin?", hatte ich meinen Vater gefragt und sodann scherzend hinzugefügt: „Von wem sprichst du?" Um Heiterkeit bemüht lachte ich, entschlossen, Demütigungen dieser Art mit Humor zu nehmen, aber die Antwort kam prompt: „Habe ich je einen Film von dir gesehen?" Hast du nicht, dachte ich, kannst du nicht, ich dagegen konnte neulich einen Film von mir im Kino sehen, jedoch unter Umständen, die ich mir gern erspart hätte. Aber dann fiel mir ein, dass ich ständig Filme sehe, die von mir sind, vor meinem geistigen Auge sehe ich sie, zumindest das.

„Es wird einen Film von mir geben", sagte ich mit ungewohnter Zuversicht, die wohl der bevorstehenden Reise geschuldet war, doch kaum hatte ich aufgelegt, schwand die Zuversicht so schnell, wie sie gekommen war, und ich fragte mich, ob ich mir abermals etwas zusammenträumte. Was habe ich für Bilder vom Leben, fragte ich weiter, habe ich überhaupt eigene Bilder, die ich diesem meinen Leben zuführen könnte wie einen erzählten und damit dem Vergessen entrissenen Traum?

„Mach dir Bilder von deinem Leben, und sie werden sichtbar", so sagt Oliver, wenn er in seinem Regal der Lebenshilfe-Abteilung hockt, und ich frage zurück: „Und ich? Wann werde ich sichtbar?" Der Wunsch, sichtbar zu sein, liegt in der Natur des Menschen, nehme ich an, denn er begleitet uns alle ein Leben lang und gibt somit ein wunderbar geeignetes Thema für den nächsten Film ab. Nichts anderes bedeutet das Filmemachen als Bilder für das Universelle zu finden. Und nichts anderes bedeutet Regieführen, als über den Fortgang der eigenen Geschichte zu bestimmen.

„Eben", sagte Oliver. „Nimm das Heft in die Hand."

„Jaja", sagte ich, stand auf und lief mit dem Kaffeebecher, der erst zur Hälfte geleert worden war von mir, ein Stück die Straße hinauf. Es war das erste Mal, dass ich Oliver sitzen ließ, aber ich wollte nichts mehr hören, weder vom Vater noch von irgendjemandem sonst. Zu viele Männer, dachte ich und wünschte mir die Herrschaft der Frauen herbei, die doch nur Selbstherrschaft meinte in diesem Augenblick, also mich selbst zu beherrschen, und zwar nicht im Sinne der

Selbstbeherrschung, wohl aber im Sinne, die Herrschaft über das eigene Sein zu gewinnen.

Über Sein und Tun.

Und jetzt stehe ich hier in Barcelona vor verschlossener Tür. Die Absicht meiner Reise hätte Oliver kaum gefallen und war gewiss nicht das, was er darunter verstanden wissen will, wenn er sagt: „Nimm das Heft in die Hand." Aber es geht niemanden etwas an, was oder wie ich mein Leben lebe, nicht einmal Oliver, ja, er ist mir mit einem Mal so gleichgültig wie ich ihm, der nicht einmal gefragt hatte, was ich dort zu tun plane, in Barcelona. Vermutlich dachte er, nun schreibt sie doch endlich ihren blöden Film, nein, blöd dachte nicht er, sondern denke ich, und eben deshalb werde ich nicht an meinem blöden Film schreiben, wie ich ihn kraft der mir übertragenen Selbstherrschaft nennen darf, sondern mir von Dany zeigen lassen, wie das gehen könnte, einen Film zu realisieren.

Tu das, sage ich zu mir und drücke den Klingelknopf, nimm es als weitere Karussellfahrt, denn damit kennst du dich ja aus. Du drehst dich, je nachdem, wen du gerade besteigst, in einem fortlaufenden Kreis von Vater, Geliebten, Produzent, Regisseur, und später dann lässt du dich von einem Sohn herumdrehen, der dir angedreht wird oder womöglich bereits wurde. Es könnte durchaus sein, dass wir beide, Oliver und ich, in der vergangenen Nacht absichtslos den Beginn zu einer neuen (Lebens)Geschichte konzipierten, und nun wird sie sich ohne weiteres Zutun entwickeln und vollenden, auch ohne Vorführtermin. Der Gedanke beunruhigt mich. Ich mag von meiner mütterlichen Figur träumen, doch vom Mütterlichen als solchen träume ich nicht. Erst unlängst spaßte Oliver, er wolle mit mir ein Kind backen, und ich wich zurück und sagte, er wisse genau, ich wolle anderes gebären als ein Kind.

Der künstlerischen Produktivität zuliebe.

Und dennoch warte ich auf einen männlichen Samen, der mich befruchtet, statt selbst zu säen.

Ist das nun witzig oder dumm? – Sagen wir: feige.

Mit dieser Antwort auf die eigene Frage hätte mich ein Geistesblitz streifen können, ein einzelner Strahl, der ins Schwarze trifft, hätte, könnte, wenn, wenn, wenn, aber er verfehlt sein Ziel, denn in diesem Moment öffnet sich die Haustür, eine Frau steht vor mir, abweisend, geradezu feindselig, und ich trete unwillkürlich einen Schritt zurück. Weder sagt sie: „Hereinspaziert!", noch stellt sie sich vor, nur ein der Nachlässigkeit im Gebrauch des Wortes geschuldetes „Welcome!" bricht sich unfreiwillig Bahn über ihre Lippen; es fällt hinab, ohne mich zu erreichen, und ich spüre, dass ich, anders, als es die Übersetzung des Wortes nahelegt, nicht willkommen bin und auch in Zukunft nicht willkommen sein werde. Diese Frau beansprucht und behauptet ihren Raum für sich.

Darf sie das? – Sie darf.

„Here I am", sage ich und weiß, hier wird es kein Zuhause geben für mich. Ich werde Gast bleiben, ein von der Gnade der (Raum)Besitzenden abhängiger Gast, als wäre ich eine Puppe in ihrem Regal, die am Leben allein als Beobachterin teilnehmen kann, ohne eigene Gestaltungsfreiheit zu erhalten.

Wohnen ohne Raum.

III.

Den weiten Weg lege ich zu Fuß zurück. Gewunden schlängelt er sich den Hügel hinauf und wird mich bis zu dem Drehort führen, dem Ort oberhalb von Barcelona, den Dany als Basis seiner Dreharbeiten nutzt. Ich hatte die Wegbeschreibung vor meiner Abreise zusammen mit dem Wochenplan per Mail zugesandt bekommen. Hier oben soll unter anderem gedreht werden, wie Valeria in den Seiten des Buches verschwindet. „Wir werden mit der Szene neunundzwanzig beginnen", so hatte mir der Regieassistent geschrieben. „Bitte schau sie dir an", und im Anhang befand sich zudem das Drehbuch mit dem Titel *Barcelona Dream*, das ich sofort ausdruckte und las. Obwohl niemand versuchen sollte, sich von einem anderen aufwerten zu lassen, statt die Verantwortung für den Eigen-Wert selbst zu übernehmen, fühlte ich mich beim Lesen besonders, erhaben, ja, auserwählt.

Warum sonst hätte mich Dany trotz meiner stotternden Worte und ohne mich zu kennen, eingeladen, bei ihm zu hospitieren und den Gipfel zu erklimmen?

Das Drehbuch gefällt mir, aber es versetzt mir einen Stich, daran zu denken, dass ich es selbst hätte entwickeln wollen, hätte können, wenn, wenn, wenn nicht der Glaube, der Schuster, die Leisten, der Vater, der Freund, der Zeus. Sieh nur, die Blitze, die er dir entgegenschleudert, mein Kind, während du unerschrocken und voller Tatendrang über das weite Feld läufst, ohne den Einschlag zu fürchten. Und dann fordert der Vater, ein Verbündeter des Zeus, dich auf, auch an klaren Tagen achtsam zu bleiben und dich zu verstecken, damit du dir nicht die Finger verbrennst. Halt dich von der Sonne fern, so mahnt er, verbrenn dich nicht. Also beginnst du, die Sonne zu scheuen, wie jeder Himmolk es tut und auch jedes Schattenwesen, zu dem ein Mensch werden kann, wenn er lange genug zurückgedrängt wurde. Das Kind lernt schnell, und doch wird es die Sonne, ungeachtet der möglichen Gefahren, heimlich und aus dem Schatten heraus, weiterhin anhimmeln, bis es sich, erwachsen geworden, den Hügel hinaufkämpft in dem Bestreben, sie einmal mehr zu umkreisen, die Sonne, den Gott.

Oder auch: den Regisseur.

Warum begibt sich eine Frau freiwillig in patriarchalische Strukturen? – Frag nicht so dumm.

Dieselbe Frage stellt sich die Figur der Valeria in Danys Drehbuch, bevor sie sich auf den Weg macht, in die Seiten des Buches zu schlüpfen, die darüber hinaus von ihrem Ehemann Gustavo geschrieben wurden. Ihm diente sie bisher als Muse, nicht als eine Muse wie Erato, die sich der Liebeskunst verpflichtet sieht und Sehnsucht weckt, sondern als Muse Kalliope, die sein Schreiben fördert, denn der Protagonist in *Barcelona Dream* arbeitet als Autor. Während des Lesens zeigte sich mir sofort ein Bild von diesem Gustavo, schmal und behaart stellte ich ihn mir vor, kämpferisch und weich zugleich. Jedenfalls verliert Valeria ihre Bedeutung für ihn und ist es somit nicht länger wert, an seiner Seite zu verweilen; nicht einmal eine Figur in seinem Buch scheint sie dem Herrn Autor wert, und so wird Valeria von ihm gleich in doppelter Hinsicht abgeschrieben. Ihrer Funktion beraubt, geht sie in sein Buch, um ihn zu suchen, den

Schöpfer der Geschichte, auf dass er ihre gemeinsame Geschichte weiterschreibe, bestenfalls zu ihren Gunsten. Statt an seine Seite drängt sie sich in seine Seiten hinein und versucht ihn zu zwingen, das Ende umzuschreiben. Sie manipuliert ihn damit in einer Weise, wie es die Ohnmächtigen tun, die in ihrer Ohnmacht nicht ohne Macht bleiben wollen, und so missbraucht sie ihn gewissermaßen für ihre Zwecke.

Geht es Dany darum in seinem Film? Um gegenseitigen Missbrauch?

Valeria ist Gustavos Opfer und zugleich Täterin, da sie ihn benutzen will für ihr, nennen wir es: Liebesglück.

„Schreib mich hinein", sagt sie, und als er es nicht tut: „Dann komme ich eben selbst, mit meinem ganzen Körper, in meiner Gesamtheit, und werde Teil der Handlung, ob du es willst oder nicht."

„Warum tust du das?"

„Um dich zu zwingen, mich zu lieben." Da also befindet sie sich nun, zwischen den Seiten, der Staub wirbelt auf, besagter Schriftsteller Gustavo ist nicht in Sicht. Ohnehin wahrt er, wie auch Dany es tut, gewöhnlich Abstand zu seinen Geschichten, denn er möchte die Grenze zwischen sich und seinen Stoffen nicht durchlässig werden lassen.

Zwischen dem Autoren-Ich und der Figur.

Dieser Autor ist ein vorsichtiger Autor oder ein feiger Autor oder ein professioneller Autor, ein Autor jedenfalls, der es versteht, sich und das, was er schreibt, voneinander zu trennen, fiktiv zu bleiben und nicht während des Prozesses des Schreibens in die Selbsterkundung zu stolpern. Was er erkundet, sind erfundene Welten, denn die Erfindung gilt als Gütesiegel im Bereich der geglückten Erzählung, zumal den männlichen Erzählern, alles andere wird mit Mitteln der Abwertung bekämpft. Die Augen der Entscheidungsträger, selten: Entscheidungsträgerinnen, selbstverständlich objektiv, selbstverständlich mit einem Blick, der unabhängig vom eigenen Befinden urteilt, bündeln das Sonnenlicht in ihren Linsen, um zu lesen, was geschrieben steht. Und sobald sie befinden: siehe, es ist nicht gut, verbrennen sie im Glanz ihrer Sonne das ihnen schutzlos ausgelieferte Papier zu einem Aschehäufchen. Die Aschehäufchen beinhalten alles, was unter *weibliche Selbsterfahrungs-Geschichten* subsumiert wird, denn wir Menschen brauchen Geschichten, keine Bauchnabelshow, so sagen sie. Ja, da gab es den Versuch, diesen Blick in Frage zu stellen, gab es die feministische Forderung, das Private politisch zu betrachten und Beziehungsstrukturen zum Thema zu machen, um eben diese Strukturen aufzubrechen, aber leider blickt es der Feminismus nicht länger. Nur selten noch, und nicht selten verzögert, schaut er sich träge um und legt einen einzelnen Finger in die Wunden des Patriarchats, die sich durch Kratzer an den äußeren Strukturen bilden, während der innere Körper des Systems, in dessen Gedärm sich die Entscheidungsträger tummeln, weiterhin verborgen bleibt.

Auf Kosten der Transparenz.

Der Autor in Danys Buch jedenfalls weiß, was er tut, und deshalb verbirgt er sich hinter seinen Figuren und bleibt auf diese Weise unerreichbar für seine Frau Valeria, nachdem sie in sein Buch geschlüpft ist, unerreichbarer noch, als er es außerhalb der Fiktion gewesen war. Denn hier, zwischen seinen eigenen Zeilen, spielt er schlicht keine Rolle, weder eine gute noch eine schlechte; nicht einmal in der Rolle des

Antagonisten findet Valeria ihn wieder, da kann sie sich noch so emsig durch die Buchstaben kämpfen, in dem unsinnigen Bemühen, zu ihm durchdringen zu wollen. „Wo bist du?", ruft sie, aber er lässt nicht zu, dass sie gehört wird, sondern lächelt milde, den Blick von außen auf das Buch gerichtet, und entscheidet, sie nun doch zu einer Figur seines Buches umzufunktionieren, nicht aber zu einer Figur, wie sie es sich erhofft haben mag, einer positiven Figur, einer zentralen Figur, womöglich erneut zu einer Liebespartnerin, nein, er degradiert sie zu einer Rand-Figur. Sie wankt durch die Seiten und hat nur eine Aufgabe im dramatischen Gefüge der Handlung: Gustavo weiterhin anzuhimmeln, den Himmel ihres persönlichen Glücks, das endgültig in unerreichbare Ferne gerückt ist, während er beliebig über sie verfügen kann, so wie er über das gesamte Ensemble in dem gesamten Kosmos des Buches frei verfügen kann. Schließlich ist er der Autor, und in dem Kosmos der erfundenen Geschichte kann der Autor tun, was er will und alle um ihn herum so zurechtrücken, wie es ihm lustig ist, ja, so lautet das Gesetz der Erfindung. Und deshalb ist ein Erfinder der unbestrittene Souverän, der alles entscheidet, selbst über Leben und Tod, und jetzt entscheidet er aus purer Gemeinheit, aus Ignoranz, zur Strafe, aus Unachtsamkeit seine neu eingefügte Figur zusätzlich dadurch zu demütigen, dass er ihr zwar denselben Namen gibt wie seiner Ehefrau, sie zugleich aber als ein Mädchen gestaltet, das aus dem Gefühl der Zurückweisung und seiner damit einhergehenden emotionalen Unsicherheit heraus allzeit bereit ist, mit dem nächstbesten Mann ins Bett zu steigen, um seinen Status zu erhöhen oder auch: sich geliebt zu fühlen.

Diese neue Valeria, die junge Valeria, die nichts mehr gemein haben wird mit der gestandenen Frau, die sie einmal war, ist davon überzeugt, dass die Liebe, die ihr von einem Mann entgegengebracht wird, der sich ihr überlegen zeigt, einen wertvolleren Menschen aus ihr machen wird.

Unter professionellen Gesichtspunkten betrachtet gibt es hier eine Schwäche in Danys Drehbuch, weil die Figur der Valeria auf eine Art geführt wird, dass ihr neben allem anderen auch die dramaturgische Daseinsberechtigung abgesprochen wird, denn ihr Dasein gründet sich auf einem Irrtum, der nicht zuletzt von Gustavos (oder Danys) Verankerung im patriarchalen System zeugt und besagt, dass sich der Wert eines Mädchens von außen bemessen ließe und zwar an der Tolligkeit des Mannes, der es registriert und umwirbt oder mit ihm ins Bett geht, mit anderen Worten: Der Wert der Frau bemisst sich an dem Wert des Mannes, an dessen Seite sie auftritt, sich zeigt, gesehen wird.

Am besten in Großformat und mit Kinoauswertung.

Valeria wird zu einem Mädchen, das diese Vorstellung von Wert, Aufwertung oder auch Abwertung, repräsentiert. Das wiederum könnte ihr dann doch dramatisches Gewicht verleihen, nur bin ich mir in Bezug auf die Konstruktion des Buches eher unsicher, ob es tatsächlich Danys inhaltlicher Absicht entspricht, diese Verknüpfung zwischen weiblichem Status und männlichem Begleiter kritisch zu beleuchten oder nicht eher meinem Wunsch, den geplanten Film in dieser Weise interpretieren zu wollen. Alle neigen wir dazu, in dem, was uns umgibt, einzig und allein die eigenen Themen wiederzuentdecken, in diesem Fall: Wert(gering)schätzung. Und kaum entdecke ich das Thema, entdecke ich auf einmal auch den Grund, aus dem mir das Ding, das im Stiegenhaus zu Nancys Appartement unter dem Treppenabsatz wohnt, bekannt vorkam. Es gleicht dem Tier, das in mir sitzt, dem Alp aus meinem Traum. Vielleicht ist es während der Reise aus mir herausgekrochen, um sich Zutritt zur sichtbaren Welt zu verschaffen, und in dieser Welt nutzt es die Gestalt, die ich ihm in der geistigen Welt bereits verliehen hatte. Mach dir ein Bild, schon gibt es ein Abbild davon in der Wirklichkeit, so lautet ein ungeschriebenes Gesetz, und da sitzt er nun, der Alp, mit warziger Haut und feuerroter Brust, gerade so, wie ich ihn mir ausgemalt hatte, und hält sich, wenngleich versteckt, so doch in meiner Nähe auf.

„Zähm deine Phantasie", so sagte bereits meine Freundin Vanja im Kindergarten, und der Regielehrer an der Filmakademie befand: „Eva leidet an einem Zuviel an Phantasie."

Valeria wiederum bietet sich an, die Phantasien eines anderen zu wecken, auch die meinen, und das drückt sich vor allem in dem Moment aus, in dem sie Herbert begegnet. Diese Szene hat Dany bereits gedreht, soweit ich weiß. Der Herbert im Skript ist ein Deutscher, der in Spanien seinen Urlaub verbringt, eine Gestalt der übelsten Sorte, kein Mensch, sondern jemand, der seine Menschlichkeit im Streben nach Unsterblichkeit einbüßen musste. Ja, Herbert ist ein Vampir und damit eine faszinierende und zugleich furchteinflößende Gestalt, die ihr Fortleben dadurch sichert, sich das Blut von jemandem anderen einzuverleiben, weshalb Herbert sich auch sogleich an Valerias vermeintlicher (weil von ihrem Ehemann hineingeschriebenen) Bedürftigkeit berauscht. Valeria jedoch beginnt zu kämpfen, sodass ich während der Lektüre dachte, sieh an, Dany weiß sehr wohl um Valerias Wert für seine Geschichte, aber dann las ich weiter, bis ich zu der Szene kam, in der Valeria tot am Strand aufgefunden wird. Ich las mit stockendem Atem, ihr Tod rührte etwas in mir an, und ich sehnte mich bis zur letzten Seite nach einer Erklärung für diesen schmerzhaften Femizid, mit dem Valerias Geschichte endet, ohne überhaupt als eigenständige Geschichte entwickelt worden zu sein. Den Gefallen, den Tod zu erklären, tut Dany der Leserin, in diesem Falle: mir, nicht. Er hat es nicht nötig, etwas zu erklären und will nichts erklären, sondern nutzt seinen Mut zur Lücke. Anders als ich fürchtet er sich offenbar nicht vor Gespenstern, die sich dort einnisten könnten. Und so liegt Valeria tot danieder, ohne dass er uns die geringste Andeutung gibt, warum es sie entweder in einen Selbstmord getrieben haben könnte, für den ebenfalls kein Grund besteht, oder welche Motive den potenziellen Mörder Herbert dazu bewegt haben könnten, sie umzubringen.

Außer ihrem Blut.

Es gilt als Danys Stärke, in seinen Filmen uneindeutig zu bleiben, kryptisch, enigmatisch. Nicht ein einziger einfach konstruierter Thriller stammt aus seiner Autorenschaft. Das Klare sei ihm zu pornografisch, so hörte ich ihn in einem Interview sagen, lieber erzähle er Geschichten, die Rätsel aufgeben würden.

Wie in allen von Danys Filmen verschmelzen auch in *Barcelona Dream* mehrere Ebenen innerhalb der Erzählung: Da gibt es zum einen das Buch, in das Valeria hineingesogen wird, ja, *gesogen*. Auch wenn sie glaubt, sie gehe freiwillig dort hinein, so tut sie dies in Wahrheit, ohne zu wissen, dass sie bereits im Zuge ihres Entscheidungsprozesses von Gustavo manipuliert wurde, der ihre Motivation zwar mit der Sehnsucht nach Fortsetzung der Beziehung beschreibt, dabei jedoch verschweigt, dass es von Anfang an Teil seines Plans gewesen war, sie in sein Buch zu schicken, denn ihr Verschwinden bedeutet für ihn: Bahn frei! Dass er sie aus dem Weg haben will und warum, wird zunächst nicht verraten; ebenso erfahren wir erst im Nachhinein, wie es so möglich sein soll, in ein Buch hineinzumarschieren. Beides, Gustavos Motiv und die Erklärung für den magischen Vorgang, von der manifesten Welt in eine Fiktion verschwinden zu können, bleibt die längste Zeit offen und dient somit als wesentliches Moment der Spannung, während die Handlung um Valerias Ehemann kreist; um ihn dreht und windet sich alles. Denn auch wenn er es versteht, sich aus der Geschichte herauszuhalten, es ist und bleibt seine Geschichte, die hier erzählt wird.

Dass Gustavo von Esteban Treiber gespielt wird, einem argentinischen Schauspieler mit deutschen Wurzeln, verstärkt meine innere Erregung, nun, da ich den Drehort beinahe erreicht habe: mein Ziel. In wenigen Augenblicken werde ich meinen beiden heimlichen Helden gegenüberstehen, dort oben sind sie, und instinktiv versuche ich, den Moment der Begegnung hinauszuzögern. Obwohl ich mich noch leicht unterhalb vom Set befinde, entdecke ich die Maskenwagen, die Absperrbänder, den Technik-Park; es ist unübersehbar: hier wird gedreht. Nur wenige Schritte noch, dann werden die Dreharbeiten auch für mich greifbare Realität sein, also gemach, gemach. Doch wie langsam ich auch gehe, erreiche ich zwangsläufig die Kuppe des Hügels, ja, gleichgültig, was ich tue: Ich bin da.

Angekommen in mehrfacher Hinsicht.

Ich sehe Dany sofort, nachdem ich vom Set-Aufnahmeleiter ins Herz der Produktion gelassen wurde. Dort steht er, nein, er thront. Im Schatten eines Zeltes halte ich inne, um ihn zu betrachten, während ich selbst unbeobachtet bleibe und damit unverschämt voyeuristisch bin. Ich wage kaum, zu atmen, damit er mich nicht hört und meine Deckung auffliegt, obwohl er, wenn er mich sähe, nicht wüsste, dass ich es bin, Eva, die sich in wehendem Rock und kariertem Hemd den Hügel zu ihm hinaufkämpfte. Nein, *kämpfen* ist nicht der richtige Ausdruck; gegangen worden bin ich, über das Gras, mit Danys Drehbuch als Antrieb.

Der Fiktion als Auftrieb.

Unwissentlich zeigt Dany mir sein Profil, während über ihm die Blätter eines Lorbeerbaumes wehen, und das Gesamtbild wirkt in einem Maße kitschig, dass es sich verbietet, ein Bild wie dieses in einem Film verwenden zu wollen. Zugleich jedoch gefällt mir der Anblick: Dany, die Lorbeerbäume, einige Buchsbaumhecken, der Wind, eine Szenerie, die ich insgeheim, ohne zu zögern und ohne mich zu schämen, als *wunderschön* bezeichne, obwohl *wunderschön* ein abgenutztes und somit nichtssagendes Wort ist, ich weiß es ja, ungeeignet für jede Geschichte, ungeeignet vor allem für jede Regieanweisung. Nicht zu leugnen aber ist, dass Dany eben diesem Attribut, *wunderschön*, entspricht, zumal in diesem Moment, in dem er dort steht und sein nur leicht rasiertes Kinn zuversichtlich dem Horizont entgegengereckt, als wolle er noch an diesem Tag dorthin reiten und darüber hinaus, um den Raum zu erobern, der dahinter liegt.

Am besten in den nächsten zehn Minuten, nein, sofort.

In dem Kinn wird eine Zuversicht personifiziert, die ich selbst gern in dieser Weise ausstrahlen oder zumindest empfinden wollte. Nun aber steht sie vor mir, im Außen, in dem Bild dieses Mannes mit diesem Kinn. Es ist der Mann als solcher, der das Fremde verkörpert für die Frau, so fremd ist er ihr wie mir das Gefühl der Zuversicht, mit der Dany in diesen Tag blickt, während die Blätter des Lorbeers über seinem Kopf rauschen, an dem sich bereits eine kahle Stelle zeigt. Alles in allem ergibt sich hier das Bild von einer Sonne im Quadrat.

Ich mache mir Notizen im Kopf, in der Art einer Szenen-Beschreibung, wie ich sie in einem Drehbuch zu formulieren pflege, und denke, daraus könnte sich ein Film entwickeln: über diesen Mann, diesen Anblick.

Eine Liebesgeschichte?

Liebesgeschichten berühren die Menschen mehr als ein Stoff, der von Baummenschen handelt. Ich könnte die Geschichte aus der Perspektive einer jungen Frau erzählen. Mit wachen Augen wandert sie durch die Welt, ja, ebenso wach sind ihre Augen, wie es die Augen des Mannes sind, dem sie sich über den Hügel hinweg nähert, genähert hat, bis sie stehenbleibt, um ihn zu betrachten. Es ist ihre Wahrnehmung, aus der heraus erzählt wird, und damit bekommt die Frau mehr Raum, als den Frauen in Filmen gewöhnlich zugebilligt wird. Ich wähle ihren Blick und erhebe sie somit zum Subjekt, während er als Objekt ihrer Betrachtungen und obendrein als Objekt der

Begierde gezeigt wird: Hintern, Rücken, Nacken, Haar. Zerlegt, wenngleich bewundernd zerlegt, präsentiert ihn die Darstellung als einen Vertreter der Hegemonie, an der diese Frau Anteil haben will.

Notfalls durch Projektion.

HÜGEL VON BARCELONA AUSSEN/TAG
Eine junge Frau, Eva, erklimmt den Hügel oberhalb von Barcelona. Nachdem sie die Absperrung überwunden hat, die den Drehort markiert, sieht sie Dany unter einem Lorbeerbaum stehen und hält inne, um ihn zu beobachten. Obwohl sie sich unbemerkt wähnt, wendet sich der angebetete Regisseur ihr unvermittelt zu.

DANY
Du bist Eva.

Er spricht Eva an, und sie hört diese Stimme, die sie aus den zahlreichen Interviews kennt, denen sie auf YouTube folgt, sodass sie meint, diese Stimme aus einem früheren Leben vor diesem Leben zu kennen.

Den letzten Absatz muss ich streichen, denn das Nicht-Geäußerte, Nicht-Sichtbare ist nicht verfilmbar, und deshalb haben Gedanken wie diese in einem Text wie diesem nichts zu suchen und in einem anderen besser auch nicht, weil die Vorstellung, die Stimme eines anderen aus einem vorherigen Leben zu kennen, ähnlich abgenutzt ist wie das Wort *wunderschön*. Ja, in tausendundeiner Geschichte wurde dieses Motiv bereits besudelt und macht nicht einmal vor Gespenstern halt. Schon während der

Ausbildung an der Akademie verkündete mein Lehrer, dass es zu jedem Thema bereits eine Geschichte gebe und zu jeder Geschichte außerdem das passende Drehbuch. Dieses spezielle Thema betreffend gibt es sogar einige Drehbücher; sie sind alle eigenhändig und eigenständig von mir verfasst, aber mit der Begründung zurückgewiesen worden, die Annahme, jemanden aus einem vorherigen Leben zu begegnen, sei magisch-naiv.

Was aber, frage ich mich, ist magisch an Tatsachen?

Ich jedenfalls werde so lange über das Thema schreiben, bis das Geschriebene in Szene gesetzt zu dem wird, für was es bestimmt ist: ein Film, denn mir passiert es immerzu, dass ich denke, hey, Eva, den, die, das kennst du doch!, womöglich aus einem anderen Leben!, wann immer mir etwas Vertrautes begegnet, wie gestern das Gespenst oder jetzt der Anblick eines Mannes, der weiß, was er will und die Zuversicht ausstrahlt, den Tag erobern zu können, die mir stets zuversichtlich entwischt.

Vielleicht zeigen sich in diesen Begegnungen auch nur die Projektionen unserer unerfüllten Wünsche.

Zögernd stehe ich auf einem Hügel in Barcelona, der mir fremden Stadt, gegenüber dem mir fremden Mann, und statt mein Kinn in Richtung Tag zu recken, ihm zu sagen: „Hallo, Tag, ich werde kommen und dich nehmen und dich zu dem meinen machen", schweige ich meine Gedanken in ein imaginäres Buch. Und weiter rauschen die Blätter des Lorbeerbaums.

Dany muss bemerkt haben, dass er beobachtet wird, seine zahlreichen Augen sind überall, selbst auf den Schulterblättern sitzt ein Paar; sie sind ihm Werkzeug und Waffe und somit allzeit einsatzbereit.

Er geht ein paar Schritte auf mich zu, bis sein Gesicht dem meinen gegenüber ist, sodass ich nur den Mund öffnen müsste, um ihn um eine Antwort auf die Frage zu bitten, wie ich mir die Magie zunutze machen und einen Weg von der Fiktion in die manifeste Welt finden könne, sprich, ein Drehbuch zu realisieren. Das müsste doch einfacher sein, als den Weg von der manifesten Welt in die Fiktion zu beschreiten, wie Valeria es tut.

Oder, Dany?

Aber der Moment, dieser Moment, in dem Dany auf mich zuschreitet und mich dabei unentwegt anschaut, verströmt eine Magie der anderen Art. Und deshalb darf ich nichts sagen, um diese Magie nicht mit Reden zu zerstören, so rede ich mich vor mir und meinem beredten Schweigen heraus und überlasse das Reden dem anderen.

„Du bist Eva", sagt Dany, während ich das Heft fallenlasse, in das ich seit langem nichts Frisches, Neues, Erhabenes notierte. Selbst die Beschreibung dieses Moments bleibt unnotiert, denn sie stieße aus ähnlichen Gründen auf Ablehnung wie das Sujet, jemanden aus einem vorherigen Leben zu begegnen, vermute ich. Und trotzdem, trotz des Heftes im Dreck und des mantrischen Wiederholens der immer gleichen Bedenken, meine ich eines zu wissen: Ich bin am richtigen Ort zur richtigen Zeit.

Womöglich auf dem Baum.

HÜGEL VON BARCELONA AUSSEN/TAG

DANY

Du bist am richtigen Ort zur richtigen Zeit; wir können beginnen. Alles ist gut.

Lächelnd lässt er sich im Gegenlicht auf seinen Regie-Sessel fallen und fordert Eva wortlos auf, neben ihm Platz zu nehmen, sodass sie sich einen zweiten Klappstuhl nimmt und ihn an den seinen heranschiebt, mit Blick über die Stadt.

DANY

Beim Filmemachen ist es wichtig, sich stets den Überblick zu verschaffen und ihn auch zu behalten. Verlier nie den Überblick, Eva, hörst du, und damit erteile ich dir gratis Lektion Nummer eins.

Im Hintergrund sitzt ein südländisch anmutender Mann, Spanier oder Italiener, der mit einem kleinen Verstärker auf einer E-Gitarre spielt.

Von außen betrachtet funktioniert die Szene, finde ich, aber da ich das Heft fallen ließ, ist es mir nicht möglich, sie anders zu notieren als in meinem Kopf, und so verflüchtigt sich das Geschehen, bevor es von mir verdichtet, ausformuliert und dingfest gemacht werden kann.

Dany hebt das Heft mit der Bemerkung auf, ich habe wohl etwas fallen gelassen; dann nimmt er einen zweiten Stuhl, den er leicht versetzt hinter den seinen stellt, und während er auf dem Stuhl Platz nimmt, der mit dem Schriftzug *Regie* versehen ist, denke ich insgeheim (so geheim, dass es nicht sichtbar wäre in der Art von Film, wie ich ihn im Kopf verfasse) an meinen Wunsch, auf einem Stuhl wie dem seinen sitzen zu wollen und nicht dahinter, aber

Dany ist schließlich nicht irgendein Regisseur, sondern der eine.

Der Einzige, der Einzigartigste.

Auf diese Weise beruhigt, nehme nun auch ich meinen Platz ein, der mir tatsächlich einen Überblick über die Stadt gewährt, als lebte ich auf einem Baum, auf jeden Fall versetzt in unbekannte Höhe. Vielleicht bin ich in einem Film unterwegs oder in einem Traum oder es genügt, den Ort gewechselt zu haben, also hier in Barcelona zu sein, und schon ist alles möglich. Jeder Ort hat seinen Traum, und mit diesem Ort bin ich der Wirklichkeit meiner Träume ebenso näher gerückt wie der Verwirklichung dieser Träume, die ich so lange schon verfolge, dass sie mir dann und wann auf den Magen schlagen.

Eine Frau gesellt sich zu uns, von der ich nicht weiß, wer sie ist. Sie dürfte in Danys Alter sein, also etwa ein Jahrzehnt älter als ich. Sie ignoriert mich, ihre Aufmerksamkeit bleibt für Dany reserviert, mit dem sie scherzt, dass alle Maskenbildner ausschließlich Augen für sie gehabt hätten, für ihre Frisur, vor allem aber für ihre gelungene Wangenpartie. Umschwärmt worden sei sie wie Bette Davis, fährt sie fort, und tatsächlich erinnert sie mich ein wenig an Bette Davis, vor allem der Attitüde wegen, mit der sie nicht eine Sekunde lang daran zweifelt, dass sie diejenige ist, die angeschaut wird und dass alle Blicke sich auf sie vereinen.

„Wundert euch also nicht," sagt sie, „wenn Estebans Maskenabschluss sich verspätet." Aber noch während sie spricht, tritt Esteban aus dem Maskenwagen heraus, ihn erkenne ich sofort. Er kommt zu uns herüber, umgeben von einem grünen Geruch, ja, so frisch riecht es plötzlich, und ich denke, mit meiner

Nase sollte ich blind drehen und stumm und mich aufs Riechen verlassen.

Esteban mustert mich, als bemerkte er, wie meine Nase sich ihm entgegenreckt, und wüsste, dass ich diese meine Nase in seine Angelegenheiten stecke. Er lächelt und holt nach, was die anderen zuvor verabsäumten.

„Darf ich vorstellen," sagt er und weist auf Bette Davis, „Valeria, meine hochverehrte und geehelichte Frau." Er lacht. „Und wer bist du?"

„Eva wird hospitieren", antwortet Dany, als wäre er mein Vormund, der Mund, der vor mir spricht. Und als er nun Fleisch werden lässt, was zuvor Abstraktion war, dieses Wort *Hospitanz*, klingt es für mich, als werde ich zu der Schnepfe vom Dienst degradiert, deren einzige Aufgabe darin besteht, für alle Kaffee zu kochen, womöglich auf falsche Art zubereitet obendrein: einen halbierten Verlängerten. Und mit einem Mal ist mir die Aussicht auf diese Hospitanz, der ich so sehr entgegenfieberte, mein Sechser im Lotto, verhasst, genauer gesagt, der Status, der mit dem Wort verbunden sein könnte. Irritiert stelle ich fest, dass mir die bloße Benennung meiner Funktion hier am Set den Platz auf dem Baum streitig zu machen scheint, mich hinunterfallen lässt wie faules Obst. Und obwohl ich mich in Valerias Gesicht spiegele und daher sehe, wie fauliges Obst dreinzublicken pflegt, höre ich sie sagen: „Ich freue mich, dich kennenzulernen, Eva. Ich bin Marta."

Erst jetzt fällt mir ein, dass sie nur in Danys Geschichte den Namen Valeria trägt, im Leben aber besetzt ist mit Marta Reyes. Besetzt *von* Marta Reyes könnte es auch heißen: heimgesucht; die armen

Filmfiguren, so gern wollten sie nichts lieber, als sie selbst sein, und dann geben sie lediglich die Hülle für diejenigen ab, die in sie hineinschlüpfen, sodass ihr Eigenleben von dem Eigenleben desjenigen abhängt, dem sie Wirt sind. Selten finden sie eine Lücke, um sich zu zeigen, und dieser Zustand kommt mir erschreckend vertraut vor.

Marta trägt ihr Haar lang und ihre Ausstrahlung offen, und in der Art, mit der sie mich begrüßt und willkommen heißt, wiewohl mit der Verzögerung, die Esteban den Vortritt ließ, meine ich Aufrichtigkeit zu finden. Und aufrichtig, so sagt sie jetzt, könne sie mir versichern, dass Esteban und sie nicht verheiratet seien, sondern nur als Gustavo und Valeria ein Paar abgeben würden, wenngleich ohne Paarschaft.

„Ich bin niemandes Ehefrau," fügt sie hinzu, „sondern in erster Linie Frau."

Offensichtlich will sie ihre Unabhängigkeit betonen, so denke ich, das scheint ihr wichtig, nicht Ehefrau, sondern in erster Linie Frau zu sein, vor allem wohl in Hinblick auf den sexuellen Wert (!), zu dem unberingte, also besitzerlose Frauen am Markt gehandelt werden, nennen wir es so und nicht anders: gehandelt. Und während ich darüber nachdenke, in welcher undurchsichtigen Beziehung sexuelle Ausstrahlung und Ehe miteinander stehen, fällt mir ein, dass ich mich vor der Abreise fragte, ob Dany verheiratet sei. Darüber hatte ich nichts finden können im Netz und es mir obendrein untersagt, weiter nachzuforschen, weil ich es als irrelevant für mich und meine Absichten betrachtete. Ich mag hoch hinauswollen und nahezu unersättlich sein, wenn ich meinem Vater Glauben schenke, jedoch sicher nicht darauf hinaus, mich in einer Liebschaft zu verfangen, allerhöchstens darauf, einen Liebesfilm zu entwickeln. Und damit habe ich ja gewissermaßen begonnen, als ich ein erstes Layout skizzierte, in dem eine noch recht junge Frau und ein älterer Mann vorkommen, das Licht und der Lorbeer.

„Du gehörst mir für immer, mein Schatz", sagt Esteban an Marta gewandt und lacht abermals. Dany fällt in das Lachen ein und wirkt dabei überzeugend unverheiratet. Seine sexuelle Ausstrahlung zumindest hat keinen Schaden an der Ehe genommen, denke ich und schelte mich gleichzeitig für diesen Gedanken, der abermals die Frage in mir weckt, ob es denn nun eine Ehefrau an Danys Seite gibt oder nicht, und ich erschrecke, denn in diesem Moment lehnt Dany sich gefährlich nahe in meine Richtung, so nahe, dass ich ihn riechen kann und den Geruch unwillkürlich mit Männlichkeit in Zusammenhang bringe. Dieser Geruch nach Nikotin ruft vorgefertigte Bilder in mir auf, die meiner Kinosucht und Vorliebe für alte Filme geschuldet sind und denen ich mich nicht entziehen kann. Sie stammen aus einer Zeit, in der Cowboys auf Pferden über die Leinwand galoppierten, um sich anschließend eine Zigarette anzustecken, eine Zeit, in der das Rauchen in geschlossenen Räumen Markenzeichen von coolen Typen war, ohne einen Gedanken daran zu verwenden, wie ungesund dieses Markenzeichen für diese Männer gewesen sein mochte.

Die Zeit der cineastischen Höheflüge.

„Und du, Eva?", fragt Dany. „Bist du verheiratet? Weißt du, wovon die Rede ist in meiner Geschichte?"

Ich schüttele den Kopf, leider nein, oder vielleicht Gott sei Dank, ich strebte nach anderem als danach, mich freiwillig abhängig zu machen, strebte nach Höherem, nach Kunst. Da nickt Dany und meint, er verstehe, aber im Gegensatz zu mir verstehe er das, wovon ich spreche, aus eigener Erfahrung, und mit dieser Erfahrung meine er seine Scheidung, den Tag der Wahrheit, wenn er es so nennen dürfe.

Unvermittelt winkt er den Mann mit der E-Gitarre heran, um uns miteinander bekanntzumachen. Marco ist tatsächlich Italiener, wie sich nun herausstellt, und übernimmt im Film den Part des Doktors. Mir ist entfallen, welcher Funktion die Rolle des Doktors innerhalb des dramaturgischen Gefüges dient; ich wäre froh, mir die meine erschließen zu können.

„Ich mag Gitarre“, sage ich zu Marco. „Spielst du oft?“

„Ich verrate dir ein Geheimnis, meine Liebe“, erwidert er. „Meist ist es so langweilig am Set, dass ich froh bin, wie wenig mich diese Langeweile tangiert, denn es stimmt, ich spiele oft. Ich nutze alle Zeit der Welt. Ich habe alle Zeit der Welt.“

Dany lächelt mir zu und erklärt spöttisch, mit solchen Sprüchen und dem Attribut (sein Wort!) der Langeweile rette Marco sich in die vermeintliche Größe, derer er als Musiker entbehre: „Lass dich nicht blenden, Eva. Marco sieht sich gern als verhinderter Musiker.“

„Und als verhinderter Schauspieler obendrein“, sagt Marco. „Gehe ich richtig in der Annahme, dass ich mich auch heute umsonst bereithalte, da wir wieder nicht zu meiner Szene kommen werden? Wahr oder nicht wahr?“ Mit dieser Redewendung spricht er mir aus der Seele; sie ist mir vertraut wie die Langeweile, von der er sprach.

„Ich kann nichts versprechen“, sagt Dany. „Schreib ein Lied darüber“, und ich begreife, dass die beiden sich nicht ausstehen können, aber irgendeinen Grund muss es geben, warum Dany Marco mit der Rolle besetzt hat. Niemand würde sich die Dreharbeiten unnötig dadurch verkomplizieren, Leute zu engagieren, die dir womöglich nicht unterstützend, sondern feindselig begegnen. Ich werde Dany fragen, denn darum bin ich ja hier: um zu lernen.

Langsam gelingt es mir, nicht nur über die Stadt, sondern auch über die mitwirkenden Personen einen Überblick zu gewinnen, über das Ensemble, das an Danys Film mitwirkt und an der Geschichte webt, in der ich mich befinde. Neben dem Kameramann Luis und dem Oberbeleuchter Martin werde ich zuletzt mit der Darstellerin der Carlota bekanntgemacht, die soeben eintrifft, verspätet, wie ich denke, aber dann sehe ich, dass sie für die nächste Szene nicht eingeplant ist. Erst in Szene zweiunddreißig, also ungefähr nach dem ersten Viertel des Films, trifft sie auf Gustavo, der mit Valerias Verschwinden im Buch meint, nun freie Bahn zu haben, und diese Bahn führt ihn direkt in Carlotas Arme. Zur selben Zeit wiederum denkt Valeria, ihr Ziel erreicht zu haben, Gustavo so nahe zu sein wie nie zuvor. Sie benötigt mehrere Seiten, acht Minuten Filmzeit, um an den Punkt zu gelangen, wo sie erkennt, dass er sie in emotionaler Hinsicht die ganze Zeit hintergangen hat. Von Carlota dagegen weiß sie noch immer nichts und wird während der ganzen Geschichte auch nichts erfahren, weil Gustavo Carlota vor ihr versteckt hält. Und so darf Carlota, im wahren, glücklichen oder auch nicht glücklichen gelebten Leben heißt sie Annemarie Schubert, als Valerias Gegenspielerin gelten, wenn man so will. Das Publikum es so will oder ich. Dennoch ist sie keine Antagonistin im eigentlichen Sinne, denn so, wie Valeria nichts von ihr weiß, weiß auch Carlota nichts von Valeria. Sie treffen sich zu keinem Show-down, zu keinem Schussduell um High Noon, denn das wäre eine andere Geschichte mit einer anderen Hauptfigur als Gustavo. Dass er Carlota vor Valeria verheimlicht, wird nicht problematisiert. Es ist nicht ungewöhnlich, dass Menschen innerhalb ihrer Beziehungen Geheimnisse voreinander haben, dürfen sie, sollen sie. Carlota existiert zunächst nur in Gustavos Gedankenwelt und stellt somit keine reale Bedrohung dar, bis sie schließlich doch sehr real wird, zumindest in seinem Buch, also in seiner Geschichte. Hier möchte sie den Platz der Muse einnehmen, der Valeria genommen wurde. Eine lange Strecke im Film, beinahe den gesamten zweiten Akt umfassend, wird sie auf der äußeren Handlungsebene diesem Ziel hinterherrennen. Und damit verfolgt sie, ohne es zu wissen, das gleiche Ziel wie Valeria: Beide wollen sie im Dunstkreis von Gustavo zu höheren Höhen aufsteigen. Valerias und Carlotas Streben scheint sich einzig darauf auszurichten, von Gustavo gesehen zu werden, und diese Konstruktion der weiblichen Figuren erzählt mehr darüber, mit welcher Art von Blick Dany auf Frauen schaut als über die Psychologie der Frauen selbst. Ich dagegen weiß, dass dieses Ziel nicht dem entspricht, was sie für ihr inneres Wachstum bräuchten, schließlich schreibe auch ich Drehbücher.

Zumindest theoretisch.

Wäre dies mein Film, so fügte ich eine zusätzliche Ebene ein, die den blinden Fleck der beiden Frauen thematisierte, den ich darin auszumachen meine, dass es sowohl Valeria als auch Carlota an Selbstliebe mangelt, der einzigen Liebe, die es ihnen ermöglichte, sich von der Phantasie fort ins wirkliche Leben zu bewegen, oder anders ausgedrückt: Ich würde erzählen, wie sie sich im Laufe der Geschichte von Blinden in Sehende und von Projektionen in einem Fantasie-Gespinst in handelnde Menschen verwandeln. Aber Dany scheint diese persönliche Entwicklung seiner Frauenfiguren nicht vorgesehen zu haben, lediglich Gustavo entwickelt sich weiter, und das spiegelt wider, wie Frauenfiguren im Film allgemein angelegt werden: eindimensional und statisch.

„Wir drehen", sagt Dany und schickt damit alle auf ihre Plätze.

Anders als im Drehplan angekündigt, drehen wir die Szene, in der Valeria und Gustavo einander das letzte Mal begegnen, bevor Valeria aus ihrem Leben als seine Ehefrau in das Leben in seinem neuen Buch verschwindet. Zu diesem Zeitpunkt schreibt Gustavo an einer Geschichte über die roten Schuhe, die er unlängst auf einem Flohmarkt kaufte und von denen er im wirklichen Leben, also im wirklichen Leben innerhalb von Danys fiktivem Skript, aber außerhalb des von ihm selbst verfassten Buches, möchte, dass Valeria sie sich anzieht. Diese roten Schuhe sind es, die es ihr zwei Szenen später ermöglichen werden, in das Buch hineinzutreten, was mich ein wenig an den *Zauberer von Oz* erinnert, gleichzeitig aber wohl auf Christian Andersen anspielen soll. Ich ärgere mich, dass Dany zu einer wenig originären Referenz wie dieser greift, während ich unentwegt bemüht bin, in meinen Filmentwürfen frische Bilder zu finden, neue Bilder, erhabene Bilder. Aber ich will mich nicht hinreißen lassen, das eine mit dem anderen aufzuwiegen oder abzuwiegen oder hochzuwiegeln, denn jedes Unglück beginnt in dem Moment Unglück zu sein, wo ein Vergleich stattfindet zwischen dir und mir, dem Leben der Anderen und dem eigenen, und deshalb: Bloß kein Neid, verstanden!

Es kommt zur Konfrontation oben auf dem Hügel von Barcelona, in deren Folge sich Valeria die Schuhe überstülpt und nicht mehr aufhören wird, zu tanzen, bis sie in das Buch springt, das Gustavo absichtlich aufgeschlagen liegen gelassen hat. Als Nächstes sehen wir ihre Fußabdrücke in Form von roten Absätzen, die auf den Seiten aufscheinen, als liefe jemand darüber, bis die Spuren langsam verblassen und die Schrift wieder unbesudelt zu erkennen ist. An dieser Stelle wird abgeblendet ins Black.

Als ich die Szene das erste Mal las, fand sie auf Anhieb Resonanz in meiner Gedankenwelt, während in eben dieser Gedankenwelt gleichzeitig eine weitere Flut von Gedanken losbrach, die sich zwar nicht zu einer Geschichte entwickelte, aber doch zu einem reißenden Strom, der das eine oder andere Treibgut emporspülte, wie zum Beispiel: Warum kann Dany Szenen wie diese verfilmen, während ich allein eine unkende Stimme hören würde, brächte ich Szenen wie diese zu Papier. „Bloß kein Neid!“, lässt sich einfach sagen, wenn das Tierchen in dir unkt, um zu verhindern, dass aus Papier Film wird: „So kannst du das nicht schreiben.“ Und: „Buchseiten geben visuell nichts her!“ Und: „Was sollen die roten Schuhe erzählen?“ Und: „Männerphantasien interessieren niemanden“, „kein Publikum“, „unglaubwürdig“, „nicht machbar“, „grenzwertig“, „im Reich der Träume“ und so weiter und so fort. Ich kenne all die geunkten

Phrasen in und auswendig; es sind dies die Phrasen, die ich seit jeher höre, wann immer ein Stoff von mir beinahe ausgebacken ist.

Dem Tierchen zum Genuss.

Und kaum höre ich das Unken, sehe ich mich in Gestalt einer Erdnuss vor einer Aprikose stehen, ja, stets nehme ich die Gestalt einer Erdnuss an, die sich mit einer Aprikose misst, wann immer sie (ich) die (Film)Welt betritt. Ich weiß nicht, wann mir dieses Bild zum ersten Mal in den Sinn gekommen ist und warum, aber es hat bereits Eingang in eine Geschichte gefunden, und irgendwann werde ich es auf Zelluloid bringen.

Oder auf welches Material auch immer.

„Eine Aprikose und eine Erdnuss, das kannst du nicht ernst meinen", höre ich es quaken und schrecke zusammen.

„Träumst du?", fragt Dany. „Wir sind soweit", und schon gibt Luis ein Zeichen, dass auch er bereit ist, also still jetzt.

„Szene siebenundzwanzig, Klappe, die erste, und los."

Am späten Abend erst kehre ich zurück in das Wohnhaus des mir schon jetzt unliebsam gewordenen Quartiers und werde sogleich von dem Gespenst begrüßt. Es hat sich unauffällig verhalten seit gestern, unauffällig und auffällig wenig real, aber jetzt raunt es mir zu: „Komm Eva, Schönste, dem Wasser Entstiegene", und ja, auf dem Rückweg von den Dreharbeiten bin ich abermals ins Meer gestiegen, nichts anderes brauche ich als das Meer, aber woher weiß es davon? Sicher verraten mich meine Haare; sie sind noch nass.

„Hast du im Trüben gefischt?", fragt es, doch das Meer, dem ich entstiegen bin, war transparent, nur hier, im Treppenflur, wird ein für mich undurchsichtiges Spiel betrieben, in dem ich mich nicht auskenne. Ich antworte nicht, um das Gespenst nicht aufzufordern, weiterhin mit mir in Kontakt zu treten. Ich werde es zu meiden versuchen oder noch besser: es in Schach halten, indem ich es einkapsle in eine Blase aus Gelassenheit, aus der kein Pieps herausdringt; so luftdicht verschlossen ist diese Blase.

In der Küche treffe ich Chouchou, von deren Existenz ich das erste Mal erfahre. Offenbar ist sie Französin; jedenfalls spricht sie weder englisch noch deutsch noch spanisch, sodass ich nichts begreife von dem, was sie sagt. Aber ich bemerke, dass sich zwischen ihr und Nancy, die sich zu uns gesellt, eine erotische Spannung aufgebaut hat. Um das zu bemerken, benötige ich keine Worte, sondern lediglich meine verlässlichen Augen, mit denen ich beide auf eine Weise zueinanderstehen sehe, wie ich sie von herausragenden Nähe-Momenten mit Oliver kenne. Als ich Nancy frage, ob Chouchou ihre Freundin sei, straft sie mich mit einem Blick und schüttelt den Kopf, dennoch glaube ich, sie hätte nichts gegen ein Liebesverhältnis einzuwenden, um ihre unerfüllte Sehnsucht nach London mit der erfüllten Sehnsucht nach einem Menschen zu überdecken. Doch bevor eine Liebe nicht sicher im Kasten ist und der Ausgang des Werbens somit gewiss, fürchten wir die sie besiegelnden Worte.

Oder die Interpretation.

Chouchou wird mir als die zweite Mitbewohnerin vorgestellt, der Nancy neben mir Einlass in ihr Reich gewährt, doch anders als sie scheine ich von

Nancy allenfalls geduldet zu werden, nicht mehr und nicht weniger als geduldet, weil es sie günstiger kommt, die Miete durch drei zu teilen.

„We just wanted to leave", sagt Nancy. „Off to this horrible town that is so inferior to London."

„Then, why don't you take off and go for a trip?", frage ich als Expertin für die Realisierung von Träumen. „Back to your dream land?"

„If you just tell me where to take the money from?", fordert sie mich auf; schließlich könne sie sich das Geld nur schwerlich zusammenträumen. „And do you know what? I really want to learn Spanish, real Spanish. Because I do believe in my career and I am sure I will make it." Und mit diesen zielorientierten Worten schiebt sie Chouchou zielorientiert aus der Tür, um sie meinen Blicken zu entziehen, nehme ich an. Und so bleibe ich allein in der fremden, kühlen Wohnung, unter Nancys Dach, das ächzt und stöhnt, und fühle mich beunruhigend einsam. Ich bin sie nicht mehr gewohnt, diese Art der Einsamkeit, die mich auf mich selbst zurückwirft. Wissentlich mied ich sie wie den Grund eines Brunnens und bin vor meiner Abreise nach Barcelona unentwegt mit Oliver zusammen gewesen, in der Gegenwart seines Geruchs. Umso erschrockener registriere ich jetzt die Anwesenheit seiner Abwesenheit. Es war vorherzusehen, durch meine Reise dem Gefühl ausgesetzt zu werden, einsam zu sein, dennoch überfällt es mich unvorbereitet und ebenso unerwartet wie die Anwesenheit von Chouchou, so unerwartet wie die Anwesenheit des Gespensts dort unten im Hausflur.

Ich tigere durch das spartanisch eingerichtete und düstere Zimmer, ohne zu wissen, was ich tun soll, also wische ich mit der Fingerkuppe über das

Regal, um mich zu vergewissern, mich in einem realen Raum zu befinden. Der Staub kitzelt in meiner Nase. Ich bedaure, keine Bücher mitgenommen zu haben, mit der ich die Leere füllen könnte. Meinen Koffer habe ich bereits gestern Abend ausgepackt, die Kleidung liegt verloren in dem viel zu großen Schrank, auf dessen Außenseite ein Plakat angebracht ist, das einen nackten Mann zeigt, der auf einer Erdkugel steht und mit den Händen einen Trichter vor seinem Mund bildet, damit sein Ruf bis ins Universum reicht. In dem Textfeld über seinem Kopf steht: *Anyone there?* Ich muss das Bild übersehen haben bisher und verstehe nicht, wie es mir entgangen sein konnte.

Als ich mich ausziehe, stehe auch ich nackt auf der Erdkugel, genau genommen unter der staubigen Hängelampe, während sich die Einsamkeit aggressiv mehr und mehr Platz verschafft; sie breitet sich über mir aus und drängt mich an die Seite. Mangels Alternative krieche ich unter die orange Bettdecke in dem unvertrauten Bett, in diesem mir unvertrauten Zimmer der stillen Wohnung, dem Dunkel der Nacht. Mühevoll arbeite ich gegen das Herzklopfen an. Ja, sobald du auf dich selbst zurückgeworfen bist, werden die Schrecken hochgespült, die wie unerwünschte Gäste in dir hausen und nur auf den Augenblick der Stille lauern, in dem sie sich hineinschleusen können in das Leben, das mit seinen geregelten alltäglichen Abläufen schwer zugänglich ist für sie. Ich schließe die Augen, mehr erschöpft von mir selbst als von dem langen Tag und dem Klimawechsel, aber auch jetzt, gerade jetzt, kann ich den namenlosen Schrecken nicht entkommen: Sie fressen sich gierig in meinen Traum. Das Ding unter der

Treppe nutzt sogleich die Lücke, vor der ich mich hätte hüten sollen, statt sie ihm zu lassen, und dringt in mein Schlafbewusstsein, ohne dass ich den Zugriff darauf bekomme, es zu lenken. Nackt stehe ich im Treppenhaus, während sein warziges Gesicht unter dem Treppenabsatz hervorlugt und mir etwas zuraunt, mir wird schwindelig, aber da schrecke ich bereits wieder aus dem Traum empor, ohne mich an die Worte erinnern zu können. Das Geträumte liegt in Scherben, Splitter des Traumes tanzen vor meiner Nase und durchschneiden die Bildfläche vor meinen Augen. Flatterhaft umkreisen sie meine Gedanken, bis ich sie zu besänftigen suche, indem ich ihre Gestalt dahingehend verändere, dass ich ihnen die Schärfe nehme und stattdessen weiche Konturen verleihe, ja, ich lasse sie zu Schmetterlingen werden, die sich auf meine Hand setzen, um dort zu bleiben. Und ich stelle mir vor, Oliver habe meine Einsamkeit gespürt und mir die Schmetterlinge geschickt.

Ihr sanfter Flügelschlag, mit dem sie ihre Flügel putzen, gibt mir meine Ruhe zurück, sodass ich in ein oberflächliches Dösen gleite. Die Reste des Tages holen mich ein und wollen sich verfestigen, aber ich weigere mich standhaft. Mein schlafendes Ich möchte Herrin bleiben über alles, was produziert wird an Bildern, und so kämpfe ich mich durch die Nacht bis in einen viel zu frühen Morgen hinein; an Weiterschlafen ist nicht zu denken.

Mit schläfriger Hand angle ich nach dem Quartheft, das sich auf dem Nachttisch befindet, allzeit bereit, beschrieben, mit dem unwahrscheinlichen Ziel, vom Geschriebenen eines Tages zum Film zu werden. Ein Buch zum Leben erwecken zu wollen, schlägt im Grunde genommen den umgekehrten

Weg von dem ein, was Danys Szene beschreibt: Statt jemanden in den Seiten verschwinden lassen zu wollen, will ich im Gegenteil das Leben aus den Seiten hervorquellen lassen. Ich notiere die Szene, in der Dany unter dem Lorbeerbaum steht und den Tag herausfordert, aber mit einem Mal ist mir lästig, ein Bild aus dem Kopf auf Papier bringen zu sollen, auf dass es reproduzierbar werde. Warum kann ich nicht einfach leben, schwimmen, im Bett bleiben und mir die Decke über den Kopf stülpen? – Weil du es nicht kannst.

Also zwinge ich mich, eine neue Seite in dem Heft aufzuschlagen und versuche, meinen letzten Traum zu notieren, darin das Gespenst. Dabei bemühe ich mich um Logik und Chronologie, in der Hoffnung, auf diese Art zu erfahren, ob es mir eine Botschaft senden wollte. Gleichzeitig ersehne ich nichts mehr, als gedankenlos ins Helft babbeln zu dürfen, in Babbeln zu schwabbeln, ja, wie gern würde ich mir erlauben, mit meinem Material zu spielen wie mit einer Puppe. Spielen ist Gedankenhygiene, es säubert die Hirnwindungen von allzu großer Korrektheit, auch von korrekten Erklärungen für die Motive, die dich antreiben und nach Barcelona schicken, in eine Wohnung, in der du nicht willkommen bist, zu einem Dreh, der nicht der deine ist, ohne dass du einen Dreh in diese Angelegenheit bekommen könntest.

TREPPENHAUS INNEN/NACHT
Das Gespenst sitzt unter dem Treppenabsatz und streckt Eva sein warziges Gesicht entgegen.

GESPENST
Machen wir einen Handel, Eva.

Mehr bekomme ich nicht aus ihm heraus. Vermutlich möchte ich nicht wissen, was es mir vorschlagen will. Also babbel lieber in deinen Bart, den du nicht hast, Eva, trau dich, etwas offen zu lassen und Seiten, die beschrieben werden wollen, leer.

Ich lege das Heft beiseite und gehe ins Bad, um Zähne zu putzen, in die Küche, um Kaffee zu kochen, zurück ins Zimmer, um mich anzuziehen. In eben dieser Reihenfolge spielen sich die banalen Szenen des Lebens ab. Sie folgen der inneren Logik, der leicht zu erfassenden Logik, die erforderlich ist, um in die Welt hinausgehen und an ihrem Geschehen teilhaben zu können, wie es in den Ausschnitten, die Dany vorgibt, erfasst werden wird.

Aus seiner Perspektive.

IV.

Ich bin fest davon überzeugt, dass ich die Erste am Set sein werde, aber als ich die Wohnwagen passiere, höre ich bereits die E-Gitarre. Marco sitzt auf den Stufen zu seinem Wagen und singt ein italienisches Lied.

„Was ist das?", frage ich und setze mich zu seinen Füßen ins Gras. Er antwortet nicht, sondern spielt weiter, und ich schließe die Augen, müde bin ich, und verstehe einzelne Fragmente des Textes, dort, wo das Italienische dem Spanischen ähnelt, das mir in der Schule gelehrt wurde und mich vor Ort unentwegt herausfordert. Müde, wie ich bin, könnte ich einschlafen, aber dann bleibt meine Aufmerksamkeit an einem Satz hängen, den ich mir einpräge, ohne seine Bedeutung zu kennen: *Anche tu anche se non trovi le parole.*

„Kannst du übersetzen?", frage ich.

Marco lässt die Gitarre sinken, seine Hände verweilen lässig auf seinen Oberschenkeln, und mit einem Mal sehe ich Olivers Hände auf meinen Oberschenkeln liegen und verspüre einen Moment der Sehnsucht. Ein Schmetterling fliegt an mir vorbei, lässt sich auf Marcos Handrücken nieder, und ich bin überzeugt, Oliver hat ihn mir ebenso geschickt wie die Schmetterlinge, die mich in der Nacht aufsuchten.

```
HÜGEL BARCELONA AUSSEN/TAG
Ein Schmetterling setzt sich auf Marcos
behaarte Hand. Eva betrachtet ihn.
```

Es ist ein wunderschönes (!) Bild, das sich mir darbietet, zu schön, um in mein Drehbuch aufgenommen zu werden, und ohne in die Gedanken der Protagonistin einzusteigen, ließe sich schwerlich zeigen, wie beruhigend der Schmetterling auf Eva wirkt, die zu Füßen von Marco sitzt und ihm lauscht, während er ihr den Satz übersetzt, den sie herausfischte aus den zahlreichen Sätzen seines Gesangs.

„Es geht darum, dankbar zu sein, auch wenn du keine Worte dafür findest. Dankbar nicht nur anderen gegenüber, sondern dir selbst. Vor allem dir selbst. *Devi dire grazie a te se ce l'hai fatta: Du musst dir selbst dankbar sein, wenn du es geschafft hast.*"

„*Wenn* du es geschafft hast."

Marco lacht. „Das Lied verrät nichts darüber, was damit gemeint ist, mit diesem: Es geschafft haben. Ich habe es nicht geschafft, Musiker zu werden, dankbar bin ich dennoch. Und du?"

„Zumindest fühle ich mich geschafft," erwidere ich spöttisch, „weil ich zu wenig geschlafen habe", und frage, ob er immer so früh auf den Beinen sei, ohne sich geschafft zu fühlen.

„Ich werde mich geschafft fühlen, sobald Dany fertig ist mit mir", sagt er. „Das Aufstehen ist wunderbar, aber Dany ein Idiot."

„So schlimm?" Seine Abfälligkeit versetzt mir einen unerwarteten Stich.

„Schlimmer als du denkst. Permanent macht er sich Bilder von jedem und allem: Marta ist die Freiheitsliebende, Esteban der Fanatische, Marco das Sensibelchen. Wir bekommen nicht allein unsere Rollen von ihm zugewiesen, sondern außerdem ein Attribut, ob es uns passt oder nicht, es uns entspricht oder nicht. Seine Sicht auf andere Menschen ist narzisstisch, apodiktisch und beziehungslos. Ich an deiner Stelle würde die Finger von ihm lassen."

Ich hebe an, um zu protestieren, was er wohl denke und wieso er auf die Idee komme, ich würde

Dany befingern wollen, ein Einfall, der nur einem ungeübten oder wenig inspirierten Drehbuchautor in den Sinn kommen könne.

„Und das ist dein Bild von mir?", frage ich. „Eine Nymphe auf der Suche nach Vergnügen?"

„Cerco gente che sa quello che vuole anche tu anche se non trovi le parole, wenn du verstehst, was ich damit sagen möchte. "

„Kein Wort."

„Vergiss die Worte", sagt er und als er meine Enttäuschung bemerkt: „Ich übersetze dir dennoch, was sie bedeuten: *Ich suche Leute, die wissen, was sie wollen, auch du, und da ist es egal, wenn du keine Worte dafür findest.*" Kurz legt er mir eine Hand auf die Schulter, bevor er weiterspielt, und ich lasse mich von der Musik davontragen, die mir die Windungen meines Gehirns freispült, und fühle mich zurückversetzt in den Sommer, in dem ich siebzehn war und mit meinem ersten Freund durch Europa fuhr und an den wildesten Orten wild übernachtete. Abends saßen wir vor dem Zelt und spielten abwechselnd auf der Gitarre, vor uns die Zukunft, noch unbeschrieben, eine freie Bahn, auf der wir spazieren gehen konnten oder musizieren oder mit seinem alten Auto bis nach Spanien fahren, nach Barcelona, ja, in jeden beliebigen Film hinein, den wir uns hätten ausmalen können. Alle wollen wir freie Bahn haben, ohne sagen zu können, was das heißt: freie Bahn.

Auf welcher Schiene?

Wie frei ist der Mensch, getrieben von seinen Trieben, umtriebig gesteuert von diesem und jenem Verlangen: nach Ruhm, nach Nahrung, nach Wasser?

Gustavo will freie Bahn haben, um endlich ohne seine Frau und stattdessen mit Carlota sein zu können, aber ich frage dich: Wie frei ist ein Mensch, der einem anderen Menschen nachrennt? Gustavo benimmt sich Carlota gegenüber wie ein Abhängiger, süchtig nach Anerkennung, nach Nähe, möglicherweise nach Liebe, und da spielt es eine untergeordnete Rolle, ob sie wirklich existiert oder ausschließlich in seinem Kopf. Ihn dabei zu beobachten, wie er sich in diesem Maße nach ihr verzehrt, ist kaum zu ertragen, denn es zeugt von nichts anderem als von mangelnder Freiheit, immerzu an jemanden zu denken und dabei zu denken, dieser Jemand könne dich erlösen und Worte sagen, die dir versprechen, dessen du am meisten bedarfst. In Gustavos Fall meint das zum Beispiel den Satz: „Ich werde dir Quell sein", und in meinem Falle: „Ich werde dir die Welt zeigen." Und wenn du diese erlösenden Worte endlich zu hören bekommen hast, dann suchst du nach anderen Worten, bis du innehältst und zu dir selbst sprichst, vielleicht sagst du: „Sei dankbar."

Ist es das, wovon Marco singt? – Ein weiter Weg.

Gustavo umschwärmt Carlota mit einer Hingabe, als wäre er ein laues Nichts, wenn sie ihn nicht auffüllte mit dem Sturm ihrer Lebendigkeit, der kindlichen Spontaneität, die ihr zu eigen ist und die sein Schreiben vor der allzu großen Korrektheit bewahrt, genau erklären zu müssen, um was es geht, statt sich zu trauen, etwas offen zu lassen, wiewohl er sich wünschte, dies zu tun. In diesem Punkt unterscheidet sich Gustavo am offensichtlichsten von seinem Erschaffer Dany, der sich niemals scheut, Fäden abreißen zu lassen, die er zuvor auslegt, weshalb er uns ja auch die Genugtuung verwehrt, ein Motiv für Valerias Tod zu erfahren. Und selbst über die Motive des Autors, und mit Autor meine ich seinen fiktiven

Charakter Gustavo, schweigt Dany sich aus, sodass wir selbst nach einer Begründung suchen müssen, warum Gustavo unentwegt nach der Nähe von Carlotas strebt. Ich erkläre mir sein Verhalten mit dem mir vertrauten Wunsch nach Erlösung, wohlwissend, dass ich ihm vermutlich unrecht tue, wenn ich ihm meine eigenen Motive unterjuble. Gustavos Psyche ist keine der menschlichen Psyche vergleichbare Psyche, da die Psyche einer Figur immer nur ein Konglomerat sein kann, das aus den verschiedenen Psychen oder psychischen Zuständen besteht, mit denen sich ihr jeweiliger Erfinder in seinem Leben konfrontiert sieht.

Die jeweilige Erfinderin.

Jedenfalls erbittet Gustavo von Carlota ein wenig Glanz, so wie die Fans von Bette Davis darauf hoffen, es möge ein wenig von dem Glamour auf sie abstrahlen, wenn sie sich nur lange genug in ihrer Nähe aufhalten. Ich dagegen erbitte Glamour von Dany. Mit jedem Quäntchen abgeschabten Glanzes, das wir ergattern, versprechen wir uns vom jeweils Glänzenden die Teilhabe an der Fähigkeit zum Glänzen, die uns zu fehlen scheint. So ist es oder könnte es sein; jede Interpretation enthält nur eine Möglichkeit von vielen, und deshalb liebe ich das Kino, diesen weiten Raum der unbegrenzten Möglichkeiten, der uns wieder und wieder neue unbegrenzte Möglichkeiten eröffnet, es sei denn, der projizierte Film ist bereits gedreht und damit die Möglichkeit verwirkt, dass es wehende Blätter geben könnte, wann immer der Wind sich hebt.

Hier jedoch, jetzt, in diesen Tagen, die wir oberhalb von Barcelona verbringen, gabeln sich unbegrenzte Wege in alle Richtungen, und es gibt tausendundeine Weiche, die darauf wartet, gestellt zu werden, um die Möglichkeiten auf ihre Essenz zu reduzieren. Vor uns liegen jungfräuliche Schienen, ich hoffe nur, es legt sich kein Gespenst quer, um diesen Zug zum Halten zu bringen, auf den wir aufgesprungen sind, weil er auf die Freiheit zuzusteuern verspricht. Freie Bahn für alle, rufe ich still, für uns ebenso wie für die in Fesseln gelegten Figuren, die von der Geschichte gefangen worden sind. Auch ihnen sollte es freistehen, jederzeit auszusteigen aus der jeweiligen Rolle, um zu sagen: „Wisst ihr was? Ich mag nicht mehr." Und dann legen sie das Gewand ab, das Dany ihnen umgehängt hat, und laufen den weiten Weg vom Hügel hinunter zum Meer, um einzutauchen in die Möglichkeiten, die ihnen in seinem Film fehlen, das Leben jedoch darbietet. Niemand ist allein Spielzeug eines anderen, niemand gezwungen, sich zu einem animierten Püppchen degradieren zu lassen, dessen einzige Aufgabe es ist, darauf zu warten, eine Seele eingehaucht zu bekommen.

Das gilt auch für dich, Eva!

Jederzeit kannst du eintauchen in das Meer der Möglichkeiten, um sie auszuloten, kannst dich entscheiden, in ihnen zu baden oder endgültig baden zu gehen, das heißt unterzugehen. Der Unterschied besteht darin, ob du untertauchst, um zu erkunden, was das tiefe Wasser für dich bereithält, oder in ihm ersäufst, weil du nicht achtsam warst und aufgrund dieser Unachtsamkeit deine Möglichkeiten verfehlst, und deshalb: Augen auf und aufgepasst!

Vermutlich ist es das, was Valeria widerfährt: Am Ende ist sie schlicht ersoffen, und da wird sie sich schwerlich darauf herausreden können, sie sei ja lediglich der Vorgabe gefolgt, die ihr das Drehbuch gemacht habe, namentlich Dany, dem sie auf diese Art die Hoheit über ihr Leben und Sterben zugesteht. Trotzdem sie kein Mensch ist, so wäre sie es doch gern, wenn ich mich nicht täusche, auch wenn sie im Falle von Menschsein die Verantwortung für ihre Taten nicht länger abwälzen könnte.

Dennoch: Wer möchte schon gern eine Figur in einem fremden Spiel sein?

Inzwischen hat sich das Set gefüllt, auch Dany ist längst eingetroffen, während Marco und ich noch immer einträchtig vor seinem Wohnwagen sitzen. Dany betrachtet uns argwöhnisch, wie ich zu sehen meine.

„Hattet ihr eine gute Nacht?“, fragt er unvermittelt. Ich werte seine Frage als Interesse, obgleich sich in Danys Gesicht nichts als Gleichmut zeigt. Vermutlich projiziere ich ein Interesse, wo keines ist, weil ich mir wünschte, dass ihn Marcos und meine Eintracht in irgendeiner Weise beschäftigte.

Warum wünsche ich mir das? – Frag nicht so dumm.

Dany schickt Marco in den Maskenwagen, da wir tatsächlich mit ihm, also mit Doktor Limones, beginnen werden, wie er erklärt. Dann stürmt er bereits davon, und ich stürme hinterher, mit der stummen Frage an mich selbst, warum wir nicht gemeinsam zu unserem Platz gehen können, und der prompten Antwort: weil es Danys Spiel ist, in dem auch ich eine Figur von vielen abgebe. Ich bin kein vom Kleinen Prinzen auserwählter Fuchs, wenngleich gezähmt auf eine Weise, sondern nichts als ein beliebiger Fuchs, und so frage ich noch einmal: Wer möchte schon eine Figur in einem fremden Spiel sein? – Ja, wer?

Ohne dass Dany mich beachtet, nehme ich meinen Posten auf dem zweiten Stuhl ein, den ich an seine Seite rücke, immer an seiner Seite möchte ich sein, flankiert von seinem Geruch nach Nikotin und auf Tuchfühlung mit der Fischerweste, die er trägt, als wäre er ein Junge, der Filmemacher spielt. Der Platz neben Dany ist nicht nur der beste Platz, um das Treiben im Auge zu behalten, sondern auch der Platz, der mich ihm am nächsten sein lässt. Die Zaungäste, die wieder und wieder an die Absperrung treten und den Aufnahmeleiter in den Wahnsinn treiben, suchen dagegen meist die Nähe zu Marta, unsrer alleinigen und ureigenen Bette Davis, wie ich sie insgeheim stets nenne. Alle hoffen darauf, ein Autogramm von ihr ergattern zu können, und ich frage mich, wie mir ihre Existenz auf Erden bisher, das heißt, in der Zeit vor diesen Dreharbeiten in Barcelona, hatte entgehen können. Denn nicht nur das sogenannte gemeine Volk, das über keinerlei Mitspracherecht verfügt bei dem, was wir hier tun, was geschieht und noch geschehen wird, scharwenzelt um Marta Reyes herum, nein, auch unsere Leute, also die Leute, die Teil des Filmteams sind und somit in den inneren Kreis der Elite aufgenommen wurden, umschwärmen sie. Sogar Dany scheint vor ihr in die Knie zu sinken, zumindest, wenn es darum geht, sie zu überzeugen, das zu spielen, was er von ihr erwartet: die Frau, die nach nichts anderem strebt als nach der Anerkennung, Gunst, Liebe ihres Mannes, seinem Blick, seinem Kuss. Offenbar ist Dany davon überzeugt, die Frau als solche müsse geküsst werden, auf dass dieser Kuss sie zum Leben erwecke.

Diese Vorstellung gefällt ihm. Die Figurenzeichnung gefällt ihm, und dafür ist er bereit, Marta den obersten Rang zu überlassen und in Kauf zu nehmen, dass sie ihm den Thron streitig machen könnte oder zumindest ihre linke Pobacke darauf schieben und er zur Seite rücken muss.

Folgendes frage ich mich, während ich beobachte, wie sie sich im Licht sonnt: Will sie angehimmelt werden? Will irgendjemand angehimmelt werden? Werden die Angehimmelten je gefragt, ob sie sich dort oben auf dem Götterthron wohlfühlen, wo sie für uns zur Ersatzbefriedigung für das Nicht-Gelebte werden, für das, was wir zu tun verabsäumen, indem wir uns in den Schatten begeben und von dort aus ein bisschen mitnippen am Erfolg und an vermeintlicher Größe? Wer aber, so frage ich weiter, möchte sich freiwillig einen Schattenkünstler ans Bein binden?

Damals, als ich Oliver kennenlernte, fürchtete ich ebendies: dass er mich aus einem Schattenkünstlerdasein heraus zu lieben begonnen hatte. Bereits bei unserem ersten Treffen sprach er davon, dass es ihm auf Dauer nicht genügen werde, als Sachbearbeiter für die Wasserversorgung zu arbeiten, und da er stattdessen fortwährend von dem einen oder anderen Film schwärmte, war ich überzeugt davon, er wolle insgeheim selbst ein Filmemacher sein und werbe allein deshalb, getrieben von diesem geheimen Wunsch, um mich. Auch bei allen weiteren Treffen befürchtete ich, dass er mich in seiner Bewunderung für meine Arbeit überhöhen könnte, bis ich als ferne Göttin über ihm thronen und er nichts anderes in mir als nur ein Bild lieben würde.

In diesem Falle: das Bild der unerreichbaren Frau.

In der Gefahr, unfreiwillig aufgewertet zu werden, fand ich das gleiche Schreckgespenst wieder wie im Abgewertet-Werden, denn beide Gespenster finden nichts wunderbarer als in Wert, Unwert und Mehrwert zu unterteilen und dir den festen Stand zu entziehen, der sich allein auf ebenbürtigem Grund als trittsicher erweist. Mir, die ich es gewohnt bin, mich innerhalb der Hierarchien der Filmwelt zu bewegen, war es unmöglich, etwas anderes in seiner Bewunderung zu vermuten als die Erwartung, von ihr zu profitieren, ja, ich war sicher, dass Oliver an mir schmarotzen und mich aussaugen werde. Wie ein Vampir, so dachte ich, wird er die Kreativität aus mir heraussaugen, die ihm selbst fehlt oder er zu leben verabsäumt. Und so gelang es mir nicht, mich über die Bewunderung zu freuen, die er mir entgegenbrachte. Dementsprechend zögerte ich, Oliver an mich heranzulassen; die Furcht hieß mich, ihn auf Abstand zu halten, immer ein wenig auf Abstand. Ich begriff nicht, dass ihm meine Art, in Hierarchien zu denken, in Maßgaben von: oben und unten, Macht und Ohnmacht, Erfolg und erfolglos, fremd ist, und er mich ohne Unterwürfigkeit bewundert, ohne einen Anflug von Missbrauch, weil seine Bewunderung meinem Tun gilt und all unser Tun Bewunderung verdient, nur sind nicht alle in der Lage, sie auch zu geben.

Nicht einmal sich selbst gegenüber.

Es dauerte, bis ich verstand, dass es gerade Olivers Streben nach Begegnung auf Augenhöhe geschuldet ist, das ihn Dinge sagen lässt wie: „Hör auf, dich herunterzustufen, du kannst das!", sobald ich Anstalten mache, auf dem Absatz umzudrehen, bevor ich vom Gedanken zum Wort zur Tat schreite. Das wiederum ist mir fremd, und deshalb ließ ich mich in Nölles Büro vom Stuhl gleiten, um von dort aus von unten nach oben zu schauen, so wie ich auch zu Dany hinaufschaue. Auf diese Art stütze ich freiwillig das System, und dann wundere ich mich und stelle mir Fragen wie: Warum begibt sich jemand freiwillig in patriarchale Strukturen?

Ich werde der Frage nachgehen und ändere im Kopf meinen Plan für das noch zu schreibende Drehbuch, das als erstes Szenenfragment handschriftlich fixiert auf dem Nachttisch darauf wartet, vorangetrieben zu werden. Statt um Liebe sollte es um die Frage der Macht gehen, das ist es. Ich werde einen Film zum Thema Hierarchien schreiben, über Hierarchien, die andernorts als überkommen gelten mögen, ohne es zu sein, aber in unserer Branche schamlos unverschleiert zutage treten, ohne angezweifelt zu werden; das wollte ich ja bereits Gregor gegenüber beklagen, nur versagte mir meine Stimme ihren Dienst. Es stimmt, am Set herrschen streng hierarchische Regeln, und an der Spitze der Pyramide, in schwindelerregender Höhe, sitzt die Regie, hält die ausschließliche Macht in ihren Händen und lässt sich in den Hintern piksen; auch das ist nicht nur angenehm, sondern gegebenenfalls ziemlich einsam.

Ist es das, was ich fürchte? Die Einsamkeit der Macht?

Am Fuße der Pyramide dagegen tummeln sich besagte Monster, getarnt als Mitglieder des Filmstabs, gefährliche Monster, die allein darauf warten, die Regisseurin in die Halsschlagader zu beißen. Da ist es wieder, das Bild meines persönlichen Horrors, mit dem ich jede nur annähernd machtvolle Position beschreibe, weil sie mir fremd anmutet und damit unheimlich.

Zähm deine Phantasie, Eva, denn schau nur, der Mann dort, Dany, er steht am Set und leitet sein Team, ruhig und zugewandt und unaufgeregt. Er ist angstfrei und somit Herr über die Monster. – Aber ja doch.

Ich weiß, der Horror hat nichts mit der Wirklichkeit gemein, sondern basiert auf einem nicht überprüften Glaubenssatz, einem Irrtum, wie ihn die überspannte Einbildung einer Machtlosen produziert, die sich vor dem Gang an die Spitze fürchtet und mit einem Zuviel an Phantasie ausgestattet zu sein scheint.

Also keine Angst.

Im Laufe des Tages bleibe ich stet und stumm an Danys Seite; ich sitze, stehe und liege neben ihm (im Gras), um nicht zu versäumen, wie er sie handhabt, die Gespensterschar, mit der er sich freiwillig umgibt. Die Freiwilligkeit ist in diesem Fall relativ, da niemand je einen Film im Alleingang drehen kann, niemals. Wenn du einen Film machen willst, bist du gezwungen, mit anderen Leuten zu kommunizieren oder zu streiten oder sie zumindest auszuhalten.

Das ist interessant. Das ist wunderschön!

Nach und nach beginne ich, Dany aktiv und absichtsvoll zu beobachten, als nähme ich an einem wissenschaftlichen Experiment teil. Vor allem aber beobachte ich mich, und es gelingt mir, dank dieser Beobachtung, aus mir herauszutreten, mich von außen zu sehen und mich zum Objekt der eigenen Betrachtung zu machen, als richtete ich selbst die Kamera auf mich. Auf diese Weise verschmelzen Blick und Angeblickt-Werden miteinander, ohne Wenn und Aber, ohne Neidgefühle und ohne mich dabei selbst herunterzustufen und dafür anschließend das Ding unter der Treppe verantwortlich zu machen. Die Rolle der Beobachterin, in die ich mich begebe, zwingt mich, neutral zu bleiben, das heißt weder ab- noch aufzuwerten, also das Werten als solches fallenzulassen, indem ich zum Beispiel Wörter wie *Kaffeeschnepfe* gebrauche. Das Beobachten macht mich lebendig, verortet mich in mir selbst und bestätigt mir meine Existenz, ohne die Rückversicherung von außen zu benötigen. Auf diese Art versuche ich, dies und das zu erfahren, so wie ich es mir von meinem Aufenthalt versprach und es dem Sinn einer Hospitanz entspricht: berufspraktische Erfahrung zu gewinnen und die innere Struktur eines Arbeitsprozesses kennenzulernen, ebenso wie Strukturen der Macht, vermute ich. Meine berufspraktische Erfahrung gewinne ich unter anderem dadurch, dass ich erstmalig auf das Produkt der Zitronenbonbons stoße, die eine besänftigende Wirkung auf die weisungsgebundenen Mitarbeiter und Mitarbeiterinnen ausüben und das Vertrauen in die Führung füttern. Dany trägt sie immer bei sich, in einer extragroßen Tüte, und verteilt sie nach Bedarf. Die Bonbons sind gelb und schmecken nach Melone, wenn ich den anderen Glauben schenken darf, ich selbst traue mich nicht, sie zu kosten, denn ich will den Mund nicht zu voll nehmen. Die Bonbons stammen aus einer exklusiven Süßigkeiten-Produktion, einer Film- und Traumfabrik, die im Geheimen arbeitet und als besonders innovativ gilt. Sie sind ein seltenes Beispiel dafür, wie es funktionieren kann, Energie in Materie umzuwandeln und dem Mythos nach imstande, jedwedes Monster für die Länge des Bonbonlutschens zu zähmen, aber wehe sie sind aufgelutscht, dann beginnt das Spiel von vorn, die Fütterung der Raubtiere. Ich sehe, wie Dany seinen Leuten die Mäulchen stopft, charmant tut er das. Er hat es nicht nötig, harsch zu werden, nicht in dieser durchsichtig hilflosen Art, wie ich sie von manch einer Regisseurin kenne, die glaubt (und dies aus gutem Grund), ihre Domäne erst erobern zu müssen, und sich entsprechend kampfeslustig geriert, um nicht angegriffen oder in ihrer Autorität abgelehnt zu werden. Das, so behauptet eine Freundin aus Akademie-Zeiten, sei der Preis, den es um der Größe des Erfolges willen zu entrichten gelte: hart und unzugänglich zu werden, dies jedenfalls rate sie jeder Frau, die in diese harte und unzugängliche Branche strebe.

Aber schau doch, der Mann dort, Dany. – Und dann schau dort, die Frau.

Und während ich meine Erfahrungen sammle, staune ich über die Selbstverständlichkeit, mit der all die anderen um mich herum einen Film von Papier in Leben umsetzen oder auch: übersetzen. Und auch ich fühle mich nicht wie die passive Puppe im Regal, die dem Leben eines anderen zuschaut, sondern schaue in einem Maße aktiv, dass sich mein Schauen in Kreativität umsetzt oder auch: übersetzt. Ja, im Geiste verfasse ich aus all dem, was sich um mich herum abspielt, Szenen, die in mein Drehbuch eingehen werden. Mein Kopf-Kino füllt sich Seite um Seite, und noch am gleichen Abend werde ich das anspruchsvolle Quartheft befrieden, das nicht bebabbelt, sondern mit dem Thema meiner Wahl zielgerichtet und entschieden befüllt werden will. Und später dann kann ich das Geschriebene lebendig werden lassen wie hier, um nicht papieren bleiben zu müssen.

„Wir drehen die Szene, in der Marco Marta gesund pflegt", sagt Dany.

„Warum muss sie gepflegt werden?", frage ich, denn ich erinnere mich nicht, wann und wo im Drehbuch eine Situation beschrieben steht, in der Marta alias Valeria an etwas anderem leidet als an mangelnder Liebe, und Dany erklärt, die Szene gäbe es nicht auf Papier, sie sei neu, er habe sie erst gestern ersonnen, er liebe es, flexibel zu bleiben bei der Arbeit.

„In diesem Punkt gleicht meine Arbeitsweise der von Fellini", sagt er und zeigt keinerlei Scheu vor dem Vergleich.

„Ist sie krank?", insistiere ich und erfahre, dass Valeria sich bei der Prozedur verletzt, mit der Gustavo sie loswerden möchte.

„Der Schritt vom Eheleben in das Buch darf nicht zu harmlos vor sich gehen," erklärt Dany und reißt dabei diabolisch die Augen auf, „sondern bedarf einer gewissen Brutalität, oder findest du es nicht brutal, Valeria nach all den Jahren einfach zu entsorgen?" Ich erfahre, dass es von Anfang an Gustavos Plan entspricht, die Buchdeckel zuzuschlagen, sobald Valeria das Buch betritt, während sie und das Publikum noch dem Glauben aufsitzen, sie habe zufällig herausgefunden, welche magische Wirkung die tanzenden roten Schuhe entfalten, ohne dass Gustavo darum weiß. Diese Entdeckung nämlich ist es, die Valeria zu ihrem Entschluss bringt, den Autor, ihren Ehemann, in seinem Geschriebenen aufzuspüren, weil er sie im wirklichen Leben vernachlässigt. Während sie also davon überzeugt ist, ihrem eigenen Antrieb zu folgen, ist es in Wirklichkeit (!) Gustavo, der alles steuert. Er hat eine hinterhältig geplante Auslöschung vorbereitet, Valerias Auslöschung in mehrfacher Hinsicht, die dadurch noch perfider wird, dass er sie glauben lässt, sie gehe aus freien Stücken in das Buch, sodass er lediglich die Deckel zuschlagen muss.

„Gustavo schlägt die Deckel zu, und dabei verstaucht sie sich am Knöchel", sagt Dany. „Das finde ich gut, plastisch. Es ist ein erster Hinweis auf Gustavos Skrupellosigkeit, mit der er sich freie Bahn verschafft."

„Können wir?", fragt Marco.

„Wir drehen", sagt Dany, und das machen wir, und dabei bleibe ich weiterhin in meiner neuen Rolle der Beobachtenden und stelle erstaunt fest, dass auch Dany mit Wasser kocht, mit stinknormalem Wasser, das er aus einem Brunnen holt, der dem Volk vor der Absperrung ebenso zugänglich ist wie mir und Luis, wie Gregor und dir. Selbst Fellini kochte vermutlich mit Wasser. Und das ist beruhigend, aber kein Grund zum Frohlocken, wie ich es insgeheim tue, denn es erleichtert mich, nicht länger neidisch sein zu müssen, was ich ohnehin nicht hatte sein wollen, aber dann war ich es doch.

Wider besseres Wissen.

Der Neid bringt den Menschen einzig und allein dazu, sich selbst kleinzuhalten, sodass er sich in seinem kleinen Körper zusammenquetschen muss, weil kein Platz mehr bleibt für das Große, sondern ausschließlich Platz für Mickrigkeit. Und diese Mickrigkeit beklagt sich dann über fehlende Größe, während sie nach Luft schnappt. Um sich Raum zu verschaffen, quillt sie dem Menschen schließlich aus seinem Mund heraus: als ein stetes Klagen, mit dem er alle um ihn herum überzieht, die bösen, fremden anderen, denen er gleichzeitig mit Bewunderung gegenübertritt, da niemand Grund zum Klagen zu haben scheint, außer er selbst. Aber es ist keine Bewunderung auf Augenhöhe, wie zum Beispiel Oliver sie zu geben imstande ist, nein, das Mickrige kann immer nur von unten nach oben bewundern, niemals jedoch, niemals, sieht es in dem Bewunderten die Möglichkeit zum Wachstum, um nicht länger mickrig sein zu müssen. Stattdessen wartet es lieber auf den Augenblick, wo der Bewunderte von seiner Wolke im Götterhimmel stürzen wird, damit es sagen kann: Siehst du, auch er hat mit Wasser gekocht.

Verhasste Gedanken.

Nach Drehschluss schlendere ich wie immer Richtung Meer, wo ich aus dem Vollen schöpfen kann, mit Brunnen oder ohne, und ich verpasse nichts, denn Dany ist keiner dieser Regisseure, die zum Feierabend auf Drinks einladen, um Hof zu halten. Dem Mythos nach verkriecht er sich am Abend in seine Kemenate, die ich mir opulent vorstelle, mit Tigerfell und rotem Sofa, wo er sich bei einem Glas Rotwein, sagen wir: einem Achtel Merlot, an dem Fellini-Bild berauscht, das er von sich selbst entworfen haben mag, dem zu entsprechen er jedoch noch am Pinseln ist. Es stimmt, was Marco sagte: Dany macht sich von allem und allen ein Bild und dabei sogar vor sich selbst nicht halt. Ich bin sicher, er hat sich auch von mir bereits ein Bild gemacht und weiß nur noch nicht, wie es aussieht. Aber gleichgültig, um welches Bild es sich handelt; es wird mich nicht zeigen können.

Weder ihm noch mir.

Auf der Plaza halte ich inne und beobachte einen Spatz, der einer Frau mit langem, weißem Haar die Reste ihres Butterbrotes vom Teller stibitzt. Ich nehme die Szene in mir auf und weiß, sie wartet nur auf eine Gelegenheit, Verwendung zu finden, in einem Traum oder in einem Drehbuch, das ich aus einzelnen Traumfäden zu stricken versuchen werde.

Um nicht unfreiwillig unterzugehen, tauche ich im Meer absichtlich unter und wünsche mir den Durchblick. Heute wirkt das Wasser in einer Weise vernebelt, als hätte das Gespenst ihm den bereits attestierten Trübsinn angehext, und somit bekomme ich zwar den Durchblick verwehrt, jedoch die Eingebung einer weiteren Szene beschert: Ich sehe mich, wie ich mit einer Zigarette im Mundwinkel den Hausflur betrete und dem Gespenst unter der Treppe Rauch in seine Augen blase, es gleichermaßen eintrübe wie die Algen die See. Verstört versucht es, sich in die Schatten zurückziehen, aus denen es gekommen ist, sodass ich es problemlos einfangen kann.

Während ich weiterschwimme, spüre ich die ungewohnte Gier nach eben dieser Zigarette, obwohl ich mir vor Jahren das Rauchen abgewöhnt habe. Der Nikotingeruch, der Dany umweht, wirkt auf mich wie ein olfaktorisches Werbebild und schürt das vergessene Bedürfnis, indem es den Wunsch, Regie zu führen, an den Genuss einer Zigarette koppelt, ja, auf einmal finde ich in der Zigarette das Versprechen, nicht nur ein lässiges Accessoire zu sein, sondern ein erweitertes (Regie)Ich, das mich emporheben und unsterblich machen wird. Und sollte der Aufstieg ausbleiben, so produziere ich die Asche, die sich gewöhnlich auf die Trümmer meiner Projekte absenkt, zumindest selbst, statt es den Gespenstern zu überlassen, meine Ambitionen zu verbrennen.

So sei es.

Ich beeile mich, Land unter die Füße zu bekommen, schlüpfe in meine Kleider und werde keine Ruhe geben, bis ich einen Stängel zwischen den Lippen spüre, nur: Woher den Stoff nehmen, mit dem ich die Gespensterjagd eröffnen könnte?

Ich mache einen Umweg durch die Stadt, um einen Tabakladen zu finden. Stattdessen finde ich Apotheken, überall Apotheken, und dann entdecke ich Esteban. Er sitzt in einem der zahlreichen Straßencafés, bläst Rauchwolken in die Luft, die sich über seinem Kopf zu Gedanken formen, trinkt Absinth und wirkt absinthisch absent. Als ich vorübergehe, benehme ich mich unauffällig auffällig, und er honoriert meine Schauspielleistung, entdeckt mich und winkt mich zu sich heran.

„Eva," sagt er, „komm, setz dich zu mir altem Mann."

Ich gehorche und setze mich. Schließlich sei ich es gewohnt, den Befehlen alter Männer Folge zu leisten, erkläre ich spöttisch, aber der Spott ist ein halber Spott und verspottet mich selbst.

„Wir alle gehorchen den Befehlen des Filmregisseurs", sagt Esteban und drückt den Stummel seiner Zigarette in dem stinkenden Aschenbecher aus, der auf dem runden Tisch vor ihm steht, an dem er mehr lehnt als sitzt. „Befehle eines Gottes."

„Sagen wir: Befehle eines Erschaffers," korrigiere ich, „das klingt angenehmer", und denke zugleich, dass ich mich in diesem Fall endlich einmal nicht von einem Befehl habe leiten lassen, sondern mich mein eigener Antrieb in das Café dirigierte: die Aussicht auf eine Zigarette.

„So oder so," sagt er und schaut mich mit glasigen Augen an, „ich bin es leid, erschaffen zu werden, ja, ich habe es satt, mir Text ins Hirn pusten zu lassen, um ihn anschließend unwidersprochen wiederzugeben, ohne eigene Worte benutzen zu dürfen. Warum kann ich nicht einfach der sein, der ich bin?"

„Du bist der, der du bist!", empöre ich mich.

„Du irrst dich, Eva", entgegnet er. „Niemand anderes bin ich als er, Gustavo, Tag und Nacht Gustavo, und später, wenn der Film fertig ist, werde ich noch immer Gustavo sein, und je erfolgreicher der Film laufen wird, desto länger werde ich in seiner Haut steckenbleiben, denn alle, die ihn über die Leinwand wandern sehen, denken, er lebe. Ein Wunder der Geburt. Geboren aus einem Buch. Gustavo klebt an mir wie der Nikotingeruch an Dany: Beides erfolgversprechend oder vernichtend, je nach Perspektive."

Kurz kommt es mir vor, als beziehe sich Esteban auf meine Gedanken, ohne dass ich sie ihm mitgeteilt hätte, aber Esteban redet weiter, ohne ein Zeichen des Erkennens: „Ich finde mich in der Rolle nicht wieder. Gustavo ist ein armes Schwein, abhängig von seiner Freundin. Sie ist sein Quell, wie er selbst es nennt; er existiert durch sie und bekommt erst durch sie Kontur. Aber für das Kinopublikum werde ich, Esteban, derjenige sein, der ohne eigenes Zutun durch ein fremdes Leben stolpert, und es wird glauben, ich hechelte meiner Freundin nach, weil ich ohne sie nichts wert sei. Die Wahrheit ist: Auch ich habe eine Carlota, und das ist Dany. Ohne ihn bin ich nichts wert."

„Bist du doch", beteure ich. Meine Worte kommen mir lächerlich flach vor.

„Ich mag ihn nicht."

„Gustavo?"

„Den auch nicht“, sagt Esteban, aber nein, er rede von Dany, alle redeten von Dany, einzig und allein von Dany, denn der lenke die Geschicke der kleinen Welt von *Barcelona Dream*. „Boludo!“

Für Marco ist Dany ein Idiot, für Esteban ein *boludo*, was auf das Gleiche hinausläuft, wenn mich mein Spanisch nicht täuscht, und wieder versetzt es mir einen Stich, dass Dany weniger beliebt zu sein scheint, als ich es mir für ihn, für mein erhabenes Bild von ihm, gewünscht hätte. Abermals fühle ich bestätigt, was ich hatte in Frage stellen wollen: wie einsam es dort oben ist.

Je mächtiger, je einsamer.

Sie sollte mich nicht schrecken, die Einsamkeit, denn schau nur!

„Es ist viel von dir in der Rolle“, sage ich, ohne zu wissen, ob meine Beobachtung Esteban tröstet oder kränkt.

„Von Dany, meinst du“, sagt Esteban und nimmt einen weiteren Schluck. Dann schiebt er mir das Glas zu mit der Frage, ob ich kosten wolle, und so nippe ich an dem Getränk. Der Geschmack besänftigt mich; er erinnert an den Flügelschlag eines Schmetterlings.

„Mag sein, dass Dany sich in Gustavo einen Spiegel geschaffen hat, in dem er sich erkennt,“ sage ich, „aber du bist es, der Gustavo eine Seele einhaucht, nicht er und nicht Carlota.“

Esteban lächelt schwach und kramt einen Beutel mit Tabak aus seiner Hosentasche. Dabei stellt er den Fuß auf die Sitzfläche, so schmal ist sein Körper, dass sein Bein dort ohne Weiteres Platz findet. Ein hagerer Mann ist er, denke ich, während ich ihm zuschaue, wie er eine weitere Zigarette dreht, ein hagerer Mann, der frisch riecht und grün, und jetzt kann ich den Geruch zuordnen, den er verströmt: In Estebans Gegenwart riecht es nach Tabak, nicht aber nach verdorrtem Tabak, oder gar nach gerauchter Zigarette, wie es bei Dany der Fall ist, sondern nach der Frische der Tabakfelder, auf denen die Tabakblätter leise rascheln. Und dann mischt sich in den Geruch noch etwas anderes, eine Spur von Alter, ein Alter, das nichts mit Estebans Lebensalter zu tun haben kann. Esteban müsste ungefähr in Danys Alter sein, denn natürlich beschreibt Dany in Gustavo einen Teil seiner selbst, auch wenn er vorgibt, sich herauszuhalten aus seinen Figuren, ebenso wie Gustavo es tut, aha, und ebenso vorgibt, nichts zu tun zu haben mit den Emotionen, die in seinen Filmen verhandelt werden.

Dem Medium, das den Emotionen am nächsten steht, lustig, oder?

Es bleibt dabei: Gustavo ist Danys Alter Ego, so denke ich und recke meine Nase, um den Geruch nach Tabakfeld aufzunehmen, während Esteban seine Dreharbeiten beendet, das Drehen seiner Zigarette, meine ich, das anders als beim Drehen eines Films zu einem sofortigen Ergebnis führt. Er presst die Blättchen an dem angefeuchteten Klebestreifen zusammen und legt die Zigarette vor sich auf den Tisch, als wolle er die Vorfreude auskosten. Dann schlingt er seinen schlanken Arm um das Knie, sodass der schwebende Arm und der aufliegende Oberschenkel einen rechten Winkel bilden. Seine Gestalt, die jetzt beinahe quadratisch wirkt, gefällt mir. So sitzt er mir gegenüber mit dem Reiz des Porträts, das sich mir beim Lesen von Danys Drehbuch bereits zeigte: Esteban ist die wahre Sonne im Quadrat.

„Warum schaust du so?", fragt er und löst das Quadrat für einen Moment auf, um sich die Zigarette zwischen die schmalen Lippen zu schieben. „Willst du auch eine?"

Ich bejahe. Abermals scheint er einen Gedanken aus mir herausgelesen zu haben. Er greift nach seinem Tabakbeutel, dreht eine zweite Zigarette, reicht sie mir und gibt mir Feuer. Ich lehne mich zurück und nehme den ersten Zug in Erwartung, dass ich mich erst wieder ans Rauchen werde gewöhnen müssen. Stattdessen bin ich erstaunt, wie vertraut es sich anfühlt.

„Noch einen Wunsch?", fragt Esteban.

„Ich würde dich gern fotografieren", sage ich. Er nickt, ohne nachzufragen, und ich hole meine Kamera heraus und lichte ihn ab: als Amazone im Profil, mit kantigem Gesicht und geradem Arm, prädestiniert, einen Speer zu halten. Esteban mag Gustavo verkörpern, aber zudem gibt er, der hagere, rauchende, Absinth trinkende Esteban, gewollt oder nicht gewollt, die schmale und elegante Ausführung von dem ab, was Dany gern wäre, vor allem: dünner.

„Und dümmer", sagt Esteban, und ich wundere mich nicht länger, dass er meine Gedanken lesen kann, bis er mit seinem Satz fortfährt, und ich begreife, dass er nicht meine Gedanken hört und wiedergibt, sondern im Begriff ist, einen eigenen Gedanken zu entwickeln: „Und dümmer werden wir auch, wir Schauspieler. Mit jeder Rolle verlieren wir ein Prozent des eigenen Seins." Ich lache, aber Esteban zieht wie ein Ertrinkender an seiner Zigarette, und ich erkenne, dass er es nicht komisch meinte, sondern ernsthaft besorgt darüber ist, sich aufzulösen im Laufe der Zeit. „Wenn dir jemand seine Sätze gibt, dann verlierst du deine eigenen Worte."

„Du brauchst keine Worte", sage ich, weil mir das Lied einfällt, das Marco auf der Gitarre gezupft hat, aber Esteban redet sich bereits in Rage.

„Und auch das Denken wird dir abgenommen, bis du es verlernst. Als Trost dient mir die Erkenntnis, dass uns alle das gleiche Schicksal ereilen wird: Während ich mir das Denken berufsbedingt abnehmen lassen muss, statt etwas Eigenes zu entwickeln, lassen es sich alle anderen freiwillig von ihren Computern abnehmen. Oder von ihren Handys, Navigationssystemen, Pulsmessern." Und deshalb, so fügt er hinzu, sei die Gesellschaft auf dem besten Wege, *bananisiert* zu werden. „Alles Bananas", sagt er. „Bananas und Ananas und aufgeweichte Birnen, die zermatschen, wenn du nach ihnen greifst. Der Saft rinnt dir an den Fingern hinunter, das ist alles, was bleibt: klebrige Grütze, Formlosigkeit, zerronnenes Fleisch."

Esteban stellt sein Bein zurück auf den Boden und leert das Glas in einem letzten Zug. Dann winkt er der Kellnerin, auf dass sie ihm ein weiteres Glas bringe. Sie trägt ein grünes Kleid und flache, grüne Schuhe und eine geschwungene Nase mit Stolz. Esteban starrt sie an, er traut sich, unverhohlen den Blick auf ihr ruhen zu lassen. Ich erwarte, dass sie sich unter seinem Blick zu winden beginnen wird, doch zu meiner Verwunderung lächelt sie ihn an, und auch er lächelt, und sie geht einen weiteren Schritt auf ihn zu, angezogen von seinen Augen, nehme ich an. Immer sind es die Augen, die diese Art von Magnetismus auslösen. Ihrer beiden Blicke lassen ihnen freie Bahn, hier also ist sie, die freie Bahn, von der Gustavo träumt, während Esteban sie ohne viel Aufhebens in die Wirklichkeit überführt. Der Schriftsteller im Skript sucht und phantasiert, aber Esteban gibt der Phantasie eine konkrete Form, gestaltet die Schiene, auf der die Kellnerin sich ihm nähern kann, und zwischen ihnen gibt es keine nennenswerten Hindernisse, außer einem ausrangierten Cola-Schild, das die Terrasse verstellt, weil es keiner weggeräumt hat: keine Valeria, kein Doktor Limones und keine Allmächtigkeitsphantasien. Esteban ist nicht verheiratet, ihm steht nichts im Wege, aber ohnehin würde seiner Kreation nichts im Wege stehen, denke ich, weil er kreatürlich ist und kreativ, also niemand, der sich im Kopf hin und her dreht und Blockaden wittert, wo keine sind. Der ganze Mann hier vor mir ist gerade, der Arm, das Bein, der Blick, klar und zart zugleich, da gibt es keine tropfend aufgeweichte Birne, sondern allein sein sichtbar weiches Verlangen. Esteban weiß, die Bahnschienen müssen langsam befahren werden, allzu schnell entgleisen wir auf ihnen, wenn wir erst miteinander angebahnt haben; er jedoch befährt sie mit einem Seelenzug.

„Du bist nicht wie Gustavo," sage ich, „denn du bist frei."

Esteban wendet sich mir zu, erstaunt, dass ich hier sitze, so scheint es mir; er muss für einen Moment in den Augen der Kellnerin verschwunden gewesen sein, die den Absinth in ihrem Gedächtnis notiert, dafür benötigt sie kein Heft und kein Papier. Langsam, sehr langsam bewegt sie sich von uns fort, damit die Verbindung zu Esteban nicht abreißt, wie ich vermute. Denn sie verlässt die Schiene, die er gelegt hat, nicht um einen Millimeter. Die sie beide gelegt haben. Auf halber Strecke baute sie sich ihm entgegen.

„Danke, Mädchen“, sagt Esteban zu mir, und ich lasse den Ausdruck *Mädchen* stehen, zwischen uns schwebt das Wort in ungewohnter Leichtigkeit und klingt beinahe fürsorglich.

Ich lehne mich in meinem Stuhl zurück und schließe die Augen, dahinter diese Szene, wie sie sich mir eben darbot, und sofort gebe ich ihr einen Namen, der Kellnerin in ihren grünen Schuhen, nenne sie Cecilia und beginne ungewollt mit dem Erschaffen einer anderen Welt, obwohl ich mich in der hiesigen für einen Moment wohlfühlte, aber nein, immerzu muss ich sie an mich reißen, die Szenen, die sich in dieser Welt abspielen, als funktionierten sie nicht ohne mein Zutun. Das Gegenteil ist der Fall: Sie funktionierten reibungsloser, wenn ich mich nicht einmischte, denn die Cecilia hinter meinen Augen kann der Kellnerin niemals gerecht werden, dieser Frau in ihrer Ganzheit, die nicht auf die Unerschrockenheit reduziert werden sollte, mit der sie Estebans Blick erwiderte. Ich sollte aufhören, immerzu Welten und Wahrheiten zu erschaffen, statt zu nehmen, was uns aufgetischt wird, in diesem Falle: zwei Gläser Absinth.

„Für mich?“, frage ich blinzelnd, als ich höre, wie etwas vor meiner Nase abgesetzt wird, die eher klein ist und blass, nicht so geschwungen stolz wie die der Kellnerin, die sich formvollendet in den Ellbogen von Esteban schieben ließe.

„Du wolltest doch einen Absinth?“

„Ich wusste nicht, dass du mir etwas bestellt hast“, sage ich.

„Nicht sehr aufmerksam von dir“, lächelt Esteban. „Sie dagegen hat meine Zeichen sofort richtig gedeutet.“ Er weist auf die Kellnerin.

„Umso aufmerksamer von dir, mir dennoch etwas zu bestellen", lächle ich zurück, und dann prosten wir uns zu, und ich freue mich auf die bevorstehende Sanftheit des Getränks.

Als ich zurücktorkle, bedaure ich, mir nicht noch eine Zigarette erbeten zu haben; nun muss ich dem Gespenst ohne Rauchwerk begegnen. Es lauert bereits unter der Treppe, aber die Jagd ist vorerst verschoben. Bis dahin versuche ich es weiterhin mit Ignoranz. So oder so werde ich nicht zulassen, dass es mir meinen Wert nach wie vor abgräbt, falls es das noch immer zu tun plant, aber vermutlich ist auch ihm seine Aufgabe langweilig geworden, und es will längst auf anderes hinaus, deshalb der Handel; nur lasse ich ja nicht mit mir reden. Ich denke, ich werde ihm nicht gerecht mit der Unterstellung, die phantastische Verkörperung des Tierchens zu sein, das in mir wohnt.

Will ich ihm gegenüber gerecht sein? - Sicher nicht.

„Warte!", ruft es mir hinterher. „Ich werde erst lockerlassen, wenn du aufhörst, mich wie Luft zu behandeln", aber das klingt nach Erpressung und werde ich mir kaum gefallen lassen, und deshalb laufe ich die Treppe empor. Ich werde mich auch ohne Rauchwerk zu schützen und zu wehren wissen. Schnurstracks steuere ich die Küche an, um nach Knoblauch zu suchen und werde fündig, als ich eine Keramikdose öffne, die unter dem Gewürzregal steht, das vorwiegend mit Zuckerpackungen bestückt ist. Ich nehme mir eine ganze Knolle und noch einen Joghurt aus dem Kühlfach und gehe mit meinem glücklichen Fund den Flur hinunter zu meinem Zimmer.

Vor meiner Tür begegne ich Nancy, der Engländerin, die Spanisch studiert, aber sich nach London sehnt oder nach Chouchou, und mich mit Blick auf den Knoblauch fragt, ob ich mich vor Vampiren fürchte. Ich beantworte die Frage mit Ja, ohne mich weiter zu erklären, und sie lacht, aber das Lachen wird ihr vergehen, wenn sie eines Tages ihrem eigenen Gespenst gegenübersteht.

„Didn't you want to work on a script?", fragt sie, denn ich hatte meine noch nicht konkretisierte, um nicht zu sagen: mangelnde Absicht, an meinem Drehbuch zu arbeiten, als Grund für meinen Aufenthalt in Barcelona in der dafür vorgesehenen Rubrik angegeben, als ich mich über die Internet-Plattform für dieses Zimmer bewarb.

„What about you?", frage ich zurück. „Didn't you want to go to London?"

„You know, I cannot afford," sagt sie, „but writing a book costs nothing, am I right? You just have to do it. You know what Mark Twain said: ‚Just start', that's it." Nancy wirkt ungewohnt aufgeschlossen, so aufgeschlossen, wie es gewöhnlich nur Verliebte sind, die im Zustand des Entzückens über ihr Verliebtsein glauben, sie müssten sich und ihr Glück der ganzen Welt mitteilen. Insofern sind wir beide heute noch weniger kompatibel miteinander als ohnehin: Während Nancy das Gespräch sucht, sehne ich mich in die Einsamkeit meines Zimmers, jetzt, wo ich die Herausforderung meiner Gesellschaft nicht länger scheue.

„I will start. That's for sure", sage ich, als Nancy mir den Weg über die Schwelle versperrt, ja, sie hält mich am Ärmel fest. Und deshalb erzähle ich ihr von meinem neuen Projekt, dem zuliebe ich mich in mein Zimmer zurückziehen müsse, und freue mich mit einem Mal darüber, eine Zuhörerin zu haben. Ähnlich wie nach einem Traum, ist es hilfreich, Pläne zu verbalisieren, um ihnen das Fleisch zu geben, an dem es ihnen mangelt, solange sie bloße Pläne sind.

Nancy zeigt wenig Reaktion, aber das ist nicht wichtig, denn weder ist sie für Ermunterung zuständig noch dafür, mich von meinen Plänen abzuhalten. Der Grund, warum sie mich auf meinem Gang ins Zimmer abfing, erschließt sich mir, als sie anmerkt, ich solle morgen auf dem Markt neuen Knoblauch besorgen, wenn ich ihn verbrauche, und warum ich so ohne Weiteres von ihren Dingen Besitz ergreife oder ob ich tatsächlich nicht wisse, dass der Joghurt ihr gehöre? Sie entwendet mir den Becher, dann geht sie, ohne mir eine gute Nacht zu wünschen, und ich bleibe gedemütigt zurück.

Aber im Besitz der Knoblauchknolle.

Im Zimmer hänge ich den Knoblauch über mein Bett und ziehe die Rollläden herunter, denn ich möchte nicht nur Nancy und den Joghurt, sondern die gesamte Welt ausschließen, um mich auf die bevorstehende Entwicklung meines neuen Drehbuchs konzentrieren zu können, die Besonnenheit erfordert. Besinne dich, sage ich zu mir, du wolltest dich von der Idee zu einer Liebesgeschichte lösen; dein Sujet hat sich verändert. Und ich zögere nicht, die Veränderung anzunehmen, denn jetzt fällt mir zudem ein, dass Liebesgeschichten, trotz ihrer Beliebtheit beim Publikum, bei den Entscheidungsträgern weniger gefragt sind.

Vor nicht allzu langer Zeit legte ich ihnen eine Geschichte vor, in der ich mich in der Figur einer Erdnuss gewissermaßen selbst zur Hauptfigur gekürt hatte. Die Geschichte handelt von der Liebe dieser Erdnuss zu einer Aprikose und war von mir als Animationsfilm gedacht worden; aha, noch ein Animationsfilm, was du nicht sagst! Im Sinne des Feminismus' wollte ich anhand einer Mikrostruktur (dem Leben der Erdnuss) die Makrostruktur (das Leben der Aprikose) darstellen, aber die Entscheidungsträger sagten: „Konzentrieren Sie sich auf das Große, das Laute, das Dramatische. Liebesgeschichten will ohnehin niemand sehen." Dass die Liebe bei den Entscheidungsträgern nicht als etwas Großes angesehen wurde, wunderte mich wenig, aber verwunderlich war doch, dass ihre Bedenken nicht eher dem doch eher gewagten Versuch galten, die Welt der kleinen Früchte auf die Welt der großen Menschen zu übertragen und die Figuren ausgerechnet als Erdnuss und Aprikose zu gestalten. Nein, wichtiger schien es ihnen zu sein, Filme ins Kino zu bringen, die unter einem Stichwort zu finden sein sollten, einem Stichwort wie zum Beispiel: *die politische Katastrophe,* die hier jedoch nicht gegeben sei.

Das Private ist politisch!

Und mindestens eine Tote könne ebenfalls von Vorteil sein, so rieten sie mir, das fällt mir jetzt wieder ein, und kurz hege ich den Verdacht, Danys Wendung, Valeria in den unvorhergesehenen Tod zu schicken, sei dem gleichen Ratschlag geschuldet.

Verabschiede ich mich also von der Liebesgeschichte, gerade rechtzeitig, wie ich jetzt denke, und verspreche mir, nie wieder eine zu schreiben.

Ich greife das Heft und reiße die Seite heraus, auf der die von mir festgehaltene Einstiegs-Szene zu finden ist, die unweigerlich in eine Liebesgeschichte gemündet hätte. Ich lösche sie aus dem Heft, lösche sie aus dem Kopf und aus meinen Absichten, denn ich habe mein wahres Thema gefunden: Die Personen-Konstellation am Set als Demonstration einer Struktur von Macht und Ohnmacht, von Abhängigkeit und Co-Abhängigkeit. Und innerhalb der Struktur bedingen die Unterdrücker und Unterdrückten einander, denn um Macht ausüben zu können, braucht es auch immer jemanden, der zulässt, dass diese Macht über ihn ausgeübt wird.

Wahr oder nicht wahr?

Im Großen und Ganzen behandelt das Thema somit auch die schleichende Entwicklung von einer Demokratie in die Diktatur, und das ist es, worauf eine Filmgeschichte hinauslaufen sollte: auf das Universelle hinter dem Individuellen, die politische Katastrophe, und so passe ich die Ausgangsszene entsprechend, und zugunsten eines neuen Bildes, an.

HÜGEL BARCELONA AUSSEN/TAG
Ein Mann bellt Befehle. Um ihn herum huschen zahlreiche kleine Monster mit warziger Haut und dreieckigen Pupillen …

(hier habe ich optisch das Gespenst unter der Treppe eingebaut)

… die bloß darauf warten, ihn in die Halsschlagader zu beißen, aber er lässt sich nicht beirren und zähmt sie mit Zuversicht, manchmal mit einem

`Zitronenbonbon. Der ist zwar sauer, aber verklebt die Münder von innen, sodass sie nicht mehr in der Lage sind, selbst zu sprechen, sondern nur nachplappern, was ihnen eingeflüstert wird.`

So kann ich es kaum stehenlassen, da es nicht dargestellt werden kann. Ob auch der Kopf benebelt wird durch den Vorgang des Lutschens, konnte ich im Übrigen bisher nicht ergründen, das halte ich offen, aber das Bonbon gefällt mir so sehr, dass ich es nicht nur in die Geschichte aufnehmen will, sondern es mir zudem für meine erste Regiearbeit besorgen werde, um mir damit die Angst vor dem Filmstab zu nehmen, die in den Tagen hier nicht weniger geworden ist. Nun aber halte ich den Schlüssel dafür in der Hand, die Geister zu zähmen, die mich bedrohen: Zitronenbonbons. Solange du weißt, welcher Geruch welches Monster fernhält, ist es gut, denke ich und nehme mir vor, die verschiedenen Möglichkeiten gleich morgen unter dem Treppenabsatz auszuprobieren: Zigarette, Knoblauch, Zitronengeschmack. Und mit diesem Gedanken schlafe ich ein, erleichtert, die Kurve genommen zu haben und der Liebesgeschichte entronnen zu sein, um geradewegs auf Substanzielles umzuschwenken. Vielleicht kann ich das Thema auf die Entstehung des Dritten Reiches ausdehnen, besser noch des Islamischen Staates, denn da zeigt sich die männliche Hegemonie umso deutlicher, die ich hier neben Dany ausmache wie überhaupt innerhalb der Filmbranche, in der ich mich seit Längerem bewege, sagen wir: Ich bewege mich an den Rändern der Branche, an denen der Speichel herunterrinnt, an den Rändern rinnt er; das ist der Speichel der Zitronenbonbon-Lutschenden.

Ich glaube, ich träume schon.

V.

Kaum kann ich begreifen, dass ich bereits dem siebten Drehtag beiwohne, und ich wohne ihm in der Manier bei wie auch an allen anderen Tagen: wissbegierig und unsicher, arrogant und zugleich immer ein wenig erschrocken, dies trotz des Knoblauchs und meiner veränderten Perspektive.

Heute drehen wir am Strand. Valeria ist in die Buchseiten eingetreten, der Knöchel gerichtet, und ab diesem Zeitpunkt wird sie vollends in Gustavos Phantasie aufgesogen, wenn man so will. Sie existiert nur mehr als Figur ihres Ehemannes, ohne als der Mensch weiterleben zu dürfen, der sie einmal gewesen sein muss. Und damit ist sie im Grunde genommen bereits das erste Mal gestorben, das weiß sie, das weiß Gustavo, das weiß Dany und weiß auch ich, und das Publikum wird ihren späteren Tod möglicherweise ebenfalls in dieser Weise deuten, es sei denn, sie sitzen dem durchaus gesäten Glauben auf, Herbert habe sie umgebracht in seiner von Leidenschaft bestimmten Gier.

Hannes Neumayer, der Herbert spielen wird, sehe ich heute zum ersten Mal. Er ist mir auf Anhieb unsympathisch, aber in seiner Rolle als Herbert soll er das ja auch sein, und vielleicht hat er sich bereits eingefunden in die Figur. Wir werden das zweite Aufeinandertreffen von ihm und Valeria drehen, von dem ich annahm, es wäre längst im Kasten, aber nicht immer ist alles sicher im Kasten, von dem du denkst, es könne dir nicht mehr entgleiten.

In dieser Szene zeigt Herbert sich weniger charmant als bei dem ersten Kennenlernen, das im

Drehbuch ungewohnt romantisch beschrieben wird. Jetzt jedoch wird sein Begehren nach dem Mädchen besitzergreifend, und auch seine vampiristische Ader wird augenscheinlich durch die Art, mit der er es angafft und in ebensolche Splitter zerlegt, wie ich sie meinem Handy hatte zufügen wollen, während ich mich in der glatten Fläche von Nölles Gesicht spiegelte, die mir nichts anderes als mein eigenes Gespenst zurückwarf. Und mit einem Mal gefällt mir die Vorstellung, eine zersplitterte Scheibe vor die Linse zu halten, damit sich das brüchige Glas in scharfkantigen Spuren über Valerias Gesicht legt, als Sinnbild dafür, wie Herberts Blick sie fragmentiert, als Sinnbild ihrer zersplitterten Seele.

Ich traue mir, Dany vorzuschlagen, das Bild zu benutzen, und er schaut mich erstaunt an und sagt: „Warum nicht? Klingt interessant."

Tatkräftig, also nicht anders, als ich es von ihm erwartet hätte, wendet er sich an die Requisite und weist sie an, eine zersplitterte Scheibe aufzutreiben oder herzustellen, was einfach zu bewerkstelligen ist. Schlagartig handelt er sich den Protest von Luis ein.

„Das könnt ihr allein machen", unkt er; derartige Spielchen lehne er aus Prinzip ab. „Ich weigere mich, durch eine zersplitterte Scheibe zu filmen, wie ein Erstsemestler an der Filmakademie." Luis schäumt, als sondere er giftiges Sekret ab, und ich schrecke zurück und will vermitteln, indem ich den Vorschlag flüsternd zurückziehe, aber Dany bleibt ruhig und sagt: „Und ob du das wirst."

So stehen sie sich gegenüber, es brodelt, ich brodle, aber natürlich lässt Dany sich nicht einschüchtern und beharrt darauf, es so zu machen, wie er es will, ich es wollte: „So wird es gemacht. So und nicht anders."

Dass ich diejenige war, die vorschlug, eine zersplitterte Scheibe vor die Linse zu halten, so und nicht anders, verschweigt er Luis gegenüber, und mir ist es recht, denn auf diese Weise ist er derjenige, der sich den Monstern zum Fraß vorwirft; ich sehe, wie sie bereits mit den Zähnen fletschen.

„Wir drehen", sagt Dany und zu mir: „Du bist bleich."

Am Ende des Tages, als alle einpacken und Dany ruft: „Schluss für heute", gestehe ich ihm auf seine Frage, was los gewesen sei, vorhin, nach dem kurzen Wortwechsel mit Luis, wovon bisher niemand weiß, nicht einmal Oliver: „Das Set macht mir Angst." Und noch während ich es ausspreche, höre ich, wie lächerlich es klingt.

„Was soll das heißen, es macht dir Angst?", fragt er. „Ein Set ist diffus."

„Angst vor der Macht, nehme ich an."

„Du siehst Gespenster", sagt Dany, und er sagt es trocken, ohne dass sich erschließt, ob er sich über mich lustig machen will oder schlicht eine Tatsache festhalten, ungeachtet der Tatsache, dass es ja keine Gespenster gibt. Gibt es doch, aber nicht in Danys Nähe, oder vielleicht täusche ich mich, und sie tummeln sich in jedem Menschen, und nicht allein in den Alpträumen einiger weniger Regisseurinnen oder in meiner Gegenwart, hier und dort.

Unter Treppenabsätzen und manchmal in den Nieren.

„Heute ist dann wohl mein Tag der Wahrheit," sage ich.

„Jeder Tag bringt neue Wahrheiten ans Licht", entgegnet Dany. „Ob mit oder ohne Scheidung, da scheiden sich die Geister", und er schlägt vor, darauf anzustoßen. „Wenn du Zeit hast, lade ich dich auf ein Glas Rotwein ein. So können wir in Ruhe alle offenen Fragen klären."

Wer sagt *ein Glas*, wenn es doch *ein Achtel* heißen müsste, denke ich unwillkürlich, aber dann sickert der Inhalt seiner Worte in mein Bewusstsein, und ich begreife, was soeben geschehen ist: Dany will mich einladen und sich mit mir besprechen! Das finde ich mindestens so aufregend wie seinen Geruch, ohne dass ich einen Anflug von der Angst empfinde, die mir die Macht, die er innehält, möglicherweise sogar über mich, einflößen könnte oder sollte. Und als könnte nicht allein Esteban, sondern auch Dany meine Gedanken lesen, fügt er hinzu: „Ich bin harmlos, weißt du?" Dann legt er den Arm um mich, und unwillkürlich denke ich, nun bin ich doch ein auserwählter Fuchs, denn Danys Wahl, mich auf ein Getränk einzuladen, ist ja nichts anderes als ein Auserwählen, weil es mich fortan abheben wird von den anderen oder auch: mich abheben lässt. Ich bin sicher, der Vorschlag wäre ihm nicht in den Sinn gekommen, wenn ich ihm nicht die Idee mit der Glasscheibe geschenkt hätte, die ihm eine geglückte Aufnahme beschert, für die er sich im Übrigen nicht einmal bedankt hat.

Ist dies der Dank dafür?

Als wir Arm in Arm davongehen, bemerke ich, wie uns die neidvollen Blicke von eben diesen anderen folgen, von denen ich mich fortan abheben werde, und ohne es zu wollen, freue ich mich darüber, da

Neid, allen Unkenrufen zum Trotz, etwas ist, mit dem sich arbeiten lässt, wenn du nach oben willst.

Willst du das? – Aber ja doch!

Noch immer Arm in Arm spazieren wir in Richtung Altstadt. Und obwohl Dany mich leicht von oben herab betrachtet, er ist einen Kopf größer als ich, betrachtet er mich nicht als Objekt der Begierde, das spüre ich, trotzdem die Figuren-Konstellation es nahelegen könnte: Die noch junge Filmemacherin, ambitioniert, aber unsicher, löst in dem älteren Regisseur Begehren aus, zumal sie einen wunderbaren Hintern hat; zumindest Oliver sagt das beinahe täglich. Klischees sind in dem Maße mächtig, wie sie mächtig bedient werden, während inspirierte Kunst Originäres entstehen lässt, indem sie Ideen als solche erkennt und aufgreift, ohne lange abzuwägen. Und ohne zu zögern, griff ja auch ich Danys Idee auf, gemeinsam Rotwein zu trinken, und deshalb bin ich überzeugt, dass es hier, jetzt und heute um anderes geht als um das oben beschriebene Klischee, nämlich dass Dany die gleichberechtigte Filmemacherin in mir sieht, sagen wir: die potenziell gleichberechtigte Filmemacherin auf dem Weg zur Augenhöhe, einem kreativen Geist, wie er einer ist. Es wäre schrecklich vorhersehbar, eine junge Frau wie mich, Eva, auf ein spanisches Set zu schicken, mit der allzu durchschaubaren Absicht, sie die Finger nach dem älteren, erfahrenen Regisseur ausstrecken zu lassen, wie Marco es formuliert hatte. Das klingt so wenig originär wie dieselbe Geschichte, erzählt aus der Perspektive des älteren, erfahrenen Regisseurs, der sich nach der jungen Frau verzehrt, ja, ganz und gar nicht originär klingt das, sondern stinklangweilig und fiele bei den Entscheidungsträgern ohne Diskussion durch, die seit Neustem zudem nach starken Frauenfiguren rufen, die sich allerdings kaum von den immergleichen Filmfiguren innerhalb der immergleichen Strukturen unterscheiden. „Kommt her, ihr starken Frauen“, rufen sie, und dann sehen sie mich, die ich ihnen, wie neulich geschehen, eine Geschichte präsentiere, in der eine Frau einem Mann folgt, der alles verkauft, was er besitzt, um in den Regenwald zu gehen und sich einem Nomadenvolk anzuschließen.

„Eva, ich bitte Sie“, sagten die Entscheidungsträger. „Wer will Frauen sehen, die sich an starke Männer hängen?“

Da genügte es nicht, ihnen glaubwürdig zu versichern, ich sei schließlich selbst eine Frau und könne deshalb guten Gewissens behaupten, das Verhalten und Empfinden dieser Frauenfigur repräsentiere das Verhalten und Empfinden von vielen Frauen, und das allein gebe dem Film bereits seine Relevanz und ein Publikum.

Sie ließen mich nicht gelten als Expertin für Frauen und meinten: „Starke Frauen nehmen ihr Leben selbst in die Hand“, woraufhin ich einzuwenden wagte, dem stimme ich selbstverständlich zu, und dennoch seien selbst sogenannte starke Frauen nicht vor systemischen Mechanismen gefeit; das gefalle uns selbst nicht und nach Veränderung strebten wir außerdem, aber neben allem seien wir noch immer Opfer von Strukturen, die nicht die unsrigen abbildeten, und solange die weiblichen Werte innerhalb der patriarchalen Strukturen nicht in dem Maße wertgeschätzt würden, wie sie wertgeschätzt werden sollten, bleibe der uns anerzogene und durch Erfahrungen gestützte Irrtum bestehen, einzig ein Mann könne unseren Status heben. So sei das leider (und eben dafür liefert Danys Zeichnung von Valeria als heranwachsendes Mädchen ein gutes Beispiel).

Das nenne sich dann wohl freiwilliges Patriarchat, sagten die Entscheidungsträger und beteuerten, dass sie die weiblichen Werte natürlich zu schätzen wüssten, hier aber vor allem die Werte der starken Frauen. Mich hingegen hielten sie für schwach, auch das wagten sie zu beurteilen, denn das Urteilen liegt ihnen im Blute. „Vermutlich schildern Sie in Ihrer Regenwaldgeschichte niemanden anderen als sich selbst," sagten sie, „ja, geben Sie es ruhig zu. Die Frau in Ihrer Geschichte, das sind Sie!"

Und ich wusste, was sie meinten, denn weder in meiner Geschichte noch in meiner Argumentation entsprach die Gestaltung der Figur den Maßstäben, die an die starken Frauen angelegt werden, und zudem größtenteils der Vorstellungswelt von starken Männern entspringen, die ihre eigene Schwäche mit Phantasien zudecken, in denen Frauen agieren wie sie selbst. Diese Frauen, die ihnen vorschweben, müssen erst erfunden werden, weil das Leben sie nicht hergibt. Denn das Leben hält allein Mehrdimensionalität bereit, Frauenfiguren mit all ihren Stärken und Schwächen. Aber wirkliche Frauen, die statt in Köpfen in der Wirklichkeit existieren, wolle niemand sehen, so argumentieren die von Sehnsucht geplagten Männer und weisen jede Komplexität zurück, die männliche wie die weibliche wie die diverse, um den Abziehbildern auf den Leim zu gehen.

Lieber als weniger stark wahrgenommen werden als bloßes Resultat von (männlichen) Phantasien sein zu müssen, so denke ich. Und wenn sie recht haben sollten, also ich in einem menschlichen Sinne schwach bin, so bedeutet das im Umkehrschluss noch lange nicht, dass ich einen starken Mann benötigen würde, oh nein, den brauche ich ebenso wenig wie Danys Arm um meine Schulter, ebenso wenig wie den Blick, den er mir schenkt. Ja, immer wieder schaut er zu mir herunter, und trotz der Konstellation, und trotz meiner vermeintlichen Schwäche, bin ich nicht der Meinung, dass wir uns in der Szene eines schlechten Films befinden. Ich zumindest mag ihn.

Den Film.

Weiterhin schlendere ich neben Dany, genau genommen einen Schritt hinter ihm, denn kaum erreichen wir die engen Gassen, lässt er mich los. Offenbar verfolgt er einen Plan, er weiß, wohin er steuert, und zweifelt nicht daran, dass ich ihm folgen werde, was ich auch tue, obwohl mir das innige Gehen, ein nahezu traumhafter Zustand, besser gefiel. Ich hefte mich an Danys Rücken, und wenig später setzen wir uns in eine der unzähligen Bars, die Barcelona bei Tag und bei Nacht in Atem halten und den unruhigen Geist der Stadt füttern.

Dany redet ununterbrochen, über die Arbeit, den Erfolg, das Leben, die Kunst, seinen Sohn, die Welt, während er dem Kellner zunickt und Tapas für uns aussucht.

„Zwei Gläser vom schweren Rotwein", sagt er und zu mir: „José weiß, welchen ich liebe, ich trinke immer den gleichen, ein anderer kommt nicht in Frage für mich."

Sein Gesicht ist hier bekannt, wenngleich in einem anderen Sinne bekannt als in jenem, der mich dazu trieb, Dany nachzuspionieren. Dany fällt nicht auf, wie still ich bin, und das soll ihm auch nicht auffallen, deshalb verberge ich mein Schweigen vor ihm. Ich höre ihm gern zu. Nun ist der Augenblick gekommen, so sage ich zu mir, der dich tatsächlich abheben lässt, wenn du nur zu fliegen bereit bist, also hör gut zu. Und vielleicht können wir uns später auch über meine Projekte austauschen, über mögliche Ängste, das System, über die Verbündeten und Antagonisten, Mentoren, Trickster und Schwellenhüter. Und wir werden uns liebevoll darüber austauschen, voller Verständnis, denn wir sind Brüder im Geiste.

Schwestern im Geiste.

Ich fühle eine Art von Vorfreude in mir aufsteigen, und nur schwach vernehme ich die Warnung, dass es auch anders kommen könnte; jeder Mensch weiß, wie schnell innerhalb des kreativen Arbeitsprozesses Verwechslungen passieren, die sich als Liebe tarnen.

Liebe, wieso Liebe? Eva, erinnere dich, was du dir vorgenommen hast: keinen Liebesplot einbauen, das hast du dir versprochen, gerade erst gabst du dir das Wort dafür, also dass du mir ja nicht auf die Idee kommst! Vergiss nicht: Niemand will Liebesgeschichten sehen.

Wahr oder nicht wahr? - Nicht wahr.

Alle wollen wir Liebesgeschichten sehen. Romanzen sind ein heiß begehrtes Genre, denn hier ersetzt der Film das ungelebte Leben, und obwohl der starke, weiße Entscheidungsträger das anders sehen mag, so bauen doch viele Filmschaffende, als untergeordneten Handlungsstrang, und sei es noch so beiläufig, einen Liebesplot ein, der die Hauptgeschichte begleitet, unterfüttert, erotisiert, um diesem Wunsch des Publikums nach Liebe Tribut zu zollen. Selbst Dany hat in seinem Manuskript die Andeutung einer

Liebesgeschichte hinzugefügt: So, wie die Szene aufgebaut ist, in der Valeria das erste Mal auf Herbert trifft, weckt er absichtlich romantische Erwartungen.

Ja und? – Es gibt kein *Ja und*. Ich werde mein Versprechen nicht brechen und der Versuchung widerstehen, eine Romanze zu schreiben.

Von Erleben war dagegen nie die Rede, erleben darf ich, was immer ich will, da gibt es keinen Zensor, und Liebesgeschichten zu erleben ist ohnehin wunderbarer, als sie sich anzuschauen, das weiß ich, denn ich stecke ja mittendrin, in der Liebesgeschichte mit Oliver nämlich, auch wenn sie sich momentan irreal ausnimmt, als existiere sie außerhalb der Jetzt-Zeit.

Als Teil der Backstory.

Ich bestelle ein zweites Glas Wein: „Otra copa de tinto, por favor." Ein Wort wie *Achtel* gibt es nicht im Spanischen, sondern allein in Olivers Wohnung, in der er hoffentlich auf mich warten wird. Und vielleicht ziehe ich eines Tages zu ihm. Bisher konnte ich mich nicht dazu entschließen, aber das kann sich ändern, alles ändert sich immerfort, und ich liebe ihn. Er ist süß und schmackhaft und unsere Liebe noch jung. Warum lebe ich sie so wenig, frage ich mich, während ich hier sitze, mit offenen Ohren für die Worte eines Fremden und nehme mir vor, achtsam zu bleiben und die Grenzen zu wahren, meine ebenso wie die Grenzen der Geschichte, die ich schreibe, sagen wir: zu schreiben plane. Andererseits sind Geschichten immer auch zum Überschreiten von Grenzen gedacht.

Wahr oder nicht wahr?

Nachdem wir miteinander geschlafen haben, bleiben wir auf Danys Bettdecke liegen. Seine Lider sind geschlossen, das waren sie bereits während des Liebemachens, vermutlich weil er dahinter einen neuen Film plant, so denke ich und denke außerdem, es gibt viele Möglichkeiten, einander zu sehen. Mir zugewandt liegt Danys Kopf auf dem Kissen, und trotz der geschlossenen Augen meine ich zu erkennen, dass er nicht schläft.

„Was siehst du?“, flüstere ich. Er schweigt, also streichle ich seine Schläfe entlang und versuche, über seinen Haaransatz hindurch in seinen Kopf zu kommen, wie Valeria, die durch die Buchseiten zu schlüpfen versucht, um ihn zu erspähen, den Autor der Geschichte.

Ihren Mann.

„Findest du dich in der Figur von Gustavo wieder?“, frage ich, ohne sicher zu sein, ob Dany mich hört, und vielleicht ist es besser, er überhört mich. Niemand mag es, mit den Figuren in seinen Geschichten verglichen oder verwechselt zu werden: „Die Frau in Ihrer Geschichte, das sind doch Sie!“ Und nun rühre auch ich Gustavo und Dany zusammen, obwohl sich doch beide (sie alle beide!) so wunderbar herauszuhalten verstehen aus ihren Geschichten. Warum aber wehren sie sich dagegen, Teil von etwas zu sein, das ihnen entspringt? Warum behaupten sie, Distanz zu etwas zu haben, das uns eine lange Strecke im Leben begleitet? Es heißt, Frauen täten sich schwerer damit, ihre Figuren zu erfinden, als Männer es tun, aber in Wahrheit (!) bringt es doch jedes Geschichtenerzählen unweigerlich mit sich, in die eigene Geschichte hineinzugehen, sich ihr preiszugeben und Erfundenes mit Erfahrungen und mit erworbenem Wissen ineinander zu verflechten. Die Grenzen von Fiktion und Leben sind verschwommen, weil es doch die eigene Geschichte ist, in der du dich bewegst und nicht die eines anderen, in die du einzig und allein mit Hilfe von roten Schuhen einsteigen kannst, aus möglicherweise undurchsichtigen Absichten heraus und zu deinem Schaden.

In Valerias Fall als Schritt in den Tod.

Dany öffnet das rechte Auge, es ist sein Kameraauge; ich habe gesehen, wie er mit diesem einen Auge versucht, jedes einzelne Bild zu erfassen, das er baut.

„Du willst wissen, ob ich in Gustavo mich selbst darstelle?", fragt er. Offenbar hat er die Frage sehr wohl gehört und sich Zeit genommen, die Antwort zu überdenken. „Wenn du den Aspekt meinst, niemanden so ohne Weiteres in mich hineinspazieren zu lassen: ja, das bin ich." Er sagt es, ohne zu zögern, ohne Entschuldigung, das hat er nicht nötig; niemand wird es ihm zum Vorwurf machen.

„Ich möchte auch niemanden in mich hineinspazieren lassen", sage ich, und er lacht: „Hineinspazieren nicht, aber hineingleiten gern, wenn ich mich nicht täusche", und dann rollt er auf mich, zum zweiten Mal in dieser Nacht. Und ich ziehe ihn zu mir heran, denn er hat recht, gern lasse ich ihn in mich hineingleiten und darum: Willkommen, bienvenue, welcome, Fremder, immer hübsch hereinspaziert und die Schwelle übertreten, die niemand hütet.

Metaphorisch gesprochen.

„Du hast mich gefragt, ob du kommen kannst," raunt Dany mir ins offene Ohr, während er seine Augen schließt, „damals am Telefon, erinnerst du dich?", aber ich bin nicht sicher, ob ich mich erinnere oder mich täusche, meine Erinnerungen werden lose, in einer Weise schemenhaft, als entstammten sie einem Traum, in den sich die Reste eines Tages verirren, sodass sich schwerlich unterscheiden lässt, wo was wie, ob oben oder unten. „Und ich sage: komm nur. Komm du nur."

Es ist erhaben, mit Dany zu schlafen, oder anders ausgedrückt: Es erhebt mich, und da ist es zwecklos, mich mit den Worten zu geißeln, warum, bitte, erhebt es dich, wenn er mit dir ins Bett geht? Die Antwort liegt nackt auf mir, ob ich es will oder nicht, in diesem Falle: Ja, ich will, obwohl ich einen anderen liebe, aber das tut nichts zur Sache, denn hier geht es um eine andere Sache, um den Weg nach oben.

Ist das so? – Wer weiß.

Ich wäre nicht die Erste, die versucht, sich nach oben zu schlafen, und nicht die Erste, bei der das nicht funktioniert und die es zudem entsetzlich fände, wenn es funktionieren würde und gleichzeitig hofft, dass es funktionieren könnte. Und ob ich will oder nicht, ob beabsichtigt oder versehentlich initiiert, wirft das von mir nun eingegangene Verhältnis zwangsläufig die Frage nach der Beteiligung an der Macht auf, und sobald Macht im Spiel ist, geht es ebenso um Machtmissbrauch, also betreibe ich gewissermaßen Recherche, weil ich ja über dieses Thema zu schreiben begonnen habe. Dass Sexualität immer auch im Zusammenhang mit der Frage nach der Macht stehe, so wird uns zumindest vermittelt, zumal innerhalb der Strukturen, in denen wir aufwachsen.

Und die nochmal wovon geprägt sind?

Immerzu hören wir von überallher, dass Sex ein Spiel um die Macht sei, um Macht und um diejenigen, die diese Macht innehalten: ob über einen anderen Menschen oder über das Netz oder über den Filmbetrieb. In allen Bereichen etablieren wir Hierarchien, um anschließend behaupten zu können, dass es ohne Hierarchien nicht ginge, und das wiederum bestimmt dann den Blick, mit dem wir auch die Sexualität betrachten, stimmt doch, aber erst mit diesem Blick auf die Welt machen wir eben diese Welt zu dem, was sie ist. Nur oben auf den Bäumen sieht die Welt anders aus, ebenso womöglich auf diesen oder jenen Hügeln; hier kommt es darauf an, wer auf dem Hügel das Sagen hat.

Aha.

Auf den Bäumen jedenfalls gibt es ein Leben im Gleichgewicht, weil es einem dem Leben selbst innewohnenden Antrieb folgt, der nichts mit Macht zu tun hat, sondern allein mit Energie, ja, auch mit sexueller Energie. Und habe ich damit nicht bereits ein hinreichendes Motiv gefunden, aus dem die Frau in meinem Film auf Bäumen hockt und weitere Frauen anlockt, es ihr gleichzutun?

Hier wie dort jedenfalls sollte der sexuelle Vorgang ein lebensbejahender Vorgang sein; diesen Schluss zogen Oliver und ich vor nicht allzu langer Zeit. Wir sprachen es beinahe gleichzeitig aus, nicht schwärmerisch, sondern weil wir in diesem Moment tatsächlich überzeugt waren, dass sich durch unsere Vereinigung ein möglicher Weg finden ließe, die stets präsente, wenngleich diffuse, Belastung durch ungeklärte Machtverhältnisse endlich aufzuheben. Wie so viele andere wollten wir die Machtungleichheit überwinden oder überhaupt die Machtverhältnisse als solche, die uns schmerzlich treffen, während nach wie vor der irre Glaube herrscht, stets gehe es um Macht und um nichts anderes, selbst beim Sex.

Vor allem beim Sex.

„Wir vereinigen uns zum Wohle der Menschheit“, sagte ich damals. Und Oliver stimmte zu: „Das machen wir.“

An ihn zu denken, hier, in diesem Augenblick, während ich den Gedanken vor Dany verheimliche und andersherum alle Gedanken an Dany vor Oliver verheimlichen werde, macht mir beinahe nichts aus, denn, wie gesagt, ist es nicht ungewöhnlich, dass Menschen innerhalb ihrer Beziehungen Geheimnisse voreinander haben, dürfen sie, sollen sie. Ich vor Oliver, Gustavo vor Valeria und Dany vor seinem Team, dem er nichts von uns erzählen wird von ihm und mir. Die Möglichkeit, miteinander im Bett landen zu können, hatte ich der Geschichte zuliebe fallenlassen wollen. Jetzt aber stelle ich die Wirklichkeit über die Fiktion, denn das Heft in die Hand zu nehmen, das Skript zum eigenen Leben, bedeutet, selbst zu entscheiden, mit wem ich ins Bett gehe; das gilt für heute und für alle Zeit. Außerdem und bei aller Liebe, seien wir ehrlich: Sex bringt Würze in jede Geschichte und ist somit die Zutat, mit der sich alles verkaufen lässt. Das ist beim Film nicht anders als anderswo und würde Jochen Nölle genauso sehen, der in diesem Moment vermutlich in seinem glatten Büro sitzt, in einem glatten Körper, vor sich den glatten Monitor, während ich meinen Körper in Danys Rundungen platziere, ohne zu wissen, ob ich hier nicht fehlplatziert bin; das kann ich nicht mit Gewissheit ausschließen. Einzig, dass ich vor Kurzem dachte, endlich meinen endgültigen Landeplatz gefunden zu haben, versetzt mir tief in meinem Inneren, wo Dany sich in diesem Moment befindet, nun doch einen Stich, denn ich weiß, dass ich im Begriff bin, eben diesen Platz aufs Spiel zu setzen, ja, ich setze ihn aufs Spiel, um Sex ins Spiel zu bringen.

Sex oder Macht? Oder Sex, weil es um Macht geht?

Ich ziehe es vor, in Danys und meiner Vereinigung auch eine Art der Lebensbejahung ausgedrückt zu sehen. Schließlich kann unser Interesse aneinander nicht von dem Arbeitsinteresse entkoppelt werden, sondern könnte sich durchaus als fruchtbar erweisen, nicht als Frucht des Schosses, sondern als kreativer Samen, der zum Beispiel bereits die Erklärung zum Keimen brachte, worin der Reiz meiner Baum-Idee besteht. Dass während laufender Filmarbeiten erotische Spannungen entstehen: zwischen Schauspiel und Regie, Kollegin und Kollege, Kameramann und Hospitantin oder eben auch Regie und aufstrebendem Nachwuchs, muss ja nicht immer auf eine Verwechslung verweisen. Es kann ebenso als Ausdruck kreativer Energie gesehen werden, die freigesetzt wird und schließlich eine körperliche Form findet. Und so gibt es zahlreiche Gründe, warum wir dort liegen, wo wir liegen. Da Dany Anteil an der männlichen Hegemonie innerhalb des Filmbetriebs hat, liegt in seinem Schwanz die Macht des Filmemachens selbst. Durch ihn finde ich Zugang und Zugehörigkeit. Alles andere ist Gedankenwichserei. Davon abgesehen ist es wunderbar, Dany zu spüren. Ich begehre ihn, und er begehrt mich, und da ist es ein möglicherweise gelungener Nebeneffekt, dass mit ihm zudem die Möglichkeit der Macht in mich hineingleitet.

Also warum auch nicht? – Darum.

Ich erwache von Danys Schnarchen, vor dem er mich gewarnt hatte, bevor er sich zur Seite rollte und in seine Decke wickelte, um sich in Schlafposition zu bringen. Die Polypen seien schuld, so sagte er, und dass er sie sich entfernen lassen müsse, möglichst bald, bevor ihm die letzte Frau davonlaufe.

„Da sehe ich keine Gefahr", sagte ich lachend und küsste ihn noch einmal, wie ich es auch jetzt tue, während ich denke, die Polypen, ja, was sonst könnte ein Grund sein, dich zu verlassen, Gott des Bildes, es gibt keinen Grund, jemanden wie dich verlassen zu wollen. Dany rührt sich nicht.

Nachdem ich ihn eine Weile betrachtet und ihm meine Hand auf seinen Unterbauch gelegt habe, der ebenso stoppelig ist, wie seine Wangen es sind, gebe ich es auf, eine Reaktion abzuwarten, und stehle mich in seine Küche, in der ich finde, was zu finden ich erhoffte: eine Espressokanne und Kaffeepulver. Während ich Wasser auffülle, das Pulver in den dafür vorgesehenen Einsatz gebe und die Herdplatte in Betrieb nehme, um die Kanne aufzusetzen, erinnere ich mich vage an den Traum, der mich während der kurzen Zeit, in der ich mich unruhig hin und her wälzte, heimgesucht haben muss. Er handelte von Valeria und zeigte mir eine Szene, die es in dem Skript nicht gibt, und ohne mich detailliert erinnern zu können, weiß ich, dass es hingegen durchaus von Vorteil wäre, wenn es sie gäbe, denn das verliehe Danys Geschichte mehr Würze.

Der Kaffee beginnt zu brodeln, und ich denke abermals an Oliver, weil ich immer an Oliver denke, wenn ich Kaffee koche oder trinke, an seine Spitzfindigkeiten und an die Art und Weise, wie er ausspricht, was wir trinken: Caffè. Es klingt süß, wie er das Wort spricht, und ich beschließe, mir ausnahmsweise ein wenig Zucker in den Kaffee zu rühren, um mir diese seine fehlende Süße anderweitig zuzuführen. Zunächst aber verbrenne ich mir die Finger, weil ich den Deckel hebe, um zu prüfen, ob er gekommen ist, der Kaffee, ob er den Filter aus Aluminium passiert hat, um etwas anderes zu werden als Wasser, verändertes Wasser, mehr als Wasser, besser als Wasser und schmackhafter. Beim Abwasch finde ich eine Tasse, die ich ausspüle, bevor ich den Espresso hineingebe, den Zucker entdecke ich auf dem kleinen Tisch, an den ich mich setze. Ich muss einige Papiere beiseiteschieben, um Platz zu schaffen und die Tasse absetzen zu können. Es sind Drehbuchseiten, in denen handschriftliche Änderungen vorgenommen wurden. Der Anblick beunruhigt mich, und so stehe ich wieder auf, um ans Fenster zu treten, den Vorhang beiseitezuziehen und mich neu zu orientieren, was in diesem Falle meint: zu eruieren, wo ich gelandet bin; gestern hatte ich allein Augen für den Einen. Wie nicht anders zu erwarten, liegt das Appartement weit oben, aber Dany hat sich nicht nur weit oben, sondern zudem mittendrin eigemietet, bereit, es mit Barcelona aufzunehmen am Tag und in der Nacht. Durch die Höhe ist es möglich, über die Rambla hinweg bis zum Meer zu sehen. Der Platz an der Sonne, ihn habe ich mir erfleht, und hier also bin ich, in der Küche des Patriarchen. Mit meiner Tasse Kaffee in der Hand beobachte ich die Menschen, die dort unten im Schatten spazieren gehen, es ist zu früh, als dass die Sonne bereits über die Giebel gestiegen wäre. Regungslos bleibe ich am Fenster stehen, so wie ich bereits als Kind am Fenster stand, im oberen Flur unseres Einfamilienhauses, während ich mich grämte, dass ich zu klein war, um mich beim Aus-dem-Fenster-Schauen auf einen Stuhl setzen zu können. Sitzend hätte mein Blick nicht über den Fenstersims gereicht, und deshalb musste ich stehen, gebunden an diesen Platz, Stunde um Stunde, bis die Eltern endlich erwachten und mich von dem Zwang erlösten, beobachten zu müssen, was dort draußen auf der Straße vor sich ging.

Draußen in der Welt.

Eine Amsel nach der anderen zählte ich und notierte die Zahl und beschrieb alles, was ich sonst noch sah, in einem kleinen Oktavheft, denn solange ich nicht älter war als acht Jahre, hatten sie mir verboten, allein hinunterzulaufen und mich hineinzumengen in das Gewühl.

Während ich weiterhin hinausschaue und statt Amseln Mönchssittiche zähle, die auf jeder zweiten Palme hocken und die ich deshalb erkenne, weil ich einmal mit einem Ornithologen einen Urlaub in Spanien verbrachte, schweifen meine Gedanken zurück zu der Figur der Valeria, und mir fällt das Bild aus meinem Traum wieder ein. Ja, ich weiß, welche Szene geändert werden muss, damit die Figur funktioniert. Nachdem sie in das Buch ihres Mannes gelangt ist und sobald der Arzt sie verbunden hat, flutscht Valeria in der jetzigen Fassung ohne weiteres Hindernis locker-flockig durch die Seiten und geht den von Dany vorgezeichneten Weg, ohne etwas zu begreifen, weil sie bis zum Schluss davon überzeugt bleibt, auf dem richtigen Weg zu sein. Nicht einmal die Begegnung mit Herbert öffnet ihr die Augen, nein, sie sitzt dem Gedanken auf, er sei in sie verliebt und sie in ihn und übersieht dabei die Gefahr, die von ihm ausgeht. So steuert sie ohne neue Erkenntnisse, das heißt ohne die Entwicklung, die ich ihr wünsche, schnurgerade auf ihren Tod zu.

„Denkst du?“, fragt Dany. Erst jetzt bemerke ich, dass er einen Schritt hinter mir steht, obwohl ich ihn doch hätte riechen können. Er muss mich bereits eine Weile beobachtet haben, so wie ich ihn beobachtete, als ich ihn am ersten Tag auf der Hügelkuppe stehen sah.

„Immerzu“, sage ich, drehe mich um und küsse ihn auf seinen verschlafenen Mund, und dabei kommt mir die finale Idee für die Gestaltung der Szene.

Wir lösen uns voneinander, und ich schaue Dany an, der glücklich wirkt, sodass sich in mir ein Gefühl des Triumphes breitmacht. So sehr hat er mich erhoben, dass ich nun obenauf bin und mich als Ursache seiner Stimmung sehe.

Ich erzähle ihm von meiner szenischen Lösung, Valeria, die junge Valeria, ungefähr in der Mitte des Buches, also nach der ersten Begegnung mit Herbert, daran scheitern zu lassen, über das nächste Kapitel hinauszukommen. Es fängt mit dem Großbuchstaben A an. Und weil dieses A spitz ist und feindselig, bleibt sie bei dem Versuch, durch es hindurchzukriechen, an der Querstrebe hängen, sodass der weitere Weg, der sich ihr bisher ohne nennenswerte Stolpersteine darbot, erschwert wird und den Fortgang ihrer Geschichte dramatisiert.

Danys Blick schweift ins Unbestimmte, wo er offenbar in Projektionen sehen kann, was ich gerade sagte; kaum eine Minute später umarmt er mich fest, beinahe ein wenig brutal.

„Das ist genial“, beschließt er. „So machen wir das“, und schon begibt er sich an die Papiere, die ich beiseiteschob, und beginnt, Korrekturen am Text vorzunehmen. Ich hätte es nicht für möglich gehalten, dass er den Einfall meines Traums aufgreifen würde und gewinne den Glauben an meine Fähigkeiten zurück, die richtigen Bilder zur richtigen Zeit zu finden. Fähigkeiten können immer erst dann überprüft werden, wenn du dir das Heft nimmst; dies also ist der Moment für meinen Auftritt, Bühne frei, Licht an, Zeit, aus dem Schatten herauszutreten und eine Idee Wirklichkeit werden zu lassen.

Ich trete hinter Danys Stuhl und gebe ihm einen Kuss auf die kahle Stelle auf seinem Kopf, die ihn aus dieser Perspektive betrachtet älter erscheinen lässt, als er gewöhnlich wirkt; diese Perspektive nimmt vermutlich selten jemand ein.

Außer jetzt ich.

„Eva, du bist mein Quell“, sagt Dany, während er in seinem Skript herumfuhrwerkt und benutzt dabei Gustavos Worte, der im Drehbuch Carlota „Quell der Freude, der Liebe und des Lebens“ nennt. Dass Dany diese Worte hier und jetzt wiederverwendet, bekräftigt, was ich ohnehin vermutete, und ich denke: Sieh einer an, da gibt es tatsächlich mehr als nur einen Aspekt von Dany, der aus Gustavo herausspricht. Und ohne es zu wollen, stören mich seine Worte, denn sie berühren die mir bekannte Furcht, mein Blut an jemand anderen zu verlieren.

Sollte Dany jemals versuchen, seine Zähne in meinen Hals zu schlagen, werde ich es, bei allem Respekt, vorziehen, mich selbst in einen Blutsauger zu verwandeln, das schwöre ich dir!, so beschwöre ich mich selbst. Bevor ich widerstandslos zulasse, dass er mich austrinkt, wie der Hass das arme Himolkmädchen, und schließlich trockenlegt, werde ich klaglos das Schicksal einer Existenz als Schattenwesen annehmen und darüber hinwegsehen, wie sehr mich die Vorstellung beunruhigt, eine Vampirin zu sein! – Nun mach aber einen Punkt, Eva, mach einen Punkt und zähm deine Phantasie. Lass die Monster beiseite. Vampire müssen ihr Dasein im Schatten fristen, wo die Sonne niemals hinschaut, und sie verlassen ihn nur mehr des Nachts, ohne jemals ins Licht treten zu können, das waren deine eigenen Worte. War es nicht eben die Schattenexistenz, die du überwinden wolltest, ja, so war es. Und nun bist du endlich dabei, sie zu erhellen, und schon willst du freiwillig dorthin zurück, in deinen sicheren Sarg oder das, was du für sicher hältst? Vampire existieren allein in der Fiktion, du aber befindest dich in der Wirklichkeit, und in dieser Wirklichkeit tätest du gut daran, ein Mensch zu bleiben. Bleib Mensch und bleib in dem Licht, das dir das Fenster mit dem aufgezogenen Vorhang auf die entblößten Schultern schickt, denn schau nur, der Stift dort; er gibt deiner Idee Gestalt, das war es immer, was du dir gewünscht hast: dass eine Idee von dir Gestalt annimmt.

Auch wieder wahr, denke ich, ich sollte mich freuen, Quelle zu sein und kurzzeitig die Rolle der Carlota einnehmen. Es stimmt ja, ich bin der Quell, der Danys Durst stillen wird, weil das Wasser, das aus mir sprudelt, höherwertiger ist als das stinknormale. Warum sollte ich ihn nicht davon trinken lassen? Und auch ich werde aus ihm trinken. Das Wasser ist tief, das Wasser ist klar; wir werden exquisit kochen damit und können alles kochen, was wir wollen, auf jeden Fall keine trübe Brühe oder grundlose Kuhlen, denen die Struktur abhandengekommen ist. Und mit diesem klaren Gedanken wiederhole ich den Kuss, aber dieses Mal gilt er Danys Mund. Ich belasse meine Lippen ein Weilchen länger auf den seinen, trinke sie aus und gebe sie nicht mehr frei. So wie Gustavo erst in Carlotas Gegenwart zu vollem Leben erwacht, als wäre er ein Püppchen, das animiert wird, wenn sie ihn küsst, werde ich diejenige sein, die Dany wachküsst.

Wer küsst hier also wen wach, Männer?

Wir gehen getrennt aus dem Haus, Dany ist mir wie immer voraus. Und da wir ohnehin nicht gemeinsam am Set ankommen wollen, hole ich mir das Einverständnis von der Aufnahmeleitung und mache einen Umweg über Nancys Wohnung, um mir ein frisches T-Shirt zu besorgen.

So treffe ich mit einiger Verzögerung am Drehort ein, an dem sich unerwartet viele Statisten und Statistinnen tummeln. Da ich Dany nirgends finde, wechsle ich ein paar Worte mit Marco, der in der Maske sitzt. Wir haben es uns zur Gewohnheit gemacht, in den Mittagspausen ein wenig miteinander zu scherzen oder zu singen, aber heute schaut er mich so spöttisch an, wissend auf unwissende Art, also lasse ich ihn stehen und stelle mich zu Luis, um zu beobachten, wie er das nächste Bild einrichtet, in dem Valeria noch einmal dem Doktor begegnet, der ihren Knöchel versorgt hat und sie in dieser Szene davor warnen soll, weitervorzudringen in das Innere des Buches. Demnach fungiert Limones plötzlich als eine Art Schwellenhüter.

„Die Szene ist neu", sage ich zu Luis.

„Dany hat sie gerade erst reingegeben. Er liebt es, uns mit unvorhergesehenen Änderungen zum Wahnsinn zu treiben." Offenbar will Dany es jetzt so erzählen, dass Limones Valeria den Knöchel allein deshalb bandagiert, um mit ihr reden und sie davon abhalten zu können, ihrem Unglück entgegenzumarschieren. „Nur bot sich ihnen, während er sie verarztete, keine Gelegenheit zum ungestörten Sprechen", fährt Luis fort. „Nach ihrem Eintritt ins Buch war es still, und Gustavos Gehör ist hervorragend, sobald es um seine Geschichte geht. Er wiederum liebt es nicht besonders, wenn etwas Unvorhergesehenes passiert, auf das er keinen Zugriff hat."

In der Szene, die wir gerade vorbereiten, treffen sich Limones und Valeria auf einer belebten Straße, was die Anwesenheit der Statisterie erklärt. Im Hintergrund ragen Glaswände empor, um die Modernität von Gustavos erfundener Welt anzudeuten, so allgegenwärtig und klobig und glatt, dass Valeria in ihrem Anblick das Versprechen sieht, der Gang in diese seine Welt werde sich problemlos gestalten; ein Versprechen, das einzulösen ich zu verhindern vorschlug. Auf dem Kamera-Monitor sehe ich, wie sich in den Glasfassaden der Himmel spiegelt und so der Eindruck einer für Valeria nicht vorhandenen Weite erweckt wird, die mit dem Auftritt von Doktor Limones begrenzt werden soll, indem er die rechte Bildhälfte verdeckt. Nun gibt es keinen Weg mehr aus dem Bild hinaus; ihr wird der Ausgang versperrt, und es bleibt allein das Zurück.

Ein gutes Bild.

Marta stellt sich neben mich und verdeckt somit wiederum den Anblick von Luis. Sie betrachtet mich prüfend, oder zumindest kommt es mir vor, als würde ich einer Prüfung unterzogen. Auf was prüft sie mich? Auf den Grad der Verbindung, die zu Dany besteht? Meine Absichten, die selbst mir unklar sind? Meine Ruhelosigkeit, die sich immer neue Falten zum Niederlassen sucht?

Marta wirkt unruhig und streicht sich einen Fussel vom Kleid, der sich nicht entfernen lassen will.

„Ich mag seinen fanatischen Blick", sagt sie. „Mit diesem Blick erweckt er alles zum Leben, was wir fühlen."

Bevor ich mich dazu äußern kann, nähert sich Dany und fragt, ob wir über ihn redeten, was wir solidarisch verneinen, denn wir wollen weder ihm noch uns eingestehen, um wen wir heimlich kreisen.

„Wir sind gleich drehfertig," sagt er zu Marta, „aber beim nächsten Umbau wirfst du bitte einen Blick in das korrigierte Skript. Wir werden im Anschluss an diese Szene noch eine außerplanmäßige Szene drehen." Und dann skizziert er ihr kurz seine Idee, meine Idee, nämlich von den Schwierigkeiten, die Valeria der Buchstabe A bereitet, und sie ist begeistert, oder zumindest lässt sie sich von Danys Begeisterung anstecken oder zeigt sie ihm. Er hat das Skript bis ins Detail meinen Vorschlägen angepasst.

Bravo, weiter so. – Meinst du das ironisch?

Kaum ist Marta außer Sichtweise, um sich vorzubereiten, beugt Dany sich zu mir, nicht ohne zu kontrollieren, ob uns jemand beobachtet, aber natürlich beobachten sie uns, und deshalb lässt er den Kuss in dem Raum zwischen uns hängen, führt ihn nicht aus, sodass er auf Nimmerwiedersehen an einen Ort verschwindet, wo sich die nicht geküssten Küsse stapeln; dort ist es überfüllt.

„Du bist meine Muse", flüstert er stattdessen, und das Sujet kommt mir bekannt vor, nahezu abgelutscht. Es gefällt mir mäßig, denn ich wünsche mir ja, mehr zu sein als die Muse, die er in seinem Film zum Thema macht, aber die Dreharbeiten beginnen, und deshalb nehmen wir unsere Plätze ein, wir beide, er und ich, gemeinsam, und das besänftigt mich wie ein Schluck Absinth.

Marta platziert sich auf dem Bürgersteig, die Statisten wuseln um sie herum, und der Himmel kann sich gar nicht lösen von seinem Anblick in den Glasfronten.

„Findest du es gut?“, fragt Dany mich, kurz bevor die Klappe fällt, und nun werde ich endgültig sanft, weil er sich die Anerkennung, mit der er sich seines Wertes versichert, offenbar von mir erwartet, und das bedeutet, ihm eben die Kollegin zu sein, die ich ihm sein will.

Sein künstlerisches Pendant.

„Es ist wunderbar“, sage ich.

Die Konzentration verdichtet sich auf Marta und Marco. Ihnen könnte ich ewig zuschauen, und die Szene funktioniert, ja, sie ist vollkommen. Beide streifen einander im Gewühl der Menge, erkennen sich, und Limones flüstert Valeria die entscheidenden warnenden Worte zu. Kurz bevor die Klappe fällt, wendet er sich jedoch unvermittelt der Kamera zu und blickt direkt in die Linse. Dieser Blick, der die Aufmerksamkeit der Kamera (und damit des Publikums) fort von Valeria auf ihn lenkt, ist nicht vorgesehen. Marco war angehalten, von seiner Randposition aus auf die Kamera zuzutreten und somit das Bild zu verstellen, in der Art einer Wischblende, die dann übergeleitet hätte zum nächsten Bild, in dem Valeria seine Warnung in den Wind schlägt. Mit seinem unerwarteten Blick zerstört Marco die Aufnahme, lässt sie in einem metaphorischen Sinne hängenbleiben an einem A wie Auge.

„Raus aus dem Bild“, ruft Dany erbost, während Luis hilflos einen Schwenk versucht, aber Marco grinst, es scheint ihm gleichgültig zu sein, und Dany kann keinen Einfluss mehr nehmen auf etwas, das bereits geschehen ist.

Abgedreht.

„Reg dich nicht auf“, sagt Marco. „Das war eine spontane Eingebung, Dany. Ich dachte, es gefällt dir, wenn der Doktor sich mit dem Publikum verbündet und sich ihm Auge an Auge stellt.“

Marco will gesehen werden, denke ich, alle wollen wir gesehen werden: Dany ebenso wie Gustavo, wie Esteban, der Oberbeleuchter Martin, Gregor aus meinem Traum und ich. Dieses Sichtbar-Werden-Wollen mag ein dringliches Bedürfnis sein, das verstehe ich gut, aber es gibt dir noch lange nicht das Recht dazu, dich ungefragt in ein fremdes Bild zu drängen, wenn du mich fragst. Ich jedenfalls fühle mich nicht länger bemüßigt, mich irgendwo hineinzudrängen, denn heute noch, heute, werden wir mein Bild drehen, sodass es alle sehen können, und mit dem Bild werde auch ich sichtbar in ihm. Ich bin in das Meer der unbegrenzten Möglichkeiten eingetaucht, ohne zum Strand hinablaufen zu müssen.

„Tut mir leid“, sagt Marco lapidar, während Dany sich die Aufnahme anschaut, um zu prüfen, ob er vor Marcos direktem Kamerablick schneiden kann, damit er den Dreh nicht wiederholen muss. Da Dany nicht auf ihn reagiert, zuckt Marco mit den Schultern und geht zu seinem Wagen. Bevor er aus meinem Sichtfeld entschwindet, zwinkert er mir aus der Entfernung komplizenhaft zu, ohne dass Dany es bemerkt, und kurz frage ich mich, ob er den Dreh absichtlich sabotiert, um Dany in seine Arbeit zu grätschten oder sie ihm zumindest zu erschweren. Vielleicht hat er sich in mich verliebt und ist eifersüchtig. Indem er sich ins Bild drängt, drängt er sich gleichzeitig zwischen Dany und mich. Neid ist ein starkes Motiv. Ich nehme mir vor, mit Marco zu reden.

„Wir lassen es, wie es ist“, entscheidet Dany. „Wir können schneiden, nachdem Valeria sich für die Warnung bedankt hat und noch bevor der Doktor in die Kamera grinst. Und von Valerias Gesicht gehen wir dann ohne Übergang direkt auf Gustavo, der sich über das ungeplante Eigenleben seiner Figur ärgert.“

„Tut er das?“, frage ich.

„Dass irgendeine Spielbudenfigur wie Limones dahergelaufen kommt, um Valeria zu warnen, war von ihm nicht vorgesehen und hat Konsequenzen für den weiteren Verlauf der Geschichte. Fortan wird seine Ehefrau misstrauischer sein und weniger naiv, als ihm lieb wäre. Du siehst, die Idee, ihr mehr Hindernisse zu geben, öffnet nicht bei allen eine Tür.“

„Mir reicht, dass deine unversperrt ist“, sage ich.

„Für dich immer“, sagt er. „Nichts wie hereinspaziert!“ Er drückt meine Hand und wendet sich wieder an das Team: „Umbau auf Siebzig B, wie geplant.“

Die Requisite schleppt ein A herbei, und ich frage mich, wie Dany so schnell einen ungeplanten Set-Aufbau organisieren konnte, aber im Grunde ist es mir egal; Hauptsache, das A ist da.

Während Luis und Martin das nächste Bild einrichten (mein Bild!), weiche ich nicht von Danys Seite. Was es mir bedeutet, etwas von mir Erdachtes in die stoffliche Welt zu überführen, ist unbeschreiblich, aber ich muss ja nichts beschreiben, weil ich mittendrin stecke in der Handlung. Eben noch habe ich geträumt, und nun wird das Geträumte ein Teil der Wirklichkeit, es ist wahr, schon bald existiert das von mir Imaginierte in einem doppelten Sinne: das Bild meines Traumes in der Realität und die von mir vorgeschlagene Szene in einem Film. Und auch das geschieht wirklich: Dany, mein Idol, Kreator von Filmen, wie ich sie gern drehen würde, kocht heute mit dem Wasser, das er nicht von irgendwoher, sondern aus meinem Brunnen schöpfte. Eine Welle des Glücks steigt in mir empor, die etwaige heimliche Anforderungen an andere, mich gefälligst glücklich machen zu sollen, alle Schwere und alle Missgunst fortspült. Zu denken, dass Neid etwas sei, mit dem sich arbeiten ließe, zeigt bloß, wie gefangen im Neid ich selbst gewesen bin, denn Neid bedeutet nichts anderes, als dem Glücklichen zu neiden, was dir selbst fehlt, und sobald es dir nicht länger fehlt, gibt es auch keinen Grund mehr, neidisch zu sein. Und deshalb lässt sich keinesfalls damit arbeiten. Die Wahrheit lautet: Neid ist zu nichts zu gebrauchen.

Nachdem das Überqueren des Hindernisses, das Valeria ausbremst, ohne weitere Hindernisse abgefilmt werden konnte, entscheidet Dany, den ursprünglichen Drehplan einhalten zu können und an den Strand umzuziehen, um den Tod von Valeria zu drehen. Marta sei ohnehin für den ganzen Tag bestellt. Der Set-Aufnahmeleiter stöhnt, Dany klopft ihm auf die Schulter, scherzt mit der Continuity und muntert Martin auf, den ich bisher als schwachen Geist kennengelernt habe. Anschließend zieht er mich beiseite.

„Mein Sehen erschafft Welten", sagt er zufrieden. „Und somit unterscheidet es sich von dem Sehen von euch Normalsterblichen maximal." Dann bedankt er sich bei mir, denn er erkenne die neue

Wendung als inhaltliche Bereicherung für die Erzählung, wie er sagt.

Dass er Dank für meinen Input empfindet und ihn obendrein ausdrückt, hätte ich nicht erwartet; es komplettiert mein Glück.

Ja, wir sind ein Regie-Team, das Dream-Team von *Barcelona Dream*, und als solches schlafen wir auf die Schnelle miteinander, und das fühlt sich richtig an und gut, wiewohl wir uns hastig lieben und heimlich, denn die Einstellung am Strand ist bereits aufgebaut, alle sind drehfertig, und wir wissen, dass sie warten. Dennoch wälzen wir uns zwischen den Laken und später im Sand, direkt vor den Augen der anderen, überall lieben wir uns, und auch Dany ist überall, neben mir, über mir, unter mir, aber dann wache ich auf, Dany schnarcht, es ist mitten in der Nacht, und mitten in der Nacht gibt es niemanden, der uns erwartet: Wir liegen in Danys Bett.

Während wir noch redeten, genau genommen: Dany redete, und ich vergessen hatte, mit Marco zu reden, das heißt, zu feige war dafür, weil meine Finger ihm nicht gehorcht hatten, liefen wir nach Drehschluss wie selbstverständlich in die Richtung von Danys Mietwohnung, als hätten wir das miteinander abgesprochen; hatten wir nicht. In Wirklichkeit lief ich ihm hinterher. Das Meer hingegen, das mich wie jeden Abend erwartete, ließ ich liegen wie eine verschmähte Geliebte, eine Fremde. Ich vergaß, das Wasser zu bespielen, ebenso wie ich es mit den weißen Leinwänden in meinem Kopf zu tun vergesse. Zu viele Geliebte schon ließ ich liegen, aus dem alleinigen Grund, selbst zur Geliebten zu werden.

Am Ziel meiner ungeträumten Träume.

Kein Traum aber ist, dass Dany überall zu sein scheint, neben mir, über mir, unter mir, und auch ich bin neben und über und unter ihm, beinahe bekomme ich keine Luft, weil er immer schon dort ist, wo es mich hinzieht: dort unten, dort oben und um mich herum.

„Du gehörst mir", sagt er, aber das überhöre ich geflissentlich, und dann stößt er vor bis zu meinem inneren Brunnen, trinkt und lässt sich nieder, um sich auf mir einzurichten, bevor er erneut aufsteigen wird zu den Höhen seines Genies, aber keine Panik: Blut und Wasser kannst du schwitzen, es kondensiert und befruchtet dich aufs Neue, und das ist eine Tatsache und kein Gespinst des Amtes für Wasserversorgung, das dafür sorgt, stets genug zu trinken zu haben. Was für einen sinnvollen Beruf Oliver ausübt, denke ich, und sobald Dany schläft, schäle ich mich aus dem Bett, um in den Flur zu gehen, Oliver anzurufen und ihm zu sagen, wie glücklich er sich schätzen dürfe, in der Wasserversorgung zu arbeiten.

Oliver bemerkt sofort, dass ich anders klinge als sonst.

„Verschon mich mit Erklärungen", sagt er. „Du hast einen anderen Mann. Aber ich warte nicht auf dich, falls es das ist, was du glaubst." Dann legt er auf.

So unüberlegt ich auch gehandelt haben mochte, die Möglichkeit, dass er gehen könnte, hatte ich in meine wenigen Überlegungen tatsächlich nicht miteinbezogen. Ich wusste, ich setze etwas aufs Spiel, nicht wissen konnte ich hingegen, wie das Spiel endet. Nun wartet weder der Filmstab auf uns noch Oliver auf mich.

Und Cut.

VI.

Die Tage vergehen, der Film nimmt Konturen an. Er ist zu einem Teil meiner selbst geworden, meines Denkens und Fühlens, meines Seins und meiner Träume, und nimmt dadurch einen größeren Raum von Wirklichkeit ein als das Leben daheim, zumal ich es aufgegeben habe, Oliver auf seine Mailbox zu sprechen. Im Grunde genommen wüsste ich nicht einmal, was ich ihm sagen soll. Allein über die Dreharbeiten könnte ich momentan sprechen, aber vermutlich sind sie das, was ihn am wenigsten interessierte, während sie für mich das Zentrum meiner Existenz darstellen und mich fortwährend beschäftigen, Tag und Nacht. Sogar ins Meer nehme ich sie mit, wann immer ich schwimmen gehe, eine Gewohnheit, die ich zunehmend vernachlässige, um so oft es geht in Danys Nähe zu sein oder weil ich an die Wirkung von Opfergaben glaube. Und auch in Nancys Wohnung trage ich die Geschehnisse rund um den Dreh mit hinein, wann immer ich mich dort aufhalte, um mir saubere Sachen zu holen und zu erklären, warum ich das Zimmer kaum mehr benutze. Aber ich muss nichts erklären, denn Nancy redet ohnehin nur sparsam mit mir und wirkt in erster Linie erleichtert, dass ich ihr geregeltes Leben mit seinen alltäglichen Abläufen ebenso wenig beeinträchtige wie das Beisammensein mit Chouchou, von der ich annehme, dass sie inzwischen zu Nancys Geliebten aufgestiegen ist, sodass ich, der Gast, noch einmal mehr als störend empfunden werde. Im Grunde wundert es mich, dass Nancy mir die Zusage für das Zimmer gegeben hat, denn hätte ich den angegebenen

Plan, in Ruhe schreiben zu wollen, tatsächlich verwirklicht, wäre ich ein Dauergast gewesen in ihren heiligen Hallen und nicht in diesem Maße zu übersehen. Kurz überlege ich, das Zimmer gänzlich aufzugeben; das jedoch traue ich weder mir selbst noch Dany vorzuschlagen.

Als ich gestern auf dem Weg vom Dreh zu unserer Tapasbar, ja, so nenne ich sie bereits: *unsere* Tapasbar, entschied, meine Lederjacke zu holen, für den Fall, dass es abkühlen würde, sprach Nancy mich unerwartet an, während ich im düsteren Flur stand, sodass ich sie nicht hatte kommen sehen.

„You are going to stay over night again, am I right?“, fragte sie. „Did you fall in love?“

„No, no“, sagte ich schnell. „I need to be on set 24/7.“

„You don't even get paid for it, but have thrown yourself into this, as if your depends on it, is that it? Does your life looks like this? Or why do you spend so much time on some work experience instead of pursuing your own ambitions, regardless of what other artists might think and do?“

Und da schwindelte ich, indem ich behauptete, ich brauche die Erfahrung für die eigene Arbeit, aber bestenfalls war das kein Schwindeln, sondern die Wahrheit.

Wenngleich eine instabile Wahrheit.

„I am doing some research for my story“, sagte ich, und noch während ich das sagte, schämte ich mich, denn das Drehbuch, das ich zu schreiben begonnen habe, über diesen Ort und über die Abläufe der Dreharbeiten, über Eva, das Patriarchat und die Liebe, liegt brach. Nicht mehr als das eine oder andere Puzzleteil existiert, obwohl ich das Quartheft stets in meiner Nähe behalte und mir Notizen mache, sobald ich morgens erwache, in diesem Bett erwache, das Dany gehört und in dem ich mir mühsam einen Raum erkämpfen muss.

Dany liegt quer neben mir. Immer, wenn ich erwache, sehe ich ihn dort liegen, eingewickelt in seine Decke, denn stets schläft er länger als ich, zumal wenn wir erst mittags zu arbeiten beginnen und in die Nacht hineindrehen, was nicht selten der Fall ist. Aber wenn er dann erwacht, ist er sofort da.

Im diesseitigen Leben.

Der Anblick seiner in die Decke gewickelten schlafenden Gestalt ist mir in einem Maße Gewohnheit geworden, dass er mich weder verwundert noch verstört, sondern von mir in meinen Tagesablauf aufgenommen wird, von dem allein geblieben ist, nach dem Aufwachen das Heft zu ergreifen, um mir meine Träume zu notieren. Ich schreibe alles auf, woran ich mich erinnere, auch auf die Gefahr hin, dass es der erzählten Form nicht wird standhalten können, wie es nicht selten den Träumen widerfährt, von denen du denkst, hier zeigten sich originäre, universelle und erzählenswerte Kinofilme, die nur auf die Leinwand gespuckt werden müssten, um den Welterfolg zu garantieren. Aber dann, oh weh, übersetzt du sie ins Bewusstsein, und schon verkümmern sie zu einem Wirrwarr kreisförmiger Situationen, das sich nicht entschließen kann, einen Faden mit Anfang und Ende zu finden, der auch außerhalb des träumenden Menschen ein Thema von künstlerischer Relevanz strickt. Und so verhält es sich mit allen Filmideen: Mögen sie dir im Augenblick der Erleuchtung, dem Moment, in dem sie dir in den Kopf schießen, als noch so originär und universell erscheinen, aber dann, oh weh, schreibst du sie nieder, und schon verwandelt sich ihre vermeintliche Großartigkeit in lose Maschen.

Ich träume viel in Danys Bett, unter dem Aspekt der kreativen Ausbeute jedoch mäßig interessant, von Ideen für einzelne Szenen in *Barcelona Dream* abgesehen. Häufiger aber schleichen sich Vampire in die diversen Schauplätze meiner Träume, die im Wachzustand betrachtet ungeeignete Schauplätze abgeben für Vampire: Es ist zu hell, und weder gibt es Schloss noch Gruft. Trotzdem kehren die Vampire wieder und wieder und ignorieren den Umstand, dass es sie nicht gibt, wie ich ihnen ungeschönt entgegenhalte: „Bleibt zurück, Wesen der Finsternis, die es euch nicht einmal gibt!“ Vermutlich suchen sie mich eben deshalb heim. Die Behauptung, nicht zu existieren, kränkt sie, das Gefühl, übersehen zu werden, mögen Vampire ebenso wenig wie wir Sterblichen, sodass sie umso massiver auftreten, je vehementer ich sie mir auszureden versuche und gegen sie anzureden beginne. Gelegentlich ertaste ich im Schlaf kleine Bisswunden an meinem blanken Hals, als wollten die zurückgedrängten Vampire ihr Recht auf Existenz über das Träumen hinaus einklagen. Vielleicht fürchten sie, es könne mir gelingen, sie hinauszubugsieren aus meiner Vorstellungswelt und ein für alle Mal davonzujagen, und ihre Furcht ist wohl begründet, denn das kann ich ja: einen Traum steuern.

Was ich nicht alles kann!

Die Träume gehören mir, also sollen Wesen, die mir nicht behagen und mit denen ich nichts zu schaffen habe, keine Aufenthaltsgenehmigung in ihnen bekommen, das heißt keine Möglichkeit, sich einzunisten. Ich will darüber verfügen dürfen, wen oder was ich in mir vorfinden will und wen oder was lieber nicht; das gilt für meine Träume ebenso wie für mein Leben.

So oder so schreibe ich am Morgen alles auf, was mir die Nacht einflüstert: ungeordnet, chaotisch, ohne Struktur. Sie fehlt mir, die Struktur. Das Konstrukt der noch zu schreibenden Geschichte ist ebenso wackelig wie die konstruierte Absicht, mit der ich mich Dany an den Hals werfe: die einzelnen Bausteinchen zerfallen in ungeordnete Fragmente, von denen ich keine Ahnung habe, wie ich sie jemals zusammenfügen soll und kann.

Ob überhaupt.

Sobald ich das Prozedere hinter mich gebracht habe, die Pflicht, wenn schon kein Drehbuch, so zumindest diese morgendlichen Notizen zu schreiben, stehe ich auf, schleiche mich aus dem Schlafzimmer, fort von Danys Schnarchen, fülle das Pulver ins Sieb, drehe das Gas auf und warte, bis der Kaffee brodelt. Insgeheim wünsche ich mir einen duftenden Caffè, denn trotz Espressokanne nimmt Dany einen billigen Filterkaffee, wie er Oliver niemals ins Haus käme, aber an Oliver möchte und kann ich nicht länger denken; der Gedanke an das, was hätte sein können, schmerzt mich. Der Schmerz ist auf eine Art absurd, nachdem ich mich soeben erst aus Danys Armen herausgewunden habe, absurd, aber wahr, und die Wahrheit zeigt sich ja nicht selten in ihrer Absurdität, so glaube ich zumindest.

Als Dany eine Stunde später in die Küche kommt, während ich schon unruhig geworden bin und mich ärgere, nicht längst hinaus und zum Meer gelaufen zu sein, gießt er sich den Rest vom Kaffee in die Tasse und trinkt, ohne zu schmecken, das heißt, ohne die Feinheiten zu bemerken, die Olivers Sinne in Aufruhr versetzen.

Dany nimmt seinen Platz am Tisch ein und beobachtet die Handgriffe, mit denen ich die Kanne ausspüle und neu befülle. Gerade denke ich, nun bin ich doch die Schnepfe, die mit langen Beinen durch den Sumpf niederer Tätigkeiten watet, da fragt er mich unvermittelt, woran ich zurzeit arbeiten würde.

Es ist das erste Mal, dass er sich nach meiner eigenen Arbeit erkundigt, das erste Mal, dass er sich für das interessiert, was ich möglichweise tue oder zu tun verabsäume; ich war nicht einmal sicher, ob er sich gemerkt hat, dass ich Filme drehe, drehen könnte, zu können meine. Ich überlege, ob ich ihm von dem Baummenschen-Film erzählen soll, über den ich ungern spreche, da es ihm noch immer an der einen oder anderen Klarheit mangelt, die darauf wartet, aus dem Ungefähren gefischt zu werden. Auch Nölle hatte ich die Geschichte zu früh zum Lesen gegeben, als sie noch nicht ausgebrütet war, zu empfindlich, um sie ans Licht zu zerren, sodass sie verbrannt ist. Nie weißt du, wann die Zeit reif ist, eine Idee zu teilen, ebenso wenig wie du wissen kannst, wann es an der Zeit sein wird, Gespenster unter dem Treppenabsatz hervorzuzerren, um sie mutwillig der Sonne auszuliefern, die sie scheuen.

Unter Umständen aus gutem Grund.

Nur behutsamen Menschen wie Oliver können Geschichten in einem Stadium anvertraut werden, wenn sie wenig mehr sind als eine vage Idee, und so teilte ich die Vorstellung einer Frau, die auf Bäumen lebt, mit ihm gleich an dem Morgen, nachdem ich sie empfangen hatte. Es war an einem unserer ersten Tage, die wir miteinander verbrachten, Tage in Fülle, in denen ich in seiner kleinen Küche auf der Anrichte saß, in der es nach Caffè duftete.

„Stell dir vor, was ich heute geträumt habe", sagte ich, und dann erzählte ich ihm von meiner Hauptfigur, einer Regisseurin, die entscheidet, hinauf auf einen Ast zu ziehen, um eine Baumfrau zu werden. Weit oben schlägt sie ihre Zelte auf, dort, wo keiner so schnell hinkommt, sodass es nicht nötig ist, ihre durchlässigen Grenzen zu schließen und zu bewachen, denn nun ist sie so hoch oben, dass ein anderer Mensch sie nur erreicht, wenn er über eine gewisse Gelenkigkeit verfügt. Ja, in einem Maße gelenkig muss er sein, dass er sich geschmeidig um sie herumzuranken versteht. Und sollte es tatsächlich jemandem gelingen, zu ihr emporzuklettern, so kann sie ihn bedenkenlos begrüßen und sagen: „Willkommen, welcome", und es ist kein Willkommen der Unachtsamkeit, sondern eines, das aufrichtig gemeint ist. Hier oben ist jeder willkommen, der sich um den Ast schwingen kann und Halt auf ihm finden, denn all jene, die ihren sicheren Stand bewahren unter der Krone des Himmels, haben gelernt, die eigene Balance zu nutzen, ohne auf den jeweils anderen zu fallen und ihn unter sich zu begraben, sobald ihnen der Boden unter den Füßen entzogen wird. Und deshalb kann die Regisseurin guten Gewissens sagen: „Willkommen, du, nimm Platz gleich hier, neben mir", bis sich schließlich eine kleine, feine und neue Gesellschaft der Baummenschen gegründet hat.

„Das gefällt mir", sagte Oliver. „Soll das ein Film werden?"

„Warum nicht", erwiderte ich. „Aber wer wird einen solchen Film produzieren?"

„Was ist mit mir?“, fragte er, ohne meine Irritation zu bemerken, die sich löste, als ich verstand, dass sich seine Frage nicht auf die Produktion des Filmes und die damit vorauseilende Skepsis bezog: „Lädst du mich ein, zu dir zu kommen?“ Ja, dachte ich, das tue ich, denn du bist der Einzige, mit dem ich sein kann, ohne dass ich mich, in den Plüsch gedrückt, zur Zuschauerin meines eigenen Lebens mache. Und dann zogen wir uns aus und legten uns auf sein Bett.

Er fehlt mir.

„Also,“ fragt Dany, „woran denkst du?“, und ich erzähle ihm von dem geplanten Film.

Sogleich will Dany wissen, wofür sie stehen, diese Baummenschen, er begreife nicht den Sinn und Zweck von Figuren, die er sich allenfalls in einem Animationsfilm vorstellen könne, aber Animationsfilme interessierten ihn wenig und mich doch wohl auch mäßig, sonst wäre ich kaum hier, bei ihm.

„Ich denke, die Baummenschen stehen für das Erhabene“, sage ich. „Sie sind diejenigen, die über den Parasiten angesiedelt sind, auch wenn sie notgedrungen koexistieren, da sie mit ihnen auf ein und derselben Rinde sitzen.“

Aber die Baummenschen stören sich nicht an den Parasiten, so weiß ich jetzt, denn sie kennen ihre Überlegenheit, sagen wir: den eigenen Wert, und können die Gregors unter den Emporkömmlingen ohne Weiteres als weitere Parasiten entlarven. Das gemachte Nest ist heute geschlossen, so sagen sie, und indem sie den Parasiten sodann die Blutzufuhr verweigern, vermasseln sie ihnen das massenhafte Eierlegen, das heißt, sie hindern sie daran, neue Larven wie Gregor zu produzieren. Auf diese Art entgehen die Baummenschen dem vermeintlich unausweichlichen Wirts-Tod. Die meisten Baummenschen sind weiblich, oder auch zweigeschlechtlich, das habe ich noch nicht entschieden, und wurzeln in einem Maße tief und satt in der Erde, dass ihnen das Gezappel um sie herum gleichgültig ist. Es geht sie nichts an und kann ihnen keinen Schaden zufügen.

„Und wer soll einen solchen Film produzieren?“, fragt Dany und lacht. „Das kannst du besser, Eva, schreib eine Liebesgeschichte; das ist es, was die Leute sehen wollen.“

Was die Leute sehen wollen, frage ich stumm, oder was du sehen willst? Was irgendjemand sehen will, der darüber entscheidet, was zu sehen erwünscht ist? Wer ist dieser Irgendjemand? Wer bestimmt die Themen, die Figuren, die Struktur? Nölle oder ein anderer Produzent, Männer oder Frauen oder Vampire, die sich an der Kreativität anderer berauschen?

Die Entscheidungsträger.

In diesem Moment mache ich eine erstaunliche Entdeckung: Ich habe keine Angst vor dem Set, sondern vor der Entscheidungsmacht, die es vermag, dem einen Stoff ins Leben zu verhelfen, während der andere niemals das Licht der Welt erblickt. Und ich unterwerfe mich dieser Macht, die meist weiß ist und männlich, indem ich ihr den Raum zur Verfügung stelle, meine Geschichten zu demontieren und zu verändern, einen Raum, dem ich den knapp bemessenen Quadratmetern meines Eigenwerts entreiße, ja, ich mache ihr Platz auf meiner Rinde, und anschließend halte ich die Rinde für den Stamm. Alle haben wir eine Meinung, und meistens gehen diese Meinungen auseinander, und so kann niemand voraussagen, was die

Menschen sehen wollen oder nicht. Ich denke, das Publikum würde die Baummenschen lieben, denn ich bin sicher, nicht die Einzige zu sein, die sich in die Krone des Himmels wünscht. Gerade jetzt wünsche ich mich dorthin.

„Das ist es“, setzt Dany erneut an. „Du solltest eine Liebesgeschichte schreiben. Mit Marta in der Hauptrolle.“ Oder ob ich tatsächlich zu feige sei, um am Set zu stehen und ein Team von Leuten zu handhaben und deshalb auf Animation ausweichen wolle?

„Es ist nicht der Film-Stab, der mir Angst macht,“ korrigiere ich, „und auch nicht das Publikum. Ich fürchte mich vor den Schaltzellen, in denen über Leben und Tod von Ideen entschieden wird, sagen wir: vor den dort ansässigen Vampiren.“

Dany lacht, und mit seinem Lachen schwappt sein markanter Geruch zu mir herüber, dieser Geruch, den er immerzu verbreitet, am Set, in der Wohnung, im Bett, der Duft der weiten Welt, eines Teils der Welt, die keine Angst kennt: weder vor Filmsets noch vor Entscheidungsträgern.

„Jetzt verstehe ich“, lacht er noch immer. „Das also ist dein Genre? Wesen, die es nicht gibt? Das Phantastische? Geschichten, die Monster produzieren?“

„Wer produziert was?“, frage ich irritiert zurück.

„Du produzierst“, sagt er. „Du produzierst Feindbilder, wo keine sind, um die Geschichte konfliktreicher zu gestalten. Wer aber soll diese Rolle einnehmen? Am Ende wirst du noch mich als Antagonisten gestalten, nur weil es dir gefällt.“

Ich atme tief durch und verspüre den Impuls, mich zu erklären oder zumindest, mich verständlich zu machen, aber dann entscheide ich, ebenfalls zu lachen, um meine Loyalität zum Ausdruck zu bringen.

Mein Einverständnis.

Dany nimmt einen weiteren Schluck Kaffee und blättert in seinen Papieren, während er abwesend fragt: „Und? Arbeitest du an deinem Skript? Ich sehe dich nie schreiben."

Ich bejahe, sage, natürlich, ob er nicht bemerkt habe, wie ich mich jeden Morgen aus dem Bett schleiche, um mir Notizen zu machen, und verschweige, dass ich statt an den Baummenschen an einem neuen Drehbuch zu arbeiten beabsichtige, in dem eben die Strukturen zum Inhalt gemacht werden sollen, in denen wir uns bewegen, zu meinem Lebensinhalt, haha, oder sagen wir gleich: zu meinem *Lebensthema*.

„Jedes Bild, das mir im Traum begegnet, schreibe ich auf," sage ich, „jede Sequenz, die mir im Schlaf zufliegt. Ich mache es mir einfach und schöpfe den Rahm ab, der von den Rändern der Träume in meinen Mund tropft."

Da staunt Dany. Er träume nie, sagt er verwundert, und deswegen habe er immer geglaubt, die Bilder, die er in einem Film verwende, müssten der Natur gewaltsam entrissen werden. „Das prädestiniert die Männer zum Filmemachen, während Frauen dafür zu friedlich sind, verstehst du? Sie können sich nicht überwinden, unschuldige Bilder aus dem Bergwerk des Lebens herauszubrechen, mit Stemmeisen und Hacke, um sie anschließend so lange fein zu sieben, bis sie zu Gold werden." Gold, wiederholt er, es sei flüssiges Gold, das auf die Seiten tropfe, die zu Film werden wollen, nicht abgestandene Milch. Er lacht abermals auf, um dann unvermittelt zu fragen:

„Und die Szene mit Valeria, die du mir eingeflüstert hast? Entstammt die auch einem Traum?"

Ich nicke geistesabwesend, weil ich darüber nachdenke, was er soeben behauptet hat. Ich wäre nicht einmal im Traum auf den Gedanken verfallen, dass der Umstand, keine Träume zu haben, zu der Schlussfolgerung führen könnte, Bilder gewaltsam an sich reißen zu müssen, sie zu stibitzen, womöglich herauszuschneiden aus einem anderen Körper, einem anderen Geist, und Frauen aus diesem Grund im gleichen Atemzug die Fähigkeit zum Filmemachen abzusprechen.

„Ich wünschte, ich könnte träumen", sagt Dany, und für einen Moment sehe ich Bewunderung für mich aufflammen, aber hier handelt es sich nicht um absichtslose Bewunderung, sondern um eine Form eben jenes Neides, den ich selbst kenne. Und da ich diesen Neid nun wiedererkenne, weiß ich zugleich um den Ursprung seiner Quelle: dass er der Mickerigkeit entspringt und verwandt ist mit Gespenstern, die im Schattenreich leben.

„Du weißt nicht, wie anstrengend es ist, wenn dir die Einfälle ausgehen," erläutert Dany, „wenn alles schal scheint und jeder Einfall blass. Nimm diesen Film, den wir gerade drehen. Ich weiß, dass etwas fehlt, das Dazwischen, das Schwebende, oder nenn es ruhig: das Traumhafte. Alle Szenen sind glatt erzählt, geradezu makellos, aber ich schaffe es nicht, sie zum Abheben zu bringen. Du hast Angst davor, dass deine Ideen abgelehnt werden, mag sein, ich dagegen habe Angst vor mangelnder Inspiration."

Nun hat der Gott endgültig seinen Thron verlassen, denke ich. Entgegen seiner Selbstwahrnehmung ist Dany ebenso normalsterblich wie ich, wie wir alle, denn er kennt die Angst wie ich, wie wir alle. Er fürchtet sich davor, zu versiegen, deshalb braucht er Futter, um anschließend Gold scheißen zu können, und das macht ihn menschlich. Vermutlich erhofft er sich von meiner Träumerei, dass sie ihn beflügeln werde, erhofft es sich von mir, und ich wartete auf seinen Sturz aus dem fiktiven Götterhimmel, um ihm eben diese Hoffnung sein zu können und mich unentbehrlich zu machen, während ich vorgebe, ihm eine Art von Liebe entgegenzubringen. Ja, ich höre die Lust auf frisches Blut, die aus ihm spricht, als er sich gierig erkundigt, ob ich auch letzte Nacht geträumt habe, und ich bestätige, sicher, jede Nacht würde ich träumen, Träume bedeuteten, Filme produzieren und sie sich ansehen zu können, ohne dafür auch nur einen Cent ausgeben zu müssen.

„Erzähl mir davon!", fordert Dany mich auf. „Es ist großartig", und durch die Art, wie er das sagt, packt er mich bei meinem Stolz. So stolz bin ich in diesem Moment, dass ich ihm alles erzähle, was ich mir in letzter Zeit notierte und mit seinem Film in Zusammenhang steht. Ich erzähle in Farbe und detailliert, zum Mitschreiben, Aufschreiben, Abfilmen, was Dany auch tut. Dort sitzt er am Küchentisch und nimmt alles auf, was ich sage, indem er in seinen Papieren großflächig Änderungen vorzunehmen beginnt, in der Weise, wie er bereits die A-Szene einfügte. Und dass er sich zu neuen Höhen aufschwingen kann, in dem Moment, als er in meinen Augen bereits zu straucheln begann, verdankt er einer von mir womöglich unterschätzten Fähigkeit, die ich bisher nie als ungewöhnlich empfand, so selbstverständlich war mir dieses Sicher-ich-Träume-jede-Nacht.

Was für Fähigkeiten!

In meine Euphorie hinein höre ich die unkende Stimme, die mich davon abhält, mich neben ihn zu setzen und ebenfalls zu schreiben, zum Beispiel eine Szene, in der Eva am Hügel steht und sich fragt, warum Dany filmt, wovon sie allein träumt, während sie mit bösartigen Tierchen ringt. Indes ließen sich ihre inneren Gedanken nicht szenisch darstellen. Es ist unmöglich, sie sichtbar werden zu lassen, außer du äußerst sie als Voice-Over oder zeigst sie als Handlung, zum Beispiel anhand eines Kampfes, in dem eine als stark empfundene Frau das Schwert zieht, weil sich ihr eine überdimensional große Unke in den Weg stellt. Ich aber möchte keinen Schwertkampf mit fabelhaften Tierwesen zeigen, denn auch wenn Dany das behaupten mag, so ist es nicht das Phantastische, was mich interessiert, mich, Eva, die Frau, die unter ihrem Zuviel an Phantasie leidet, sondern es sind die unergründlichen Innenwelten, die auf ihre Weise ebenso phantastisch sind. Und die Unke, die mich davon abhält, vom Träumen ins Tun zu gleiten, wie Dany es tut, ist kein wildes Biest, das ich abschlachten könnte, sondern besiedelt mich wie ein Parasit und nährt sich von meinen Selbstzweifeln, während sie gleichzeitig auch für mich von einem gewissen Nährwert zu sein scheint, denn in gewisser Weise zehre ich von dem Quaken in meinen Ohren, um nicht hören zu müssen: „Wenn du Filme machen willst, dann mach das in Gottes Namen oder in deinem." Womöglich hat Dany recht, und ich produziere Antagonisten, wo keine sind.

Schluss damit.

Genauso gut kann ich meine Imaginationskraft einsetzen und Danys Tatkraft dafür nutzen, diesen Imaginationen ein Gewicht in der Welt zu verleihen.

Ich spiele ein Spiel, bei dem ich ebenso profitiere wie er, denn Danys Tun wiegt schwerer als meine Bilder wiegen, die Dany an meiner statt drehen wird, sobald ich sie ihm geschenkt haben werde. Soll er, das Schwergewicht, losziehen und sich der schwergewichtigen Filmwelt aussetzen, den Monstern, den Entscheidungsträgern, dem Publikum; soll er kämpfen, kämpfen, kämpfen, notfalls mit Gewalt; ich Leichtgewicht verzichte gern darauf. So erschaffe ich mir mit ihm eine Puppe, die ausführt, was mir in den Sinn kommt, und bleibe zwar unsichtbar, aber sicher.

Ist das Missbrauch?

„Gib Valeria mehr Raum“, schlage ich vor. „Sie ist nicht das Spielzeug, als das du sie darstellst. Lass sie einen Schritt nach dem anderen setzen. Gustavo soll nicht umhinkönnen, sie als die eigenständige und eigenmächtige Person wahrnehmen zu müssen, die unabhängig von seiner Hand existiert.“

Dany nickt konzentriert und arbeitet weiter mit dem Material, das ich ihm einflüstere, und so fungiere ich als Schöpferin seiner Welt, einer Welt, die ihm zu entgleiten drohte. Großzügig befruchte ich sein verarmtes Innenleben, hauche ihm neues Leben ein und lenke seinen Film somit in die eine oder andere Richtung.

Erfolg oder Misserfolg?

Nun also bin ich diejenige, die unvermutet Macht ausübt, wie fragwürdig auch immer diese Macht erscheint. Dany gehört mir, denke ich, er gehört mir wie Nancy ihr blöder Joghurtbecher, gehört mir wie Frankensteins Monster seinem Monster-Schöpfer. Und ich werde den Fehler von Doktor Frankenstein nicht wiederholen, sondern von

Vornherein achtgeben, dass sich das Monster nicht eines Tages gegen mich wendet.

Während ich warte, bis Dany seine Notizen sortiert hat, gibt es für mich nichts zu tun, außer zu warten, und so bleibe ich sitzen und schaue ihm zu, wie er schreibt, lang schreibt er, lang, lang, lang; er ist in seinem Element. Mein Element dagegen ist das tiefe Gewässer, in dem ich mich tauchend fortbewege, aber hier, heute, tauche ich allein durch die Zeit statt durch das Meer. Ich tauche durch die Zeit, die Dany benötigt, um das Material zu formen. Lang wird mir die Weile in dieser Küche, während ich warte und warte und mich frage, wo mein Heft geblieben ist; da liegt es, aufgeschlagen neben Dany. Er zieht mich zu sich auf seinen Schoß, ich schließe die Augen und babbele ein bisschen in sein Ohr, aber das scheint ihm, anders als Oliver, nicht zu gefallen. Also unterlasse ich es wieder, stehe auf und mache ein wenig dies und das, spüle Tassen, koche einen weiteren Kaffee und warte weiter, bis wir aufbrechen müssen; der Drehplan ruft.

Am Drehort setzt sich die Warterei fort, denn lang drehen wir heute, lang, lang, lang, die Zeit im Film ist ebenso zähflüssig wie die Zeit meiner gegenwärtigen Wirklichkeit. Dieser Eindruck ist beabsichtigt, denn Dany möchte in der Szene, in der Valeria sich die roten Schuhe aus Gustavos Garderobe holt, Wirklichkeit und Film synchronisieren, und das bedeutet: Wann immer Valeria einen der Schritte setzt, der sie in Richtung Gustavos Buch treibt und ich in Danys Buch einzufügen vorschlug, wenngleich ich es sinnbildlich gemeint hatte, dann drehen wir, wie sie einen Schritt setzt, und dieser Schritt dauert eben die

Länge der Zeit, die es benötigt, einen Schritt zu setzen, und der Schritte sind viele.

Alle stehen herum und langweilen sich trotz unentwegtem Tun, und damit unterscheidet sich dieses Filmset nicht von allen anderen, ja, das Drehen gestaltet sich mühsam, da Dany nicht abrücken will von der Idee, in Echtzeit drehen zu wollen, um ausgerechnet durch das Drehen in Realzeit den surrealen Ton anzuschlagen, an dem es ihm mangelt, traumlos, wie er ist.

„Traumnah war das", sagt er zufrieden, nachdem Luis die Kamera abgestellt hat und alle aufatmen, aber ich erkläre, die Szene sei unlogisch.

„Ich denke, da stimmt was nicht."

„Und ich denke, du denkst zu viel", erwidert er.

„Und dann wunderst du dich, wenn die Szene nicht aufgeht", sage ich und erinnere ihn daran, dass schließlich ich, wenn schon nicht die Expertin für Regie, noch nicht, so zumindest die Expertin für Träume sei. Falls er sie tatsächlich einem Traum nachempfinden wolle, dann könne er ohne Weiteres in der Zeit springen, denn das schließlich kennzeichne das Wesen des Traumes: Zwischenstationen auslassen zu können.

Dany zieht seine linke Augenbraue in die Höhe, und ich bin sicher, die Information hat ihn erreicht und beginnt hinter seiner Stirn schon zu wirken; so genau meine ich ihn bereits zu kennen, dass ich von außen sehen kann, was er denkt.

In Großaufnahme.

„Was also schlägst du vor?", fragt er, und ich lächle triumphierend und denke, es stimmt also, dass ich die eigentliche Schöpferin bin, die Große Kreatorin. Das fühlt sich gut an. Und dann erinnere ich mich an den Traum, der mich im Zug nach Barcelona ereilte, nein, vorher, in Olivers Bett, und sage: „Wiederhol den Dreh. Wirf das, was bereits im Kasten ist, auf den Müll."

Ein Windstoß fegt über den Hügel von Barcelona, und ich beschwere die Papierbögen, damit sie nicht davonfliegen. Nachdem sich Danys Entsetzen gelegt hat, geht ein Ruck durch seinen Körper, diesen tatkräftigen, vitalen Körper, und er wendet sich an Luis und den Rest des Teams.

„Noch einmal!", brüllt er. „Vergesst, was wir bisher gedreht haben. Wir wiederholen das." Und zu mir sagt er: „Du hauchst mir Leben ein", und spricht damit aus, was auch ich gedacht hatte. „Ein neues Leben hauchst du mir ein, und auch dem Film hauchst du Leben ein. Und damit bist du die geborene Animateurin. Ja, das bist du."

Während wir die Szene noch einmal drehen, komprimierter jetzt, schaut Dany mich wieder und wieder von der Seite her an, so wie ich es bisher bei ihm zu tun pflegte. Er wartet darauf, von mir erschaffen zu werden, indem ich seinen Blick erwidere, so wie auch sein Werk erst in dem Moment vollständig erschaffen sein wird, wenn ein Publikum es betrachtet. Das Bemühen, von mir Bestätigung für seine Kreation zu erheischen, erinnert mich an Gustavos Bemühen, von Carlota gefüttert zu werden. Auf der einen Seite bestätigt es mir meine Macht und bedroht sie auf der anderen, denn so werde ich austauschbar, und dieser Gedanke erschreckt mich ebenso wie die unübersehbare Gier, mit der es Dany fortwährend nach Vitalitätszufuhr gelüstet.

Dennoch wage ich mich weiter vor, und als wir den Take das nächste Mal unterbrechen, weil Dany in Martas Gesichtsausdruck die Vorfreude vermisst, unterbreite ich Dany den Vorschlag, den Doktor in die Szene einzuflechten, als eine Art Vorwegnahme seiner bevorstehenden Begegnung mit Valeria, eine Vision, die sie als Schattenspiel an der Wand heimsucht. Dany scheint nicht bei der Sache zu sein, in diesem Falle: bei mir, und auf der Suche nach einem Grund für seine Unaufmerksamkeit bemerke ich diesen Blick, den er mit Marta tauscht. Unwillkürlich frage ich mich, ob die beiden einmal ein Liebespaar gewesen sein könnten und bin mit einem Mal beinahe sicher, dass es sich so verhält. Das lieferte auch die Erklärung für Martas Stellung innerhalb des Teams, die Erhöhung, die Sonderbehandlungen, die ihr zuteilwerden, ihr und nicht mir, wie Marta seit Kurzem überall kolportiert.

Letzteres erfahre ich von Esteban, als ich mich während der nun längeren Drehpause zu ihm geselle, um eine Zigarette zu schnorren. Dany läuft irgendwo herum, nicht zu fassen für mich, und ich beobachte Martin, der nur mehr lustlos seiner Arbeit nachgeht, weil er Überstunden machen musste und nun auf dem Tarif besteht, den Dany ihm nicht zahlen kann, wie ich zufällig weiß. Es beginnt zu regnen, Martin flucht, seine Steckdosen laufen voll, da die Abdeckklappen abgerissen sind, was für ein nachlässiger Wahnsinn. Von Ferne bedeute ich ihm, endlich etwas zu unternehmen, auf dass uns ein Kurzschluss erspart bleibe, ja, mit herrischer Geste schicke ich die Weisung zu ihm hinüber, während ich mir in aller Ruhe die Zigarette anzünde, die Esteban gedreht hat.

„Wie böse Martin mich anschaut“, sage ich zu Esteban und nehme einen tiefen Zug. „Keine Ahnung, was er gegen mich hat.“

„Er ist nicht der Einzige, der es begrüßen würde, dich von hinten zu sehen. Ich weiß nicht, ob du bemerkt hast, dass Marco sich von dir zurückgezogen hat, und auch Marta beschwert sich über die Sonderbehandlung, die du erhältst."

„Wieso ich?", brause ich auf, aber Estebans Blick bringt mich zum Schweigen und die Scham darüber hervor, mich auf den Pfad des Hochmuts begeben zu haben, statt mich zur Demut anzuhalten.

„Du scheinst Einfluss auf Dany zu nehmen", sagt Esteban. „Auf ihn und unser gemeinsames Baby; das gefällt nicht allen."

Ich überhöre den Einwand. Ihnen mag das Baby nicht gefallen, mir dagegen gefällt meine neue Rolle. Sie gefällt mir sogar sehr, weil ich nun weder die gewöhnliche Muse bin, wie es die gewöhnliche Entwicklung hätte erwarten lassen können, noch eine Phantasie, wie es Carlota ist (deshalb kommt sie kaum vor), weder die Ehefrau, geschieden oder nicht, noch irgendeine dahergelaufene Freundin.

„Gefällt es dir?", frage ich.

„Mir gefällt, welche Richtung der Film nimmt. Dass Gustavo nicht mehr blind hinter Carlota her stolpert, sondern der Fokus auf seiner Beziehung zu Valeria liegt."

„Er wird lernen, sie zu sehen", sage ich.

„Täusch dich nicht", Esteban lacht. „Er hat nur Augen für sich."

Am Abend, als wir in Danys Wohnung kommen, wirkt er übermütig, nahezu fiebrig, weil wir erstens alles drehen konnten, was und wie wir es uns vorgestellt hatten, und zweitens in einer Weise, dass es den Vorstellungen entspricht. Ich dagegen streife gequält meine Schuhe ab, denn meine Füße schmerzen, sobald ich fest aufzutreten versuche.

„Wahrlich großartig", sagt er. „Wir werden noch ungekannte Höhenflüge erleben, du wirst sehen."

„Großartig, ja." Ich lasse mich auf das Sofa gleiten, ziehe mir die Strümpfe aus und entdecke eine Blase.

Dany rennt bereits vom Wohnzimmer zurück in den Flur, um seinen Laptop zu holen und mich aufzufordern, mir die Szene anzuschauen, die er drehte, als ich noch kein Teil des Teams war und das Team noch nicht in Barcelona, denn die Innenaufnahmen, die in Gustavos Wohnung spielen, wurden aus produktionsbedingten Gründen in der Schweiz aufgenommen. Ich bin geschmeichelt, dass er mich bittet, sie mir anzusehen und fühle mich endgültig angekommen: als Partnerin, als Co-Regisseurin, als Filmemacherin.

Wir beide, er und ich, gemeinsam.

Es handelt sich um die Szene, in der Carlota Gustavo in seiner Wohnung aufsucht, er sie gewissermaßen herbeibeschwört. So sehr sehnt er sich nach ihr, dass er körperlichen Schmerz über ihre Abwesenheit empfindet. Dany hat den Vorgang als eine Art Geistererscheinung angelegt, bei der unklar bleibt, ob Carlota wirklich im Raum steht oder Gustavo von ihr träumt, während er seine Hand auf sein Geschlecht legt, um sich zu beruhigen. Es ist eine gelungene Szene, unspektakulär, nicht sexuell. Ruhig liegt Gustavo da, sein Gesicht vom Schmerz gezeichnet, und langsam entspannen sich seine Züge, als er durch die offene Tür zum Treppenhaus blickt. Ein Schwenk zur Tür zeigt, dass dort nichts ist, kurzer Schwenk zurück, dann Stopp und wieder Schwenk, eine für Luis untypische Kamerabewegung, aber sie unterstreicht Gustavos Konfusion. Nach dem zweiten Schwenk sehen wir Carlota schemenhaft unter der Treppe sitzen, im Schatten sitzt sie, während wir Gustavo aus dem Off ihren Namen murmeln hören, und mit dem Namen fällt ein Lichtstrahl in die dunkle Ecke, sodass Carlota vollends sichtbar wird. Außerdem sichtbar wird das Bein eines Stativs, das Martin hinter die Treppe platziert hat, um mit dem letzten Schwenk auf ein Zeichen hin Licht hineingeben zu können. Als ich Dany darauf aufmerksam mache, wird er zornig und bricht die Privat-Vorführung ab.

„Geh schon ins Bett," sagt er, „ich komme gleich," und ignoriert meinen Witz, ob er nicht bei mir bleiben müsse, um kommen zu können, ja, er versteht nicht einmal, was ich meine, anders als Oliver, mit dem ich immerzu lache über Witze dieser Art.

Ausgelacht.

Ich ziehe mich aus und lege mich nackt auf das Laken, denn es ist heiß im Zimmer und stickig. Während ich so daliege, identifiziere ich mich mit Gustavo, wie er mir in der soeben vorgeführten Szene gezeigt wurde: Er liegt auf seinem Bett und verspürt Sehnsucht nach Carlota, bis diese Sehnsucht so übermächtig wird, dass sie ihm erscheint. Einem Impuls folgend, teste ich meine magischen Möglichkeiten, indem ich mir Oliver herbeisehne, aber die Magie funktioniert nicht. Statt Oliver erscheinen fortwährend die Gesichter der Figuren aus Danys Film.

Unserem Film.

Damit, dass die Film-Bilder alles beherrschend sind, ergeht es mir nicht anders als allen anderen im Team, vermute ich: Sobald du zur Ruhe kommst, rennt der entstehende Film nach Drehschluss weiter, und je mehr du zur Ruhe kommst, desto vitaler werden die Figuren; endlich dürfen sie ihr geisterhaftes Eigenleben aufnehmen. Sie nutzen die Lücke, um dich heimzusuchen, ähnlich wie es mit den Menschen geschieht, die uns untertags begleiten, um später, in der Nacht, im Traum mitzuspielen, als wären sie dazu eingeladen worden.

Oder herbeigesehnt.

Ich denke noch einmal über Gustavo nach und erkenne, dass Esteban recht hat: Gustavo sieht niemanden außer sich selbst, nicht Carlota, die als imaginäres Gespenst unter der Treppe aufscheint, als Materialisierung der eigenen Sehnsucht, und nicht Valeria. Seine ehemalige Ehefrau spaziert in seinem Buch herum, und dennoch übersieht er sie. Wie geht das? Wie kann jemand jemanden nicht sehen, der direkt vor der eigenen Nase herumläuft? Wie kann er mit ihr verheiratet sein, ohne sich in irgendeiner Weise auf sie zu beziehen? Valeria ist Luft für ihn, selbst wenn er mit ihr spricht.

Als Dany misslaunig ins Zimmer tritt, seine Kleider ablegt und sich zu mir ins Bett schiebt, werde ich mit einem Mal unsicher, ob Esteban tatsächlich über die Figur des Gustavos sprach oder nicht vielmehr über Dany. Ja, das frage ich mich, denn selbst, als Dany sich an mich herandrängt, sieht er mich nicht, und mit einem Mal irritiert mich der Umstand, dass er stets die Augen schließt, während wir miteinander schlafen. Die längste Zeit über sind sie geschlossen, sodass es mir nicht möglich ist, durch sie in ihn hineinschlüpfen zu können.

Der Gedanke ist neu. Ausgerechnet Dany, der sich seiner Augen rühmt, dieser Augen, mit denen er tagtäglich arbeitet, ausgerechnet er, der alles farbig macht und dieser Welt seine Visionen schenkt, ausgerechnet er sieht mich nicht? Wie kann jemand die Frau übersehen, die neben ihm liegt, zumal, wenn dieser Jemand ein berühmter Regisseur ist, der von sich behauptet, mehr als normalsterblich zu sein? Ich höre ihn, wie er sagte, sein Sehen erschaffe Welten und unterscheide sich in seiner Einzigartigkeit von dem Sehen der anderen. „Von euch Normalsterblichen", so drückte er es aus, und dadurch, dass er *euch* sagte, ordnete er mich in die Gruppe der Normalsterblichen ein. Und ich bin einverstanden, denn ihr fühle ich mich gern zugehörig; ich möchte ja keine Göttin sein, die stets wachsam bleiben muss, um nicht zu stürzen oder zur Projektion zu werden, kurz, eine Position zugewiesen bekommt, die vom Denken in hierarchischen Strukturen bestimmt ist. Nein, mit der Sterblichkeit hadere ich nicht, aber dass Dany nicht einmal zögerte, mich in die Einzigkeit miteinzubeziehen, mit der aus dem genauen Sehen eigene Welten erschaffen werden, damit bin ich im Nachhinein gesehen nicht einverstanden, nein, keinesfalls kann ich mich damit einverstanden erklären, weil die Fähigkeit des Sehens die Tätigkeit des Filmemachens kennzeichnet, zu der auch ich mich berufen fühle. Und zu Recht fühle ich mich berufen, denn ich sehe ausgezeichnet, so kann ich sagen, so darf ich voller Überzeugung sagen, und sehe vieles: Blicke, die Dany Marta zuwirft und ich im Fluge auffange zum Beispiel oder ein Stativ, das die Szene ruiniert, weil der Oberbeleuchter es unachtsam ins Bild rückt. Ich sehe was, was du nicht siehst, halte meine Augen offen und erspähe den allerletzten Mönchssittich auf der Palme ebenso wie den Spatz auf der

Plaza, der dir die Reste des Butterbrotes vom Teller stibitzt. Ja, ich bin diejenige, die alles sieht, einzig für mich selbst bräuchte ich einen Spiegel.

Zu sehen, was um dich herum vorgeht, ist eine Begabung, die mir zu eigen ist und die ich, anders als das Träumen, mit Dany teile wie mit allen anderen Filmschaffenden, weil es unsere Aufgabe ist, Ausschnitte auszuwählen und Episoden, Bilder, Dialoge und Zustände zu sammeln, um sie festzuhalten und die Welt daran zu beteiligen. Und sofern ich das Gesehene zur Verfügung stelle, beraube ich niemanden, sondern borge mir dieses Material, das der Welt gehört, um es ihr zu einem späteren Zeitpunkt in gestalteter Form zurückzugeben.

Auch das ist eine Fähigkeit, mein Lieber: etwas geben zu können und zu wollen. Und so versuche ich, Dinge wahrzunehmen, die anderen möglicherweise entgehen, während sie durch die Straßen strömen, ohne nach links und nach rechts zu schauen. Desgleichen bleiben ihnen die Quadrate verborgen, die auf der Wand ihr Schattenspiel treiben.

Es gibt Menschen, die sehen, und andere, die Ratschläge erteilen, und wieder andere, die handeln oder kämpfen und den Kampf verlieren würden, sobald sie sich einfach niedersetzten, um zu beobachten, wie ein Spatz die Reste vom Butterbrot stibitzt. Wir alle können etwas, das andere nicht können, und deshalb versuchen wir das, was wir können, zu (be)greifen und diesen anderen zur Verfügung zu stellen und sei es auf einem Stück Leinwand. Erst alle Fähigkeiten zusammen ergeben das, was wir unter Gesellschaft verstehen oder unter Menschheit, und meine Aufgabe wird es sein, das Ungesehene sichtbar werden zu lassen.

Nicht mehr, nicht weniger.

„Aha, so, so", höre ich Oliver sagen. „Jetzt plötzlich fängst du an, über deine Fähigkeiten zu reden! Ist es das, was er mit dir macht? Brauchst du ihn dafür, den Typen neben dir? Um deinen Fähigkeiten zu vertrauen?"

Ich frage: „Ist das wichtig? Du magst es, mich so sprechen zu hören, gib es zu!"

„Dann pass nur auf, dass du sie nicht zu schnell wegwirfst, deine Fähigkeiten", erwidert er. „Don't waste your skills."

Wie viele Sätze dieser Art stammt auch dieser Satz nicht von ihm, aber Oliver ist derjenige, der sie sich einprägt und anlässlich einer ihm passend erscheinenden Gelegenheit zum Besten geben kann, zum Beispiel jetzt, wiewohl mir die Gelegenheit eher unpassend erscheint.

„Keine Ahnung, wovon du sprichst", sage ich deshalb, gebiete ihm, zu schweigen und werfe ihn aus diesem Zimmer, zumal Dany nun näher an mich heranrückt.

Im Übrigen ergänzen Dany und ich uns wunderbar. Meine Vorstellungsgabe und seine Entschlossenheit, das ist richtig, das ist gut, das ist großartig, so haben wir es ausgedrückt, oder Dany? Er schweigt. Nicht nur sieht er nichts, er hört auch nicht. Ihn treibt ein anderes Ziel, auf das er geradewegs zusteuert. Er weiß, was er will. Seine Blindheit stört mich, denn dass er mich nicht wahrnimmt, während wir einander berühren, lässt jede Berührung unterbelichtet werden. Ich ignoriere mein Unwohlsein, weil ich mir gleichzeitig wünsche, dass großartig bleibt, was zwischen uns geschieht, und so suche ich nach Gründen, um mir meine Bewunderung für

Dany zu erhalten, indem ich etwas denke wie: Vielleicht sieht er mich nicht, weil es Nacht ist, ihm also kein Technicolor zur Verfügung steht. Und: Vielleicht bin ich grau. Bloß bin ich ja keine Katze, so geschmeidig ich mich auch gebe, und er ist kein Kater, so sehr er miaut und mich begehrt und an mir festhält.

Während er in mich gleitet, gleite ich aus mir und zu ihm hin, in dem Glauben, das Gemeinsame würde immer zwei Richtungen kennen: von hier nach dort und von dort nach hier.

Ich schlafe schlecht und wache wie gewöhnlich vor Dany auf. Mein unwohles Gefühl ist noch da. Ich wende mich dem Mann neben mir zu und fahre mit der Fingerkuppe über seinen Bauch, sanft wie ein Absinth, damit ich ihn nicht wecke. Die Oberfläche von Dany ist interessant, und mehr als seine Oberfläche habe ich bisher nicht zu Gesicht bekommen. Ich taste über die raue Stelle unterhalb seines Bauchnabels, die mir vertrauter ist als alles, was dahinter liegen mag und von dem er wenig preisgibt. Seine Haut ist leicht gerötet, ich ertaste Stoppeln und unebene Drüsen und frage mich, ob er sich um seinen Bauchnabel herum rasiert oder ob ihm das Drahtige naturgegeben ist. Ein drahtiger Kerl, denke ich, so sehe ich ihn. Ich stehe auf und ziehe mich an, löse mich von diesem Ort, und da es noch früh am Tag ist, nehme ich mir vor, noch vor dem Drehen zum Meer hinunterzugehen. Erst jetzt bemerke ich, wie sehr es mir gefehlt hat, das Schwimmen. Ich sollte meine Rituale nicht fallenlassen, nur weil ein Mann mein Leben kreuzt. Das sage ich zu mir und zu Dany: „Ich gehe baden und dann in meine Wohnung, wir sehen uns später“, aber er hört mich nicht, sondern schläft tief und fest, und ich werde nicht warten, bis er aufwacht, sondern meine Gewohnheit wieder aufnehmen und mir die Geliebte zurückerobern. Zu lange schon ließ ich sie unbeachtet, und wer möchte das schon: liegengelassen werden statt geliebt? – Dem Meer ist es egal.

Meine Lederjacke hängt einsam am Haken, darunter stehen Danys schwarzweiße Schuhe, die ich mir überstreife, damit meine Blase verheilt und die Füße einstweilen geschont werden. Ich nehme mir ein Handtuch aus Danys Bad, lasse die Tür hinter mir zufallen und bin froh, diejenige zu sein, die bestimmt, was geschehen wird, ja, natürlich, denn nun sehen wir in der nächsten Szene, nächstes Bild, die Strandpromenade und dann mich, wie ich tatsächlich zum Meer gehe.

Endlich wieder zum Meer.

STRANDPROMENADE AUSSEN/TAG
Eva läuft zur Strandpromenade hinunter. Kaum ist das Meer zu sehen, beginnt sie, zu rennen und sich eilig die Kleidung abzustreifen. Mit einem Sprung stürzt sie sich in die Wellen. Wir hören allein den Wind rauschen.

Nach meinem Bad gehe ich kurz bei Nancys Wohnung vorbei, die ich noch immer so nenne: Nancys Wohnung. Die Gasse wirkt vertrauter auf mich als erwartet, beinahe heimisch, dennoch gibt es hier nichts, was mich zum Verweilen lockt. Noch bevor ich den Hausflur betrete, fällt mir ein, dass ich vergessen habe, auf Gespensterjagd zu gehen, also das Ding unter der Treppe wie geplant einzufangen, und gelobe mir, das bald nachzuholen, damit es mich nicht länger belästigen kann. Denn auch wenn ich es zu ignorieren verstehe, so ist es ja nach wie vor existent, und was immer ich tue: Es schaut mir aus dem Schatten heraus zu.

VII.

Kaum erreiche ich den Drehort, später als disponiert, höre ich Dany rufen, mit seiner lauten Stimme, die den Tag in die Demut zwingt und den Raum, in dem er sie platziert, um ihn herum konzentriert. Ich mag seine Stimme, zugleich raubt sie mir die Frequenz, auf der ich mich selbst in den Tag zu senden versuche, drängt mich an den Rand und über den Rand hinaus, sodass ich hinabstürzen könnte.

Ich gehe langsamer, heute jedoch nicht, um mich ihm unauffällig zu nähern, sondern weil jeder weitere Schritt auf einen unerkannten Widerstand stößt. Mit der Unauffälligkeit ist es ohnehin vorbei: Auffällig unauffällig werden wir beide längst als Paar wahrgenommen, wir beide, er und ich, die wir uns emporschwingen zu ungekannten Höhenflügen.

Tun wir das?

Marco ignoriert mich, und auch Marta ist reserviert. Ich gehe wortlos vorüber und nehme meinen Platz ein: auf dem Klappstuhl neben Dany.

„Warum bist du mir davongelaufen?“, fragt er.

„Die Polypen sind schuld“, antworte ich und denke, vielleicht stimmt es und ich bin deshalb davongelaufen.

Dany legt mir eine Hand auf den Oberschenkel; offenbar ist es ihm inzwischen tatsächlich gleichgültig, dass alle es sehen können. Mir dagegen ist die Geste unangenehm, und deshalb bin ich froh, den Oberbeleuchter Martin eintreffen zu sehen, der beginnt, die Scheinwerfer neu zu verkabeln.

Ich gehe zu ihm und spreche ihn auf das Stativ an, das in der Szene mit Gustavo und Carlota im Bild zu sehen ist.

„Dany war nicht begeistert“, sage ich. „Du solltest besser achtgeben.“

Er glaubt mir nicht, aber ich wiederhole, er solle besser achtgeben, wie und wo er seine Leuchten anbringe.

„Du hast mir nichts zu sagen“, murrt er, aber das habe ich doch, denn ich trage ja Danys Schuhe und bin damit mitten in seinen Machtbereich hineinmarschiert.

„Eva, kommst du?“, fragt Dany, als gehörte ich ihm, obwohl doch er das von mir gezeichnete Monster ist, und ich gehorche schneller, als es sich für eine Schöpferin geziemte, und damit wird abermals offenbar, wer hier wen animiert.

Nächste Einstellung, Klappe, die erste. Wir drehen die Szene, in der Gustavo Herbert um eine Unterredung bittet. Es soll nicht zu hören sein, worüber sie sprechen, dennoch wird deutlich, dass ihr Gespräch darum kreist, was mit der jungen Valeria geschehen soll. Während wir drehen, bemerke ich, dass Dany mich dann und wann anschaut, aber es bleibt ein Schauen, ohne zu sehen, wie eindringlich sein Blick auch sein mag. Vieles mag er sehen, doch sicher nicht mich, Eva, die Frau mit dem gelben Rock und den schwarzweißen Schuhen. Stattdessen bin ich ihm ein Spiegel; seine Blicke prallen an der Oberfläche meiner Augen ab und zeigen ihm allein das, was er sehen will: Rückbestätigung. Er wird mich erst in dem Moment sehen, in dem ich kein eigenes Wesen mehr bin, sondern als das Bild, das er sich von mir gemacht hat, über eine zweidimensionale Wand marschiere. Immer dann, wenn Dany seinen Blick auf ein Filmgeschehen richtet, ist er der aufmerksamste Mensch und nicht die kleinste Regung entgeht ihm mehr, kein Detail. Er dirigiert Estebans linke Hand, die sich Hannes, alias Herbert, auf die Schulter legt, während die rechte ihm die Krempe des Huts hinunterziehen soll, dann eine leichte Neigung des Kopfes, um in Hannes' Ohr flüstern zu können.

„Und vergiss nicht," ruft Dany Esteban zu, „dass du den Ehering zu verbergen suchst, unauffällig, langsam, schuldbewusst."

Dany schlüpft in die Seele seiner Schauspieler und Schauspielerinnen; er atmet die Gefühle an ihrer statt. Vergrößert durch die Linse fühlt er sich in alle hinein, in Esteban, Hannes, selbst in Marco, von Marta ganz zu schweigen, deren äußere und innere Befindlichkeit ihn durch den Tag leitet. Aber zwischen ihnen und ihm gibt es stets die Kamera, die ihm Mittelbarkeit gewährt, ihn unangetastet lässt, während sie ihm die anderen ausliefert. Vermutlich muss er sich ihnen gegenüber nicht in dem Maße schützen, wie er es mir gegenüber tut, der Frau, mit der er, anders als mit allen anderen (nehme ich an), schon eine ganze Weile lang sein Bett teilt. Und der Unmut, jemanden in sich einlassen zu wollen, ist ja einer der Aspekte, der ihn beschreibt und sich, wie all die anderen erwähnten oder unerwähnt gelassenen Aspekte, auch in Gustavo wiederfinden lässt; gerade formuliert er Herbert gegenüber, was er denkt: „Ich weiß nicht, wie Valeria glauben konnte, ich ließe sie so ohne Weiteres in mich hineinspazieren."

„Und Cut", ruft Dany. „Ich danke euch." Dann wendet er sich an Luis: „Von hier schneiden wir auf den Strand. Auf Valeria, wie sie leblos auf dem Sand liegt."

„Was geschieht in dem Dazwischen?", frage ich erstaunt, denn wenn Valeria im nächsten Bild tot sein soll, dann fehlt ein noch größerer Teil der Erzählung, als ich bisher annahm.

„Ich möchte eine Lücke lassen, in die das Publikum das eine oder andere Geheimnis platzieren kann", erklärt er. „Oder hast du eine bessere Idee?"

Ich schlage vor, die Lücke zu schließen, indem wir ein Bild einfügen, wie Herbert als Untoter in einem Sarg liegt. Er schläft tief und fest und befriedigt. Offenbar hat er sich sattgetrunken an Valeria, weshalb sie wiederum ausgeblutet ist, aber das erschließt sich erst im Nachhinein und ohne explizit gezeigt zu werden. Und dann rege ich an, dass Herbert und Gustavo ein und dieselbe Person sein könnten, also Gustavo sich selbst in der Figur eines Vampirs in sein Buch eingeschrieben hat, weil es das ist, was er in Wirklichkeit verkörpert: einen Blutsauger.

„Deshalb nippt er an beiden Frauen", sage ich. „Deshalb sein missbräuchliches Verhalten ihnen gegenüber, bis selbst die energiegeladene Carlota im Laufe der Geschichte anämisch wird."

„Das ist es, Eva", Danys Augen leuchten auf. „Du bist es! Eva, meine erste Frau, meine Traumprinzessin, ich danke dir. Die Frage ist nur, ob und wie das deutlich werden wird."

Seine Dankbarkeit spornt mich an und treibt mich weiter in die Rolle der Nähr-Wolke, die über Dany schwebt, damit er ausreichend versorgt wird.

„Dreh eine Szene, wie Herbert in Spanien ankommt", sage ich. „Sie sollte eingefügt werden, nachdem Gustavo entscheidet, ihm eine Rolle in seinem Buch zu geben. Plötzlich ist er da, wie in einem Traum. Er ist vor Ort, ohne je ein Flugzeug bestiegen zu haben."

„So mache ich das", sagt Dany.

„Du meinst wir", korrigiere ich.

„Es ist mein Film, vergessen?"

„Das hier ist unser beider Höhenflug", wende ich ein. „Wir befinden uns in einem gemeinsamen Arbeitsprozess, unternehmen eine gemeinsame Geschichtsschreibung, wahr oder nicht wahr?"

„Nicht wahr, Liebes", sagt er und wiederholt: „Es ist mein Film."

Ich sage nichts, denn ich habe nichts zu sagen. Soll ich ihm vorwerfen, dass er mir verwehre, mich auszuprobieren, wiewohl ich ein Recht dazu habe, wie zumindest Gregor es für sich proklamierte? Mach dich nicht lächerlich, Eva, denn die Wahrheit ist: Dany hat ins Schwarze getroffen. Es ist nicht mein Film, sondern seiner. Es ist seine Geschichte, sein Thema, und es sind seine Figuren. Alles dreht und windet sich um ihn, und ich stehe da in seinen Schuhen, die mich ans Set bringen sollten, neben ihm, um nun feststellen zu müssen, dass sie mir mindestens eine Nummer zu groß sind und nicht ich, sondern er alles so geplant hatte, wie es nun ist. Er rief mich nach Barcelona und setzte mich in seine Geschichte hinein, weil er sich etwas davon versprach, und wird mich wieder streichen, wenn ich ihn nicht mehr interessiere, und deshalb sollte ich mich nicht länger wundern, wenn Gustavo im Drehbuch die Worte spricht: „Die Geschichte gehört mir, also bekommen Wesen, die mir nicht behagen, keine Aufenthaltsgenehmigung. Ich verfüge darüber, wen oder was ich in ihr vorfinden will."

Auch Dany redet nun davon, dass er derjenige sei, der bestimme, wer oder was wieviel Raum einnehme bei der Herstellung seines Films.

„Dreh deinen eigenen Film, wenn du einen Film drehen willst."

„Aber, aber, aber ...", stammle ich. „Weißt du nicht mehr? Als ich dir von meinem Film erzählte?"

„Es gibt keine Filme von dir, Eva."

„Aber, aber, aber ...?", frage ich. „Was ist mit meinen Ideen? Ist das nichts?"

„Eine Idee macht noch keinen Film", sagt er. „Du weißt das. Ich weiß das. Für das Schaffen eines Films genügen Träume nicht."

Den Satz kenne ich. Jean-Luc Godard lässt ihn in *Le Mépris* Francesca Vanini alias Giorgia Moll sprechen, und niemand in der Runde um Michel Piccoli herum weiß etwas darauf zu erwidern, weshalb das Schweigen im Film erst aufgelöst wird, als Brigitte Bardot fragt: „Wann gibt es Essen?"

„In zwei Wochen wird dem Entscheidungsträger eine erste Fassung des Roh-Schnitts vorgeführt", sagt Dany ruhig. „Ich würde mich freuen, wenn du uns begleitest."

Seine Worte führen meinem kleinen Gespenst neue Nahrung zu. Es hungert unter der Treppe, weil ich es zu füttern versäumte. Nicht aus Nachlässigkeit, sondern weil es sich ja von meinem Wert ernährt, und es mir nicht länger wert erschien, mich um Nachschlag zu kümmern, auf dass es satt werde.

Warum prüfst du nicht, ob Dany es wert ist, gefüttert zu werden? – Ist er.

Und ob er tatsächlich deinen Wert aufwerten kann? – Tut er.

Das also sind die Muster, in denen mein Denken feststeckt. Vielleicht hat auch hier das Tierchen sein gieriges Mäulchen mit im Spiel, indem es mir jedes Vertrauen wegfrisst, ebenso wie den Mut oder den Versuch, es ohne *den Mann* zu schaffen. Ohne den Helden, der losstürmt, das Kinn dem Tag entgegengereckt, wie nur ein Held es zu recken versteht, mit einer Virilität, an der ich Anteil habe, denn trotz allem ist es mir gelungen, ihm frisches Leben einzuhauchen, wie ich es mir von Anfang an gewünscht hatte.

Ich sage nur: Augen auf bei der Wunschwahl!

Dany gibt mir einen flüchtigen Kuss, dann rennt er los, schneller, als mein Geist zu begreifen in der Lage ist, dass ich offenbar noch immer träume, ohne zu handeln. Um einen Film zu erschaffen aber ist Träumen nicht genug. Es reicht nicht. Hier stehe ich an diesem Platz, an dem Dany mich zurücklässt oder ich mich von ihm zurückgelassen fühle, schaue ihm nach und beobachte, wie er das Set organisiert, seinen Stab, seine Leute, die mir inzwischen so feindselig gegenübertreten, als wären sie tatsächlich Monster. Und das Wort ist Fleisch geworden, ja, und ich bin diejenige, die dafür verantwortlich zeichnet, denn ich kreierte die Monster, indem ich Feinde produzierte, wo keine sind. Gern würde ich ihre Feindseligkeit darauf schieben, dass der Wind hier oben auf dem Hügel scharf weht, aber ich weiß, die anderen ziehen sich von mir zurück, weil ich die uns gemeinsame Augenhöhe verließ, um mich auf eine Ebene mit Danys Augen zu platzieren. Nun jedoch erkenne ich, dass mein Platz nicht erhöht wurde, sondern im Gegenteil abgesenkt. Die anderen, wie auch Dany, wie ich selbst, schauen auf mich herunter, und jeder Blick, der mir gilt, gilt mir nur deshalb, weil ich mich demjenigen an den Hals warf, dem die gesammelten Blicke während des Drehprozesses nun einmal gelten. Durch die Nähe zur Hauptfigur wollte ich zu einer ebenso hauptsächlichen Gestalt innerhalb der hier herrschenden Struktur werden, ohne eine eigene Struktur zu erschaffen. Ich fühlte mich in Gustavo hinein und in Valeria, ohne eigene Figuren zu kreieren.

Wenn ich das nächste Mal ins Meer springe, werde ich mir die Strukturen, die mir fehlen, dort herausfischen, so schwöre ich mir und frage mich gleichzeitig, ob ausgerechnet das Element Wasser imstande sein kann, mir die Struktur zu geben, die ich mir von ihm erwarte. Und hier ereilt mich bereits die nächste Wahrheit des Tages; sie lautet: Nichts anderes bin ich als eine Nebenfigur, weniger noch: eine Statistin, ein Zaungast. Marginal nur unterscheide ich mich von den Schaulustigen vor dem Absperrband. Denn obgleich ich mich innerhalb der Begrenzung aufhalten mag, als vermeintlicher Teil dieses Kosmos', aus dem die Welt von *Barcelona Dream* besteht, dieser undemokratischen Spielwelt, die der realen Welt so unähnlich nicht ist, verfüge ich doch über ebenso wenig Mitspracherecht wie die Leute dort draußen es tun, und das bedeutet auch: Ich habe mich so weit davon entfernt, Regie zu machen, wie nie zuvor.

Noch immer stehe ich regungslos an meinem Platz und sehe der Realität ins Gesicht, die ich, ausgerechnet ich, Eva, die erste Frau, die alles sieht, übersehen haben muss: Ich hätte dem Ruf ins Abenteuer folgen sollen, können, wollen, einfach meinen Film zu machen, wenn ich Filme machen will. Stattdessen aber verweigerte ich mich ihm. Statt zu sagen:

„Stell dich hin, und mach dein Ding", verließ ich meinen Kosmos, um in Danys Kosmos einzutreten. Ideen zu haben bedeutet noch lange nicht, sie umsetzen zu können, die Verantwortung zu tragen, die Rückschläge abzufedern, dranzubleiben.

Auch in diesem Punkt hat Dany recht. - Gut erkannt.

Ich könnte Dany nachlaufen, besser noch: fortlaufen, Hauptsache laufen, laufen, laufen, unterlasse es jedoch aus Angst, die Beine könnten mir ihren Dienst verweigern, wie in den Träumen, in denen man nicht vorwärtskommt. Und so bleibe ich stehen; mir fehlen der Handlungsspielraum und auch ein Dialog. Nicht einmal ein Monolog steht mir zur Verfügung, in dem ich mich selbst bedauern könnte, denn so wenig ich die Richtigkeit von Danys Worten bezweifle, so sehr bezweifle ich die Richtigkeit von Sätzen wie: „Er lässt mich zurück." Oder: „Er missbraucht mich." Die Frage, wer hier wen missbraucht, und ob nicht ich diejenige bin, die sich selbst zurückgelassen hat, unter der Treppe, in Barcelona, unter der Wasseroberfläche, im Schlaf, beunruhigt mich; sie führt zu der Antwort: Ja, das hast du dir selbst eingebrockt, Mädchen. Kaum wundert mich mehr, dass ich mir den Ausdruck *Mädchen* gefallen lasse von mir selbst, denn es stimmt, dass ich keine erwachsene Frau bin, sondern ein Wolkenmädchen, das allzu leicht von der Wolke heruntergepustet werden kann, und sobald es auf dem Boden der Tatsachen landet, wird es in Folge entweder dem Hass begegnen oder versuchen, auf die Wolke zurückzukehren.

Wie endet die Geschichte?

Mir gelingt es nicht, den Inhalt des Skriptes zu fassen zu bekommen, es bleibt keine Zeit, die einzelnen Handlungsfäden auseinanderzuklauben und stimmig zu verweben, denn die Film-Zeit schreitet unerbittlich voran, auf die eine Szene folgt die nächste, weiter geht es, die Handlung muss vorwärtsgetrieben werden, es ist bereits eingeleuchtet, wir können drehen.

„Bereit, seine Liebe entgegenzunehmen?", fragt Dany Annemarie; ich hatte beinahe vergessen, dass es sie gibt, weil sie bisher nur selten am Set war: Annemarie Schubert, die Darstellerin der Carlota. In der nächsten Szene geht es jedoch darum, dass Gustavo sich Carlota offenbart und diese Sätze sagt, die ich bereits von Dany vernahm, in seiner Küche, nachdem wir unsere erste Nacht miteinander verbracht hatten. Nur der Name, an den sie sich richten, ist ein anderer, aber Namen sind austauschbar, solange du an dem Buch zum Film schreibst. Bis zuletzt kannst du sie ändern; das ändert wenig an der Figur.

„Carlota, du bist der Quell, mein Quell, Quell der Freude und der Liebe und des Lebens." Während Esteban spricht, was und wie es im Buch steht, begreife ich, was ich nicht hatte wahrhaben wollen: dass damit nicht das Bild der Quelle als ein Ort zum Trinken und Getränkt-Werden gemeint ist, sondern die Wasseroberfläche, in der jeder sich spiegeln kann, sooft er will, und abschöpfen, soviel er braucht. Und damit bilden Gustavos Worte wie erwartet Danys Verständnis von dem ab, was ihm eine Frau sein soll: eben doch eine Muse. Und sobald die Muse ihm als Wächterin über seine Kunst nicht länger dienlich scheint, wird er sie abwählen, so wie Gustavo Valeria abwählt, um sich eine neue Muse zu suchen, eine Muse wie Carlota oder eine Muse wie mich. So und nicht anders muss Dany mich von

Anfang an gesehen haben: als Quelle der Inspiration, der Freude und Sinnlichkeit, die ich ihm sein sollte und zu sein versprach.

Nun denke, welche der Musen dir behagt: Erato, Kalliope oder nicht doch Melpomene, Muse der Tragödie?

In letzterem Falle ist mein Schicksal gewiss, denn die Tragödie endet immer mit dem Tod. Oder warum nicht gleich so: Dany ist Narziss, während ich ihm als Echo an die Seite gegeben worden bin, Echo in ihrer entmachteten und sprachlosen Gestalt, der die Stimme entzogen wurde als Strafe für ihr amouröses Abenteuer mit dem Gott Zeus. Und damit wäre ausgerechnet die Rolle für mich vorgesehen, die ich nie hatte einnehmen wollen, weil ich doch über einen eigenen Blick verfüge.

Jetzt plötzlich fängst du an, über deine Fähigkeiten zu reden!

Jeder Tag birgt eine neue Wahrheit oder auch mehrere: Nun kenne ich nicht nur das Bild, das Dany sich von mir machte, sondern zudem den Grund, warum er mich nicht sehen konnte: Um einander wahrzunehmen, müssten wir uns auf Augenhöhe gegenüberstehen, statt durch das Gefälle beliebig höhenverstellbarer Stühle voneinander getrennt zu sein.

„Weißt du nicht mehr, Dany?“

„Worauf willst du hinaus?“

„Hoch hinaus will ich.“

Wer hoch hinaus will, kann tief stürzen; und mit einem Mal bin ich sicher, dass Dany mich sterben lassen wird; der möglichen Musen gibt es viele. Marta zum Beispiel böte sich als Nachfolge an. Sollten sie bislang kein Liebespaar gewesen sein, so könnten sie doch bald schon zu einem werden.

Ist das jetzt eine gute oder eine schlechte Geschichte?

Filmstoffe flattern stet und ständig in jedem Winkel deines Bewusstseins, aber schlecht oder gut, wer kann das sagen? Hier geht es nicht um die Kategorien *gut* oder *schlecht*, nein, es geht darum, zu leben: Träum nicht, lebe! Wo schließlich soll das hinführen, wenn dir speiübel wird von schlechten Filmen, bis du kotzt, ohne dass du im Gegenzug etwas auskotztest?

Aber noch während ich das denke, bewege ich mich, ungeachtet der Kategorienfrage, offenbar selbst in einem schlechten Film, denn kaum ist die Szene zwischen Gustavo und Carlota abgedreht und werden die Vorbereitung für die nächste getroffen, steht Dany vor mir, ohne dass ich ihn habe kommen sehen, und zieht mich hinter den Lorbeerbaum, um mit mir zu schlafen. Wir wissen, das Team wartet, und somit befinde ich mich in einer beinahe identen Situation, wie ich sie mir unlängst zusammenträumte. Aber wir können nicht umhin zu wiederholen, was im Traum vorausgedeutet wurde, und so folgt die Wirklichkeit der Vorstellungswelt, wie sie es immer tut.

Luis ruft nach Dany, und während ich meinen Rock richte, folgt Dany diesem Ruf.

Ich hingegen laufe fort; nun lassen sich meine Beine wieder bewegen. Ich laufe hinunter Richtung Meer und die Meerespromenade entlang, höre den Glockenschlag der Basilika de Santa María del Mar, renne weiter, an dem Café vorbei, in dem ich mit Esteban saß, um Absinth zu trinken, und erreiche atemlos meine Wohnung. Ich höre, wie in dem Film, der mich zeigt, eine Erzählerstimme aus dem Off erklärt, dies sei die Wohnung, in der ich gewohnt habe während meines Aufenthaltes in Barcelona, allerdings ungern und stets mit dem Gefühl, jemandem zur Last zu fallen.

Was habe ich getan?

Die Crew sucht mich, Dany liebt mich. Zumindest liebt er mich in diesem Augenblick, in dem ich in seiner Phantasie verschwinde; nur wird das so nicht beschrieben.

Ich wache auf, als Dany an mich heranrobbt und mich umarmt. Wie gewöhnlich berührt er meine Haut, ohne sie zu berühren und bleibt der Mann der Oberflächen, für den ich ihn halte. Statt nach meinem Blick zu suchen, tastet er sich mit geschlossenen Augen an meiner äußeren Hautschicht entlang, als prüfe er die Beschaffenheit meiner Haut und damit die Optionen, dort hindurchdringen zu können, um zu dem Reservoir zu gelangen, das in mir schlummert. Weil die Berührung jedoch oberflächlich bleibt, verschließe ich meine Poren, die vielen kleinen Eingänge, die auch hier zu finden sein könnten, sodass Dany nicht entdecken wird, was sich darunter verbirgt. Und da seine Augen verschlossen bleiben, übersieht er den Weg über meine geöffneten Augen, der es ihm einfach machen würde, in mich hineinzugehen. Das Verborgene kann nur durch den Menschen geäußert und somit veräußert werden, der es nach außen dringen lassen will, aber wenn dieser Mensch keinen Empfänger findet, so äußert es sich am Ende im Schrei, im Gebrüll, im Laut-Sein.

Nicht nur hat Dany sein Tor versperrt, das in ihn hineinführt, sondern er verfehlt zudem den Zugang, der ihm Einlass gewährte in mich, und so bleibt er ihm verwehrt; er verfehlt ihn eigenmächtig, eigentümlich, in eigener Verantwortung und womöglich aus einem ausschließlich für ihn ersichtlichen Grund. Es sind die Polypen, denke ich abermals; es muss einen Grund dafür geben, warum er so unzugänglich ist; zu viele Fragezeichen hält niemand aus.

Nun, da er sich beobachtet wähnt, öffnet Dany die Augen, ja, er bemerkt sehr wohl, dass ich ihn betrachte. Einer, der auf seine Augen vertraut, die ihm Kapital sind, bleibt wachsam, allem und jedem gegenüber: demjenigen, der sich ihm nähert ebenso wie demjenigen, der sich unerlaubt ein nicht autorisiertes Bild von ihm zeichnet. Das fiel mir schon bei unserem ersten Zusammentreffen auf, als ich mich ihm den Hügel hinauf näherte, und er sofort wusste, da ist eine, die sieht mich an, und in diesem Falle war das ich. Auch jetzt bin ich diejenige, die ihn anschaut, wie er dort an mir gedrängt liegt, und er fragt: „Warum schaust du so?"

Bevor ich antworten kann, ihm die Resonanz geben, die er dem Publikum seiner Filme im Kinosaal ebenso abverlangt wie mir, schließt er die Augen wieder. Seine Frage steht im Raum, aber in Ermangelung eines Fensters, das er mir öffnet, verzichte ich darauf, die Gegenfrage zu stellen, die ich hätte stellen wollen oder schreien, die Frage, wo das Gemeinsame geblieben sei und ob es überhaupt jemals existierte. Warum wir nicht miteinander teilen, was wir einsammeln und in unserer Arbeit der ganzen Welt zugänglich zu machen: die Augenblicke, Erfahrungen, Sichtweisen, Beobachtungen. Dany, so könnte ich sagen, ich schaue, weil ich mich frage, warum wir nicht ineinander schlüpfen, während wir hier im Bett liegen; warum wir uns nicht gegenseitig unsere

Bilder wiedergeben und sie miteinander noch einmal ablaufen lassen, um (mit)zu erleben, was uns entgangen ist auf einem flüchtigen Gang durch die Straßen. Und, Dany, wir könnten sie einander ohne Gewalt schenken, denn es gibt nichts zu entreißen, nur sorgsam zu entdecken, wie Hände, die auf Entdeckungsreise gehen, sagen wir: gehen könnten, könnten, könnten, indem sie sich suchend vorwärtsschlängeln, statt sich durchzudrängeln.

Zwischen dem Schlängeln und dem Drängeln besteht ein ebensolcher Unterschied wie zwischen flüchtigem Sehen und bewusstem Sehen. Dany weiß das; er ist nicht ohne Grund berühmt geworden für diese Augen, die er mir abermals verweigert, während er nach mir greift und die Antwort nicht hören möchte, warum ich schaue. Und so bleiben wir zwei getrennte Körper mit vier Augen, ohne finden zu können, was wir uns erhofft haben mögen.

Als er in mich drängt, schließe auch ich die Augen und stelle mir vor, wie er seinen Film auf mich projiziert. Und ich stehe ihm zur Verfügung, blank und schön und nackt und unberührt, und lasse zu, dass er seine Geschichten in mich hineinspritzt, mich mit ihnen füllt, bis ich in einen kurzen bleiernen Tiefschlaf falle, ein schweres und mächtiges Koma, das mich betäubt durch Barcelona streifen lässt und mich davon abhält, auf eigenen Beinen eine tragende Rolle in der Welt einzunehmen.

Ich schrecke hoch, und unerwartet beginne ich zu weinen, kurz nur und leise, denn es gibt keinen Grund zur Traurigkeit, und deshalb stelle ich das Weinen wieder ein und überlege stattdessen, wie das Bild der Traurigkeit aussehen müsste, in dem sie sich (ver)äußert, das heißt, sichtbar gemacht werden könnte: Tränen? Laute? Ein Hilfeschrei? Oder gleicht die Traurigkeit einem amorphen Sumpf? So sieht sie doch aus; das passt zu ihr. Wie aber könnte es gelingen, diesem Sumpf, sagen wir: einer schwarz-gallerten Masse eine Form zu verleihen, und warum sollte jemand das tun wollen? – Um einen Film daraus machen und das Amorphe sprechen lassen zu können, genau!

Zum Beispiel könnte es die Frage stellen: „Wonach sehnst du dich?“ Und jetzt sehe ich sie vor mir, die personifizierte Traurigkeit, dort steht sie: Melancholia, denn was sind die Götter und Göttinnen anderes als der verzweifelte Versuch, den Zuständen des Menschen ihre Gestalt abzuringen, dem Unfassbaren wie den Temperamenten?

Den Wolkengebilden eine Kontur.

Melancholia gilt als die Göttin der Sehnsucht, der Sehnsucht nach umfassender Liebe. „Wonach sehnst du dich?“, lautete die Frage, die sie zu einer Zeit zur Göttin erhob, als bereits niemand mehr an Gottheiten hatte glauben wollen: *O Göttin, lass mich dich umschlingen / Nur du, nur du bist wahr und schön.*

Wer hat das geschrieben? – Gottfried Keller, genau!

„Schaut euch Eva an“, sagte mein Regielehrer bei unserem Abschlussfest an der Akademie. „Ich halte sie für eine heimliche Romantikerin“, und er hatte recht; deshalb fallen mir Zeilen von Gottfried Keller ein, wenn ich es am wenigsten erwarte.

„Wonach sehnst du dich?“ Eben diese Frage könnte ich auch Dany stellen, stattdessen frage ich mich, wie ich die Traurigkeit in einem Film zeigen würde. Ich kenne Darstellungen von Melancholia als einer Frau im weißen Brautkleid, womöglich mit

Maiglöckchen im Arm, aber das hieße, Verrat an ihr zu begehen. Auch auf dem Hügel von Barcelona wachsen Maiglöckchen, aber statt sie zu pflücken und sie mir auf den weißen Bauch zu legen und auf diese Weise ein Bild nachzuempfinden, wie es in einem Film von Dany Platz finden könnte, filmte ich einen Sumpf, der sich unerwartet regt und nach einer Stimme sucht. Ja, ich würde ihr zunächst eine Stimme geben, um sie sprechen lassen zu können, und anschließend erst die Gestalt, figürlich dann doch, um ihrem Blick zu begegnen.

```
SUMPF AUSSEN/NACHT

                 MELANCHOLIA
        Du wunderst dich, dass ich zu dir
        spreche, weil du denkst, ein
        Sumpf sei stumm.

                    DANY
        Vielleicht. Ja.

                 MELANCHOLIA
        Dann hör zu, was ich zu sagen
        habe.
                    DANY
        Hast du denn etwas zu sagen?
```

Und damit endet die Liebesgeschichte, die nie als Liebesgeschichte konzipiert war, sondern allein der Hauptgeschichte diente, um zu erzählen, dass Liebe in Geschichten wie diesen, in denen sie allein dazu benutzt wird, ein bestimmtes Ziel zu erreichen, als Illusion entlarvt wird und somit unweigerlich in den Schoß der Melancholie mündet. Die Geschichte als solche aber ist noch nicht zu Ende, und ich weiß schon eine weitere Szene: Sie zeigt Melancholia, die ihren Sumpf verlässt. Jeder Film sollte immer auch eine Entwicklung darstellen, das gilt für Valeria ebenso wie für Gustavo, für die Baumfrau wie für das Himmolkmädchen, also worauf wartest du noch? Zeig die Entwicklung von hier nach dort, denn alles muss gezeigt werden, solange du dich innerhalb des visuellen Mediums bewegst. Zeig es, damit du dich eines Tages in den Kinosaal stellen und fragen kannst: „Seht ihr das?“ Oder: „Seht ihr das denn nicht?“ Immer geht es um den Versuch, sichtbar werden zu lassen, was uns umtreibt.

Während ich mich von melancholischen Vorstellungen treiben lasse, liegt Danys Arm auf meinem Bauch, als würde ich von einer Schraubzange gehalten; er wiegt schwerer als ein Bund zarte Maiglöckchen.

Hast du nicht etwas übersehen?

Mit einem Mal fühle ich mich nackt, wie ich so neben Dany liege, und deshalb springe ich auf, und er schimpft, weil ihn die unerwartete Bewegung erschreckt habe, wie er sagt.

Während ich mir sein um einige Nummern zu weites Hemd über die entblößte Brust streife, erwäge ich, das Kissen abzuziehen und mir den Bezug über den Kopf zu stülpen, um verborgen zu sein vor ihm oder auch: geborgen auf unvorhergesehene Weise. Nicht einmal Löcher schnitte ich hinein, nur zwei Schlitze, durch die ich aus dem Verborgenen hinausschaue, ohne selbst gesehen zu werden. So kann ich mich seinem Blick entziehen, den ich mir vor kurzem noch herbeigesehnt hatte.

„Warum kommst du nicht zurück ins Bett?“, fragt Dany, aber mich zieht es fort von ihm, und so stelle ich mich ans Fenster.

Bereits als ich das erste Mal das Schlafzimmer betrat, fiel mir auf, wie ungewohnt niedrig dieses Fenster eingebaut ist, als sei der Boden des Raumes im Nachhinein angehoben worden, sodass du besser nicht stolpern solltest, sonst fielest du womöglich durch den Rahmen und schlügest auf der Straße auf, die aus dieser Perspektive betrachtet weit unten liegt. Das ist gut, um sich einen Überblick über sie verschaffen zu können, und schlecht, wenn du stürzt.

Dany rollt zur Seite und dreht mir den Rücken zu; das kann ich sehen, denn wie er trage ich Augen an den Schulterblättern, die ich immer dann gebrauche, wenn ich mich jemandem nicht zuwenden will. Mit den Augen in meinem Gesicht wiederum starre ich durch das Fensterglas, als könne es mir geben, was ich vermisse, als könne ich es als Wirt benutzen, um teilzuhaben am prallen Leben. Auch vom Schlafzimmer aus kann ich die Rambla sehen, und abermals höre ich das Abenteuer rufen, ihm zu folgen, aber zwischen mich und dem, was mich erwarten könnte, schiebt sich abermals die Göttin der Melancholie ins Bild und verstellt mir die freie Sicht, und so tobt das Leben, von mir ungelebt, an diesem Fenster vorbei, das auf es hinausweist und mich gleichzeitig auf mich selbst zurückweist. Ich widerstehe der Versuchung, die Verriegelung zu lösen und hinunterspringen. *Freitod* nennt sich, was ich mir vorzustellen erlaube, der Tod, der in die Freiheit führt, aber nach Sterben ist mir nicht zumute, auch wenn eine geringfügige Bewegung genügte, diesen Schritt zu wagen; so niedrig ist das Fenstersims, dass ich mich nur nach vorn zu kippen und fallen lassen bräuchte.

Ich drehe mich um und sehe, dass Dany sich tatsächlich abgewendet hat und eingeschlafen ist, sein Unmut offenbar vergessen, der keine Wurzeln schlagen konnte in meinem Sumpf. Nun, da seine überbordende Präsenz ausgeschaltet ist, kann ich atmen.

Ich hole mir einen Stuhl und rücke ihn an das Fenster, nehme ihn wieder ein, meinen Fensterplatz, den Platz im Zuschauerraum, von dem aus ich die Bühne betrachte. Alles betrachte ich, was um mich herum geschieht. Durch die Fehlkonstruktion des Fensters ist es ein Leichtes, sitzend zu beobachten, was draußen auf der Rambla vor sich geht, und ich notiere im Geiste, was ich sehe, und vergesse, dass ich nicht mehr acht Jahre alt bin, sondern jederzeit dorthin gehen könnte, wohin es mich zieht; überallhin könnte ich gehen. Aber hier ist es schön ruhig, und so bleibe ich.

Nur kurz stehe ich noch einmal auf, um Danys Jackentasche eine Zigarette zu entwenden, die ich anzünde, obwohl er es hasst, wenn im Schlafraum geraucht wird. Der Schlafraum ist der einzige Raum, den er erfolgreich nikotinfrei zu halten versucht in dieser Wohnung. Außer dem Schlafzimmer hat er bereits alle anderen Räume zugepafft, um seine Spur zu hinterlassen. „Auch optisch", so hatte er mir am ersten Abend erklärt, als ich mit ihm gegangen war und wir für kurze Zeit auf dem Sofa saßen, in der Anstands-Spanne, die wir uns gaben, bevor wir das Bett aufsuchten.

Ich fragte: „Rauchst du?" Und statt einer Antwort sagte er: „Du weißt, wie schnell es sich absetzt, das Nikotin. Einen idealen Sepia-Filter ergibt das, mein

Liebes." Und dann küsste er mich mit seinem Nikotinatem, den ich noch immer aufregend finde, inzwischen weiß ich wieso: weil er suggeriert, nach einem Leben zu riechen, wie es sich dort draußen zwischen den weggeworfenen Kippen abspielt, nach dem Unerlaubten, dem Wilden, Frechen, nach einem nicht allein gedachten, sondern einem gelebten Leben.

„Gib mir deinen Atem", sagte ich und vergaß, dass ich ja die Bedeutung dieser Worte kannte und wusste, dass „Gib mir deinen Atem" als Aufforderung verstanden werden kann, animiert werden zu wollen.

Während ich untätig am Fenster verweile und das Leben beobachte, schmecke ich die Zigarette und denke, dass sich ihr Geschmack bereits mit der ersten Zigarette, die ich mit Esteban rauchte, als etwas Vertrautes in mir ausbreitete. Der Vorgang muss in das Körpergedächtnis gewandert sein und dort darauf gewartet haben, eines schönen Tages wieder abgerufen zu werden, so wie ich darauf warte, dass die Zeit vergeht, ja, beinahe kann ich zusehen, wie sie vergeht, während Dany schläft und schläft und sich im Schlaf unbemerkt vollqualmen lässt. Und auch ich hülle mich in eine Wolke aus Rauch, aber das Leben, von dem ich nur träume, wird auf diese Weise nicht aus mir herausgeräuchert werden, um schließlich aus dem Dunkel hervorzutreten.

Nach der Zigarette rühre ich mich kaum mehr und denke, ich werde einfach weiter warten. Warten, bis die Dunkelheit geht und auf der Rambla die Lichter gelöscht werden. Dany schnarcht wieder. Er müsse sich die Polypen entfernen lassen, so sagte er damals, bevor wir das erste Mal nebeneinander einschlafen würden, und als er das sagte, da dachte ich, es könne keinen anderen Grund geben als die Polypen, ihn jemals zu verlassen. Daran glaubte ich und wollte ich glauben.

Von oben erklingt Musik durch die Deckenwand. Jemand muss den spanischen Klassiksender aufgedreht haben, denn ich höre eine Opernstimme. Das muss Orpheus sein: „Süße Liebe, deine Fesseln", so singt er. Und Fesseln sind es auch, die mich hier halten, ohne Liebe halten sie mich; jedenfalls sind mir die Beine gebunden, sodass ich nicht nach Hause laufen kann, nein, anders, ich habe mein Zuhause verloren, das es einzig und allein in mir selbst hätte geben können, aber dort komme ich augenblicklich nicht hin. Der Platz in mir ist ebenso begrenzt wie die Dauer meiner Anwesenheit in Barcelona, die der Zeit entspricht, die es benötigt, einen Film von neunzig Minuten Länge zu drehen, die Minuten und Stunden und Tage, die es benötigt, alle Zeit der Welt auf eine erzählte Essenz zu verdichten. Dafür, und nur dafür, mietete ich mich ein, und ich wählte einen Ort, von dem ich von Anfang an wusste, dass ich mich dort nicht würde wohlfühlen können. Und da ich die Gegenwart von Nancy meiden wollte, und somit mein temporäres Zuhause meiden musste, kam es mir gelegen, wie rasch sich meine Geschichte mit Dany entwickelte, die mir das unausgesprochene Versprechen gab, in der Filmwelt ein neues Zuhause finden zu können: in der Nachbarschaft vom Ruhm oder, wenn nicht vom Ruhm, so doch in der Nachbarschaft zu einer Stimme, die, anders als die meine, in der Lage ist, ins Außen zu dringen; es gibt Stimmen, die sich ihren Weg durch Deckenwände bahnen, um gehört zu werden. Solche Stimmen finden ihr Publikum, statt stumm in einem Traum zu verklingen, der sich als einer dieser Alpträume entpuppt, wie du sie aus deiner Kindheit kennst und in denen du auf der Stelle läufst: Du willst fort, doch die Beine sind dir gebunden. Offenbar ziehen sie sich manches Mal bis in das Erwachsenendasein hinein. So und nicht anders bewege ich mich auch im Wachzustand und versäume es, Bewegung in die Sache zu bringen, indem ich zum Beispiel dem Himmel ziehende Wolken hinzufüge, dort, wo sich die Fläche still zeigt und tot. Dabei hatte ich dieses Detail niemals vergessen wollen.

Rauf auf den Baum, sage ich zu mir, rauf auf den Baum und von dort aus die Puppen tanzen lassen, es sind deine Figuren. Zu spät, der Film ist bereits im Kasten. Also bleibe ich weiterhin bewegungslos sitzen und vermeide es dadurch, allein auf den Straßen unterwegs sein zu müssen. Immer kann jemand in einer der Ecken lauern, in der du niemanden vermutest. Ja, ohne Dany bin ich der Welt schutzlos ausgeliefert, und deshalb muss ich bleiben: weil sich um diese Zeit finstere Gestalten tummeln, Schatten und schwarze Gallerte. Und nicht nur um diese Zeit lauern sie dir auf, die Bösewichte, nein, stets sind sie um dich herum und kleiden sich dabei in die Gestalt eines Produzenten oder eines Regieassistenten oder eines Entscheidungsträgers, schlüpfen in den Körper eines Oberbeleuchters oder eines Geliebten. Dies ist ein Umstand, der meine Freiheit einzuschränken droht, mehr noch, als es Polypen tun.

Die Polypen sind dennoch ein Problem.

Ich stehe auf, um Dany einen Stoß zu versetzen. Kurz ist es still. Ich schlinge mir eine Decke um die schmalen Schultern, es ist kühl in dem gefliesten Zimmer, und setze mich in einigem Abstand zu ihm auf das Bett, betrachte seine eingewickelte Gestalt, die undurchlässig wirkt, mumifiziert, als läge Dany in einem Sarg, in dem er darauf wartet, statt in die Nacht in einen neuen Tag zu fliegen.

Ein lichtaffiner Vampir.

Und während ich das denke und ihn aus dieser Distanz heraus betrachte, erinnere ich mich daran, wie er gesagt hatte, am Ende werde ich ihn, ausgerechnet ihn, den harmlosen Gutmenschen, zu einem Antagonisten ausgestalten, aber das musste ich nicht tun, denn er ist ganz von selbst, in aller Eigenmächtigkeit seines Menschseins, zum Antagonisten geworden: zu einem Bilderdieb, der mir die Farben aus dem Körper leckt, einem Vampir, der Energie schlürft, einem Monster, das ich monstern lasse, einem Täter, den ich Täter sein lasse, innerhalb eines Musters, an dem ich mitgestrickt und in das ich mich freiwillig hineingewoben habe. Ich hatte mich zur Achtsamkeit angehalten und nicht bemerkt, wie Dany die Träume aus mir heraussaugt, ohne mich zu wecken.

„Es gibt keine Vampire", so höhnte ich noch vor kurzem. Auf diese Art hoffte ich, sie aus meinem Bewusstsein zu bannen, ebenso wie aus meinen Träumen, ja, ich behauptete sogar, sie seien nichts anderes als Fiktion, aber natürlich weiß ich es besser: Vampire sind überall, und du kannst ihr Verhalten nur steuern, wenn du selbst sie erschaffen hast. Dany gehört mir wie Frankensteins Monster seinem Schöpfer, so hatte ich in meiner Überheblichkeit gedacht und vergessen, dass er keine Schöpfung von mir ist, sondern es ihn bereits gab, während der Autorin von *Frankenstein* sowohl der Doktor selbst als auch dessen Monster zusteht, denn stets gehören die erfundenen Gestalten der Herrscherin, deren Kopf sie entspringen. Sie allein trägt die Verantwortung für das, was sie tun und was sie darstellen und als wer oder was sie wahrgenommen werden.

In was für eine Geschichte bin ich eingeschrieben? Wer schreibt Dany, wer mich? Es muss etwas Drittes geben, das unsere Schritte lenkt. Ich wünschte, alles, was hier geschieht, nähme sich weniger real aus, und bedaure, nicht in einem Puppenfilm gelandet zu sein, in dem ich das Irreale als künstlich entlarven und somit ohne Weiteres von der Wirklichkeit unterscheiden könnte.

Über diese müden Gedanken sinkt mein Kopf zum Brustbein, und ich schlafe mich bis tief in einen Traum hinein, in dem Dany mich mit seinem Körper erdrückt, sodass ich zu ersticken drohe. Ich ringe um Luft, fühle mich lebendig begraben, will etwas sagen, etwas singen, ein Lied geistert mir im Kopf herum, aber ich bringe es nicht aus mir hinaus. In einem kalten Rechteck stecke ich fest, vermutlich einer Kamera, und noch während ich mich in den Wachzustand emporarbeite, wandert die Liedzeile aus dem Traum in mein Bewusstsein, mit dem ich registriere, dass ich vornübergefallen sein muss und meine Wange an der Bettkante zum Liegen gekommen ist, in dem Bemühen, den größtmöglichen Abstand zu Dany zu wahren.

Ich schüttele ab, was ich geträumt habe, lediglich die Melodie schwirrt weiterhin durch meinen Kopf, und in ihr wiederholt sich die einzelne Liedzeile: *Toys could never come alive*. Und ich muss an die Puppe in meinem Zimmer denken, die ich mir lebendig gewünscht hatte, als ich noch in den Kindergarten ging, nein anders: Sie war lebendig und gestaltete mit mir unser gemeinsames Leben. Meine Freundin Vanja lachte mich aus, sagte: „Eva, Eva, zähm deine

Phantasie. Das ist eine Puppe, und Puppen leben nicht, weißt du das denn nicht?"

Ich begann zu weinen, rannte weinend zur Kindergärtnerin und beklagte mich über meine Freundin, liebkoste dabei meine Puppe, meine lebende Puppe, der man seine Wesenheit abgesprochen hatte mit dem vernichtenden Satz: „Puppen leben nicht."

Und was sagte die Kindergärtnerin? „Vanja hat recht, mein Kind", sagte sie. „Das ist eine Puppe, und Puppen können niemals lebendig werden."

Und ich weinte und weinte, ohne mich beruhigen zu können, so groß war die Solidarität mit meiner Puppe, so groß der Schmerz, und so groß ist jetzt die Solidarität mit mir, Eva, der erwachsenen Frau, die nicht lebendig zu werden vermag. Es gelingt ihr nicht, und deshalb weine ich auch heute und versuche nicht, die Tränen zurückzuhalten, die dem Kindergartenkind gelten und der möglichen Leben, die auf verstaubten Regalen hocken.

Wer hat mich ausgetrunken, frage ich mich und zögere nicht mit der Antwort: Ich mich selbst. Die Angst vor dem Sprung in die Freiheit, die Umbesetzung der Rolle der Gestalterin, die das Risiko für sich und ihre Arbeit trägt, in die des Opfers.

„Eva?", fragt Dany, der ohne Übergang hellwach ist. „Warum liegst du dort an den Rand gedrängt? Alles in Ordnung?" Er robbt an mich heran und beginnt, meinen Rücken abzutasten, den ich ihm weiterhin zugewandt lasse, während ich mir die Tränen abwische und die Berührung entgegennehme, denn sie tröstet mich. „Wir werden noch ungekannte Höhenflüge erleben", hatte Dany gesagt, und ich verstand: Wir beide, du und ich, gemeinsam.

„Weißt du, wie sehr ich dich brauche und von dir zehre?“, so sagt er jetzt.

Ich spüre die Verlockung, Nahrung für jemanden zu sein, der zu verhungern droht ohne mich, und gleichzeitig fühle ich mich ausgemergelt, denn wie Carlota lasse ich mich in die bedingungslose Anämie treiben, nur, damit ein anderer genug zu futtern bekommt. Dany verschlingt mich mit seinem unersättlichen Appetit; das mag in einem sexuellen Sinne aufregend klingen, aber praktisch? Im Leben? Im praktischen Leben sorge ich als sein Blutbeutel für Nachschub; das klingt weniger attraktiv. Ich hatte es befürchtet, die Häute sind dünn und werden allzu leicht perforiert, wenn man in sie hineinbeißt. Ja, ich spüre es mit jeder Sekunde deutlicher, wie er meinen Mut in sich hineinschlürft; jetzt kann ich es sogar hören, das Schlürfen, mit dem er sich über mich beugt und seinen Rüssel in mich sticht, um mir die Ressourcen zu entziehen, noch bevor sie von mir geborgen werden könnten.

Das unbekannte Land in mir.

Mit Oliver konnte ich sein und er in mir und die Bilder in mir und alles in mir, ohne Saugen und Nuckeln und Reißen, sondern in einem gegenseitigen Geben. Doch während ich Oliver und seine Liebe auf Abstand hielt, um zu verhindern, missbraucht werden zu können, ging ich Dany in die Falle, oder sagen wir: dem verkörperten Versprechen, meine Schattenwelt verlassen zu können und durch ihn einen Zugang zum Licht zu bekommen. Daran halte ich fest, und wenn er noch so oft seine Zähne in meinen Hals schlägt, um sich einen Weg über die Adern zu meinen Bildern zu bahnen und sie sich auf diese Art einzuverleiben, rechtmäßig, so denkt er wohl.

Er hat mich gewarnt, nur schlug ich die Warnung in den Wind, die in seiner Behauptung lag, die Bilder müssten der Natur gewaltsam entrissen werden. Das ist es, was Dany tut: Er entreißt sie dem Leben um ihn herum, aus mir oder jemandem anderen, stibitzt sie wie die Krümel eines Butterbrotes, die auf dem Teller liegen oder auf der Plaza und in einem Moment der Unaufmerksamkeit von einem Spatzen entwendet werden. Und alles, was er an Schätzen erbeutet, rührt er durcheinander und presst es in neue, andere Bilder, seine Bilder, um sie später nach seinen Maßgaben und auf seine Weise zu montieren. Aber jetzt traue ich mich, das zu tun, was ich mir im Falle des Falles, dass mich auszutrinken und trockenzulegen droht, zu tun vorgenommen habe: beißen.

Selbst beißen.

Ich werfe mich ihm an den Hals, so dachte ich, also tue ich das jetzt auch: Ich werfe mich ihm an den Hals, denn anders ist es nicht möglich, ihn auszusaugen. Nun also ist es geschehen, und ich bin ebenfalls in eine Vampirin verwandelt worden; das erklärt auch die Bisswunden an meinem Hals. Ich beiße Dany in die linke Seite seines Nackens, die Haut ist zart, wenige Härchen kringeln sich von der Brust hierherauf, ich fühle sie mit der Zunge, kurz nur, denn sie ist mir Hindernis auf meinem Weg, sodass ich sie einrollen muss, um den Eckzähnen freie Bahn zu verschaffen, den Spitzen, mit denen ich einen Zugang zu seiner Hauptschlagader erhalte.

„Alles in Ordnung?", fragt Dany noch einmal.

„Sicher ist alles in Ordnung", sage ich. „Warum sollte etwas nicht in Ordnung sein?"

Dany drängt näher an mich heran; ich spüre das Drängen, mit dem es ihn in mich drängt.

„Lass es“, sage ich.

„Dann eben nicht.“

Er steht auf und geht ins Bad. Ich höre, wie er den Wasserhahn aufdreht und sich seine Erregung hinunterwäscht und mit der Erregung auch die Erregung dieser Stadt, die er ebenso missbraucht wie ich sie zu missbrauchen plante.

Ich nehme die Decke und ziehe sie mir über den Kopf. Was bin ich wert als Vampirin, frage ich mich und stelle damit abermals ungewollt die Frage nach dem Wert, den ich mir einzuverleiben suchte durch diesen Mann, seinem Set, die Sonne, die ich herbeibetete, ohne mich zuvor vergewissert zu haben, ob sie mich nicht zu Asche verbrennen könnte. Ich lieferte mich freiwillig aus und bleibe in erster Linie mir selbst ausgeliefert. Und wenn Dany aus der Dusche kommen wird, ist auch er blank und nackt und ausschließlich sich selbst ausgeliefert, ja, bedürftig auf eine Weise und weder technisch noch durch musische Umhüllung abgesichert. Und deshalb wird er mich anschauen und meinen Blick suchen mit seinen großen Augen: aus dieser Bedürftigkeit heraus, die um Rückversicherung bittet. Er wird mich anschauen mit einem Blick, den auch ich suchte, weil ich mir von ihm, dem großen Dany, die Selbst-Werdung versprach und ihn aus diesem Grunde sogleich als anziehend empfand, damals, als wir uns zum ersten Mal auf dem Hügel gegenüberstanden. Denn nichts anderes meint Anziehung als die Spiegelung von Bedürfnissen. In seinem Blick spiegelte sich mein Traum nach Erlösung: „Ich werde dir die Welt zeigen.“ Und umgekehrt: „Ich werde dir meine Träume zeigen.“

Das Verlangen ist unschuldig, aber das Verlangen nach Erlösung ist es nicht, und wer möchte nicht wie Valeria, Carlota, ich, die Rolle der Erlöserin spielen, und sei es für kurze Zeit, um die eigene Wahrheit einzuschläfern?

Wie sieht sie aus, deine Wahrheit?

Es ist an der Zeit, aufzustehen, denke ich, schüttele mich aus und werfe die Decke, die über meinem Kopf liegt, fort von mir. Dann atme ich tief durch, stehe auf und klaube, kaum auferstanden, hastig meine Kleidungsstücke zusammen, bevor die großen Augen aus der Dusche kommen. Ich werde ihnen ein für alle Mal entgehen, nur leider ist Dany schneller als ich, wieder einmal schneller, und besetzt den Raum, bevor ich ihn ihm hätte überlassen können. Da steht er, mit glitschig glänzender Haut, auf der sich Tropfen gebildet haben.

„Willst du mich zu Tode bringen?", fragt er erschrocken, als ich in ihn hineinlaufe. Er wirkt, als habe er soeben ein Gespenst gesehen, weil ich so unerwartet seine geplante Route (durch)kreuze, und nagelt mich fest mit einem Blick, der mich zurück aufs Bett schiebt, in der Art, wie es einzig und allein Vampire können, denn sie sind geschult in Hypnose. Dann nähert sich sein Mund, er küsst mich, ohne abzuwarten, ob ich diesen Kuss erwidern werde, schon ist er wieder fort und steht vor dem Kleiderschrank, wo er sich pfeifend ein frisches T-Shirt herausholt.

Ich kann nicht entkommen, also schließe ich die Augen, mache einen Schwimmzug und kraule ans Land, an den Strand. Dort lasse ich mich im Schneidersitz im Sand nieder. Mein Ohr schmerzt, ich denke, dort hat sich jemand festgesetzt, um

Resonanz zu finden und verstopft mir den Gehörgang. Nichts schwingt mehr.

Das Wasser ist so instabil wie die Zukunft, die vor mir liegt, und wenn es stimmt, dass Wasser für das Unbewusste steht, dann fische ich im Trüben, wieder und wieder im Trüben, so sehr ich mir die Klarheit hinter den Algen ersehne.

Ich lege mich rücklings in den Sand und betrachte die Wolken, stelle mir Elena vor, wie sie von oben auf mich herunterschaut und mir zuruft, mich nicht dem Hass zu überlassen. Die Sandkörner kribbeln auf meiner Haut, es juckt, das Ohr schmerzt, ich fühle mich blutleer und erschöpft. Ausgelaugt bin ich. Alle schöpferische Kraft ist aus mir hinausgeflossen, ohne dass ich zwischendurch hätte nachfüllen können, sagen wir: nachgefüllt habe. Eine einzelne Szene steigt in mir hoch. Ich denke, sie erzählt das Ende der Geschichte:

STRAND AUSSEN/TAG

Eva krault an Land. Als sie aus dem Wasser steigt, sehen wir, dass sie nackt ist. Offenbar hat sie kein Badezeug bei sich, und so legt sie sich ohne Handtuch auf den Sand, um ihre Haut zu trocknen. Sie ist allein. Verloren schließt sie die Augen und stirbt. Vor Erschöpfung. Vor Blutarmut. Es gibt niemanden, der sie retten könnte, keinen noch so beliebigen Menschen, der vom Strand in das Hotel am Meer stürmen würde, um nach der passenden Konserve zu suchen, der richtigen Blutgruppe.

VIII.

Dany winkt mich zu sich heran, noch bevor ich die Kuppe des Hügels erreicht habe.

„Komm," ruft er, „komm, Eva, schau, ich bin kurz vor dem Durchbruch. Zeig mir, was fehlt."

„Ich komme", flüstere ich. Erschöpft, wie ich bin, knicke ich leicht ein und fühle nichts mehr inmitten dieser Leere, die in mir ist, und denke, er hat meine Bilder eingesammelt und sie in das kalte Gehäuse gesperrt, nachdem ich es zuvor versäumte, sie eigenständig in die Außenwelt zu entlassen, weil ich dem Irrtum unterlag, sie müssten von jemandem anderen gehoben werden, dies notfalls mit Gewalt. Und nun liegen sie zusammenpfercht in seinem technischen Gerät, der Kamera, diesem kleinen schwarzen Kasten, der die Welt bedeutet für ihn, ja, dort liegt die Essenz von dem, was ich bin, hergestellt durch den Prozess der Veraschung. Und noch später spuckt Dany diese Essenz auf Leinwand, um sie einem Publikum zu präsentieren, das willkürlich darüber entscheidet, ob es den Film mag, während es selbst nach Gesehen-Werden strebt. Und ich sitze im Kinosaal, und der Film, der uns gezeigt wird, kommt mir bekannt vor. Er ist mir auf unheimliche Weise vertraut und fremd zugleich, denn alles, was ich zu geben hatte, wurde in Einzelteile zerlegt und neu zusammengesetzt.

Wie soll ich da etwas wiedererkennen?

Ich mich?

Wo bin ich? – Du findest mich im Kasten.

Dort liege ich, lebendig begraben, es ist wahr, denn er hat nicht allein meine Bilder, sondern auch mich selbst eingefangen und dort hineingesperrt. Und nun bin ich verschwunden, weil ich vergessen hatte, dass Frauen nicht leben können auf diese Art. Es stimmt, ich bin längst im Kasten, und noch während ich darin verschwand, redete ich mir ein, dass ich freiwillig dort untertauchen würde, ja, es meine Entscheidung sei, und in gewisser Weise stimmt es sogar: Ich bin geflüchtet, aufs Stativ hinauf und in den schwarzen Kasten hinein und dann verhökert worden an die Maßlosigkeit.

An die Gier.

Wie dem auch sei, bist du erst einmal dort, dann heißt es Abschied nehmen. „Komm zurück", rufe ich mir zu, aber ich höre mich ebenso wenig, wie Dany mich hörte, als ich sagte: „Wir befinden uns in einem gemeinsamen Arbeitsprozess." Und: „Wir unternehmen eine gemeinsame Geschichtsschreibung." Ich benutzte das Wörtchen *Wir*, aber dieses *Wir* war eine eigens von mir entworfene Treppe, auf der ich nach oben zu marschieren gedachte, nachdem ich nun schon zu Dany ins Bett gestiegen war.

Ist es so? War die Absicht, durch eine Beziehung zu ihm aufsteigen zu können, der heimliche Ausgangspunkt für meinen Flug nach Barcelona? Gab sie mir den Antrieb für einen Flug ohne Flügel? War die Idee vom großen Regisseur, dem großen Kreator, und mir, neben ihm, an seiner Seite, der heimliche Leitgedanke für all meine Handlungen und ist es noch immer? Kann die Teilhabe an seinem Ruhm als Motiv herhalten, ihm nahe sein zu wollen? Die Hoffnung, als Freundin von ..., Frau von ..., kurz: durch ihn in die Öffentlichkeit der Filmwelt treten zu können?

Ich bin nicht sicher, ob es sich so verhält, oder ob ich nicht einfach verliebt war oder sexuell angezogen oder inspiriert und ich meine Handlungen, die mich zu ihm führten, erst im Nachhinein als ausgeklügelten Plan interpretiert wissen will.

In einem Film sind die Motive der Handelnden größtenteils eindeutig und klar, zumindest für diejenigen, die diesen Film (er)finden, so soll es sein, und selten wagt es jemand, diffus zu bleiben, wie Dany es tut. Aber im Leben, ja, im Leben, da machen die Figuren, was sie wollen, da machen die Menschen, wie und was ihnen gerade in den Sinn kommt, und die Motive werden anschließend nachgeliefert und Erklärungen gesucht und eine willkürliche Logik wird dort hineingebracht, wo es sie nicht gibt oder allein von einem übergeordneten Schöpfer erkannt werden kann. Jedenfalls ist meine Treppe ziemlich wackelig, denn sie ist auf undurchsichtiges Fundament gebaut, in dem womöglich die eine oder andere Leiche versteckt liegt, aber vermutlich verhält es sich eher so, dass ich den Platz unter der Treppe als Versteck nutze, in das ich mich jederzeit zurückziehen kann wie ein Gespenst, das sich nicht hervorwagt aus seinem Schatten, um sich nicht der Sonne aussetzen zu müssen. Aus dem Dunkel heraus zu agieren macht vieles einfacher, und das war es ja auch, was ich dachte, als ich Dany meine Träume offenbarte, um sie ihm stolz in die Feder zu diktieren.

Schau jemandem zu, wie er Fisch brät oder einen Film dreht, warte, bis derjenige fertig ist mit dem, was er da tut, und frag ihn: „Was soll ich tun?" Warte noch ein wenig länger, lass dich abhalten davon, die Verantwortung für dein Befinden zu ergreifen. Beklage stattdessen die Lage, in die dich das Warten hineinbringt, denn das macht die Sache einfacher. Solange du stehenbleibst, kannst du nicht stolpern. Nur wenn du losrennst und die eine oder andere feindliche Linie durchbrichst, wirst du hier und da auf die Nase fallen.

Ich will mich verkriechen und gleichzeitig im Licht stehen, schicke Dany vor und lasse ihn sich nach vorn drängen, weil ich liebend gern darauf verzichte, mich zerlegen zu lassen wie eine gebratene Forelle. Indem er derjenige ist, der meine Bilder präsentiert, liefere ich mich nicht aus, aber liefere andererseits auch nichts ab, was nicht durch sein Auge kontrolliert und eingerichtet und angeordnet wurde, und so bleibe ich in seinem Schatten, das Schattenwesen, zu dem er mich mit seinem Biss machte und zu dem ich mich machen lassen wollte, auf ewig angewiesen auf das Blut anderer, während er den Stoff, aus dem die Träume sind, weiterhin in seine Venen transfusioniert, auf dass er in seinen Blutkreislauf wandere und weiter zu seinen Augen, schon höre ich, wie Dany begeistert aufschreit: „Ich kann es sehen, endlich sehe ich, was zu tun ist!“

Und dann rennt er los, auf direktem Weg rennt er zu Luis und flüstert ihm ein, wie es aussehen muss, das Bild, das sie drehen werden, während ich den Dreh auf dem Monitor verfolge und meine Szenen wiedererkenne, meine Erzählungen, die sich jetzt ohne mein weiteres Zutun ausformen.

Die Frage der Zugehörigkeit lässt sich in Bezug auf Bilder schwerer beantworten als in Bezug auf einen Joghurt; vielleicht gehören sie allein sich selbst.

Aber nicht allein die Bilder sind es, die Dany in Besitz nimmt, sondern die ganze Welt, auch mich, und ich lasse zu, dass er ebendies tut. Dany tut dies, und Dany tut das; die erfolglose Filmemacherin redet sich auf dumme Sager heraus. Sie fokussiert auf einen ihr fremden Filmemacher, während er vermutlich nicht einmal möchte, dass sie immerzu nur auf ihn starrt. Wer möchte sich schon einen Schattenkünstler ans Bein binden, so dachte ich bereits an meinem Tag mit Blick auf Bette Davis oder Marta oder Dany oder die Künstlerin, die ich selbst bin und es dankend ablehnt, jemanden mitdurchzufüttern.

Die Frage ist: Möchte ich mich besitzen lassen? – Was glaubst du?

Ich habe gelesen, dass Nomaden keinen Begriff kennen, um *Besitz* zu beschreiben, und dass dieses Fehlen eines Wortes als Zeichen von besitzlosem Denken interpretiert werden könne und somit zudem die Gleichheit zwischen den Geschlechtern impliziere. Auch ich scheue mich vor dem In-Besitz-Nehmen, aber besessen bin ich dennoch, und zwar von dem Zorn darüber, dass Dany mich bestiehlt, während ich dachte, er zeige mir den Weg, meinem geistigen Eigentum Beständigkeit zu verleihen, und deshalb kann ich einen Gedanken wie: *was gehört wem?* noch so sehr zu überwinden anstreben, ich denke dennoch, he, das da auf dem Monitor, das ist ja mein Film.

Meiner allein.

Ich sage nichts, denn ich habe nichts zu sagen. Nun schrei doch oder beiß, aber nein, ich bleibe sitzen, sitze auf meinem Klappstuhl und schreibe stumm an der Geschichte weiter; nur will mir nicht einfallen, wie es weitergeht mit der Handlung und wie ich sie bebildern soll. Ich bin weder eine Nomadin noch eine starke Frauenfigur im Sinne der Erfinder, sondern einfach ein Mensch, der verabsäumt, sich mit dem zu beschäftigen, was er tun will. – Ich weiß, ich weiß.

Könnte ich jetzt eine neue Figur einführen, müsste ich nicht lange überlegen, wem ich Einlass gewährte in meine Geschichte. Es ist Oliver, der unvermutet auftritt, um diesen einen Satz zu sagen: „Don't waste your skills." Sich zur richtigen Zeit an die richtigen Worte zu erinnern und sie zu wiederholen ist eine der Fähigkeiten, die ihm zu eigen sind. Und anders als ich es möglicherweise tue, wirft er sie nicht weg, diese Fähigkeit, sondern stellt sie anderen zur Verfügung, damit sie ihnen, in diesem Falle mir, zugute kommt. In dieser Hinsicht denkt Oliver nicht in Kategorien wie Besitz, sondern folgt der Überzeugung, dass alles, was ein Mensch kann und weiß, hergeschenkt gehöre. Niemand dürfe mit seinen Fähigkeiten geizen oder sie allein profitabel einsetzen, so sagt er, und so gesehen ist es meine verdammte Pflicht, meinen verdammten Film zu drehen, denn das entsprach meiner Absicht, seit ich im Alter von acht Jahren am Fenster Amseln gezählt hatte: Filme zu machen, die ich mit der Welt teile, um anderen meine Sicht der Dinge zu schenken und sie der ihren hinzuzufügen. Es ist meine verdammte Pflicht, meine einzigartigen Augen zu benutzen, als Eingang und als Ausgang, in beide Richtungen, um eine Brücke zu erbauen, die dich ins Herz der Welt hineinspazieren lässt, um sich diese Welt anzueignen, ohne sie besitzen zu wollen und ohne Gewalt ausüben zu müssen, denn du brauchst sie, und sie braucht dich, um nicht zu versumpfen, sondern aus dem Sumpf eine Gestalt zu gebären, aus dem Tohuwabohu eine Ordnung zu schöpfen, aus der Ursuppe ein Gericht, aus dem Zeugungsgemisch ein Kind.

„Halt," schreie ich, als Dany anfangen will, zu drehen, „so war das nicht gemeint!"

Er hört mich nicht, aber das Gespenst ist verschwunden. Ich denke, ich habe es letzte Nacht gefangen, ohne es zu bemerken. Der Platz unter dem Treppenabsatz passt nicht zu ihm, denn ein Gespenst darf ans Licht; es ist ja kein Vampir.

Ich verlasse den Klappstuhl, schleiche mich davon und laufe zum Meer hinunter. Weiter hinten am Strand sehe ich Herbert, aber vielleicht täusche ich mich, und es ist Dany, der mich sucht, weil ich ihm abermals davongelaufen bin. Ich ziehe mich aus und springe ins Wasser.

```
STRAND AUSSEN/TAG
Eva krault an Land. Als sie aus dem Was-
ser steigt, sehen wir, dass sie nackt
ist. Offenbar hat sie ihr Badezeug ver-
gessen und legt sich ohne Handtuch auf
den Sand, um ihre Haut zu trocken. Sie
ist allein.
```

Die Szene kenne ich, aber was geschieht dann? Was geschieht, bevor wir auf das nächste Bild schneiden? Was geschieht in der Lücke, die dem Publikum gelassen werden soll, um nicht glatt, das heißt pornografisch, zu werden? Erwartungshaltungen bei der Rezeption von Filmen sind tückisch, denn wenn ich die Geschichte nun von vorn aufrolle, sie mir anschaue, wie ich sie bisher niedergeschrieben habe, so müsste ich in der nächsten Einstellung tot am Strand liegen, aber das lasse ich nicht zu, und ich brauche auch keine Zulassung dafür, denn als Autorin bin ich alleinige Herrscherin über meinen Kosmos; na bitte, wer sagt es denn? Der Film verwandelt das Leben in sich selbst und macht das Tote lebendig.

Ich schlage die Augen auf und sehe, wo ich bin: In Danys Wohnung, wieder bin ich in seiner Wohnung. Ich muss geschlafen haben, und auch Dany schläft. Traumlos gleitet er dahin, so beschrieb er es, und träumt dabei von mir. Oder von Marta. Oder von Blutkonserven, die Künstlerinnenblut beinhalten. Es ist mir gleichgültig. Ich glaube nicht länger daran, dass ich etwaigen Blutverlust nur dadurch kompensieren kann, dass ich selbst zur Vampirin werde. Nein, ich möchte keine Vampirin sein, der ein Platz an der Sonne nichts bedeutet außer das eigene Verderben. Blut und Wasser kannst du schwitzen; es ist genug für alle da.

Ich nehme mein Heft vom Nachttisch, gehe in die Küche und setze einen Kaffee auf, wie ich es immer tue, weil ich ja die Hospitantin bin und fähig, den allerdelikatesten Caffè zu kochen, wenn die Voraussetzungen stimmen.

Wenn, wenn, wenn.

Während ich der Espresso-Kanne beim Arbeiten zuschaue und warte, dass sie tut, was zu tun ich ihr auftrug, fällt das Licht schräg zum Fenster hinein und zeichnet ein Quadrat an die Wand, und ich denke, in dieses Quadrat kann ich hineinsteigen und auf der anderen Seite wieder hinaus; wenn du der Welt begegnen willst, dann gibt es keine Grenzen, die dich aufhalten können, sondern einzig und allein Brücken, die frei zugänglich sind. Nicht ich bin es, die sich vor Gespenstern hüten muss, Dany sollte sich hüten, denn ich hüte das Licht. Soll er mich als Muse abwählen; mich kümmert es wenig, denn wer will schon Muse an der Seite eines anderen sein?

Willst du?

Was ist mit dir, Oliver, Geliebter, Lehrmeister, Partner, Untertan?

Immer häufiger denke ich an Oliver, und allmählich verstehe ich, wie er sich gefühlt haben muss als mein Gefährte, denn auch ich wünschte mir in erster Linie eine Muse. Eine Muse, die allzeit bereit neben mir liegt wie das Quartheft auf meinem Nachttisch. Er sollte in meinem Bett liegen und sich verhalten, wie ich es für ihn vorsah und sich nicht beschweren, wenn ich ihn hin und wieder liegenlasse.

Hauptsache nackt.

Ja, er fühlte sich nackt neben mir, so denke ich mit einem Mal, weil ich nicht ihn sah, sondern allein seine Funktion für mich und dabei vergaß, dass auch die Muse eine Vorstellung von dem entwickelt, wie es gemeinsam weitergehen könnte. Dass sie ein eigener Mensch ist, der seine eigenen Entscheidungen fällt.

Nun ist es mir ergangen, wie es Oliver ergangen sein muss, das eine oder andere Mal, also vergiss nicht: Niemand ist des Anderen Besitz.

„Komm an meinem Ohr zu liegen", sagte Oliver an einem der Nachmittage, als wir gemeinsam im Bett lagen. „Und dann babbelst du mich in den Wachzustand, aus diesen Träumereien heraus, in denen wir uns bewegen, als befänden wir uns in einem Film."

„In meinem Film", verbesserte ich.

„In unserem, Liebste, es ist unser Film. Vergiss nicht, dass wir uns in der Wirklichkeit befinden, und in der Wirklichkeit gibt es andere Menschen außer dir, und diese Menschen weigern sich, den Gesetzen deiner Erfindung zu gehorchen und Worte abzusondern, die du ihnen in den Mund legst. Dort gibt es das Gemeinsame." Und noch während ich mich an das Gespräch erinnere, durchfährt mich die unerwartete Erkenntnis: Der Narziss, das bin ich und bin ich immer gewesen. Dass die anderen Menschen eigenständige Menschen sind, die sich nicht verhalten, wie ich es mir vorstelle, dass sie nicht tun, was ich ihnen an Text in die Köpfe puste; das muss mir im Laufe der Jahre entfallen sein. Meine Figuren lassen sich von mir lenken und sind mir dabei immer eine Nasenlänge voraus.

Ob Oliver mir weiterhin als meine Muse zur Verfügung gestanden hätte, wenn wir zusammengeblieben wären? Oder hätte er sich entschieden, selbst Filme machen zu wollen, so wie es der Gregor aus meinem Traum tat?

Ich empfinde Mitgefühl mit Gregor; vielleicht hatte er sich bloß befreien wollen von den Fesseln eines Anderen und damit aus seinem Schattenkünstlertum, um dem eigenen kreativen Ruf zu folgen. Vergeude nicht deine Gaben! Sich an den Gaben laben, die Gaben leben, das Leben geben, und nun labe ich mich an diesem Kaffee, nach wie vor würde Oliver sich mit dieser Plörre niemals zufriedengeben, sondern auf Caffè bestehen, aber Oliver ist nicht hier, wo ist er überhaupt, und warum tauschte ich ihn ein für ein bisschen vermeintlichen Glamour, der auf mich abfallen könnte? Niemandem werde ich gerecht, mir nicht, Dany nicht, Oliver nicht, weder meinen Fähigkeiten noch dem Team, der Welt, den Puppen.

Nachdem ich ausgetrunken habe, starre ich in den Kaffeesatz, den ich für wissender halte als mich selbst, die ich längst weiß, dass diese Küche nicht der richtige Platz ist für mich. Der Platz an der Sonne sieht anders aus als das Fleckchen linoleumausgelegte Einbauküche in einer Wohnung, die mir nicht gehört; nicht einmal Dany gehört sie. Wir alle sind eingemietet an Orten, die uns nicht brauchen, um zu existieren. Selbst unser Körper braucht uns nicht, und ich brauche Dany nicht und die Fans von Bette Davis brauchen Bette Davis nicht, auch wenn sie das glauben sollten, aber in Wahrheit ist das Aneignen fremden Ruhms oder fremden Seins oder fremden Wohnens nichts anderes als ein Erleben aus zweiter Hand, ein Erleben, wie es uns zum Beispiel das Schauen oder Lesen von Liebesgeschichten beschert, die wir gierig aufsaugen, als wollten wir uns von ihnen nähren, obgleich es nicht unsere eigenen sind. Und auch Oliver braucht mich nicht, aber womöglich liebt er mich.

Ändert das etwas?

Du kannst erst lieben, wenn du dich selbst liebst, denke ich einfältig, fang an. Der Satz klingt wie ein Satz aus Olivers Mund, weswegen er mir trotz Banalität gefällt. Oliver wird sicher keine Filme drehen, aber vielleicht wird er seinen Job bei der Wasserversorgung aufgeben und stattdessen ein Magazin für Lebensfragen herausgeben, denn das ist es, was das Publikum lesen will, haha. Und auch ich werde es lesen und mir dennoch nicht ersparen können, die eine oder andere Hürde zu überwinden und die eine oder andere Kurve zu nehmen. Nach Barcelona zu fahren, um anschließend woanders herauszukommen als dort, von wo du losgegangen bist, mag zwar mühsam sein, aber das beste Buch und der beste Film sind nicht imstande, dir die Umwege abzunehmen. Und so war der Platz in dieser Küche auf seine Art doch der richtige Platz zur richtigen Zeit, ein Platz, an dem ich so lange sitzen muss, bis ich begriffen haben werde, dass der Platz an der Sonne nicht durch den

Blick aus dem Schatten zu finden ist, sondern nur, indem du einen Schritt aus dem Schatten heraus tätigst.

„Komm," rufe ich Richtung Schlafzimmer, „der Kaffee ist fertig." Es ist das Letzte, was ich sage, dann ziehe ich das Kleid mit den Punkten an, das nachlässig im Flur auf dem Boden liegt, wo Dany und ich uns auf dem Weg zum Schlafzimmer gegenseitig ausgezogen haben, ohne davon überzeugt zu sein, ebendies tun zu wollen.

Ich verstaue mein Heft im Rucksack und nehme meine Lederjacke vom Garderobenhaken, die ich nicht ein einziges Mal getragen habe, seit ich mich in Barcelona aufhalte; es war zu heiß. Jetzt aber werfe ich sie mir über die Schultern, um meine Haut zu schützen. Die Sonne soll mich wärmen, nicht verbrennen.

Kaum bin ich auf der Straße, schlagen meine Füße von sich aus den Weg in die Barcelonetta ein; sie führen mich an den Strand, wo ich augenblicklich meine Kleidung ablege, um nackt ins Wasser zu springen. Mein Badezeug habe ich vergessen. Ich tauche so tief, wie ich es mir lange nicht traute, und als ich unter Wasser meine Augen aufschlage, dem Salz zum Trotz, sehe ich, dass Oliver neben mir schwimmt, wie damals, als wir, kurz nach unserem Kennenlernen, gemeinsam in die Karibik fuhren, um einen Tauchkurs zu belegen. Wir strahlten ununterbrochen, selbst während wir das Tauchgerät anlegten und dabei in die Knie gingen, und hielten Händchen an Bord des Bootes, das uns hinausfuhr. Und als ich mich rücklings von Bord ins Wasser fallen ließ, wusste ich: Wir sind gemeinsam hier. Alles hat seine Richtigkeit, ich werde fallen wie in einem Traum, aber es wird mir nichts geschehen, im Gegenteil falle ich in die Tiefe der Geborgenheit, um mich herum Wasser, oben und unten und von allen Seiten. So musste ich mich zuletzt in der Gebärmutter gefühlt haben. Die Umgebung bot eine Sicht, die nicht unter den Füßen endet, sondern dich in die Unendlichkeit wirft, eine Sicht, die nicht an einer eindimensionalen Leinwand endet, beschränkt auf diese eine Blickrichtung, die von der Kamera vorgegeben ist, ohne dass du dich davon befreien könntest. Oliver und ich verständigten uns, indem wir Zeigefinger und Daumen aneinanderlegten und das Alles-in-Ordnung-Zeichen formten, und dann tauchten wir durch das Meer, die Fischschwärme, das Leben, die Liebe und wollten kaum mehr zurück.

Nun zeige ich den Daumen nach oben, denn ich bekomme keine Luft mehr, so ohne Tauchgerät, und auf diese Weise bedeute ich Oliver, aufsteigen zu wollen. Aber vielleicht schwimmt da auch kein Mann neben mir, denn als meine Nase die Wasseroberfläche durchbricht, stelle ich fest, dass ich noch immer in Barcelona bin und das Meer allein durchquert habe. Ich kraule an Land und lege mich ohne Handtuch auf den Sand, um meine Haut zu trocknen.

„Siehst du, meine Süße," sagt Oliver, „du tauchst einfach hinein und holst dir die Bilder, die du brauchst. Unverbrauchte Bilder. Keine Zigarettenreklame."

Ich schließe die Augen und sehe ihn vor mir, wie er seine Ratschläge erteilt und währenddessen an seinem Schokoriegel kaut, um sich nach dem Tauchgang mit Energie zu versorgen, denn er sorgt gut für sich selbst.

„Ja, Liebster", sage ich und wende die geschlossenen Augen gen Himmel. „Ich hole mir die Bilder."

Dann schlage ich die Augen wieder auf, über mir der Himmel so weit, und in ihm finde ich die gleiche Zuversicht, die ich im Anblick von Danys Kinn auszumachen glaubte, aber das Bild passte nicht zu mir und meinem mangelnden Bartwuchs. Aber dort in den Wolken kann ich sie finden, die Zuversicht, all die Bilder fischen zu können, die ich in der Tiefe gesehen habe. Der Weg nach oben führt immer über das Unten, der Gang an die Spitze über den Gang durch die Tiefe, alles ist möglich, auch ohne zu sterben, das Leben zum Greifen nah. Ich angle mein Handy aus der Tasche am Kleid, das zusammengeknüllt im Sand liegt; er rieselt aus einem Saum, als ich es anhebe. Dann wähle ich Olivers Nummer, und wie immer hebt er sogleich ab, er ist ein Junkie, und das sage ich ihm auch: „Ein Telefon-Junkie bist du."

„Was glaubst denn du?", fragt er. „Ich kann die Verbindung zu dir schlecht abreißen lassen, wer weiß, unter welche Autos du gerätst, die Stadt ist gefährlich."

„Gefährlich ungefährlich", erwidere ich. „Keine Bange, unter die Autos gerate ich nicht, ich fliege bereits, denn ich vermisse dich an meinem Ohr."

„Du kommst also?", fragt er.

„Das weißt du doch."

„Und nicht nur einmal, vermute ich." Er lacht, und auch ich lache kurz, dann beende ich das Gespräch in dem Wissen, dass es so nicht stattfinden wird. *Der Narziss, das bin ich gewesen,* könnte als eine Art Schlüsselsatz gelten, denke ich, während ich aufstehe und mir die Sachen über die noch feuchte Haut ziehe. Das Handy stecke ich mir an mein Herz, dorthin, wo es mich verstrahlen wird, aber das Herz ist der einzig trockene Platz. Die Vorstellung, über dieses Gerät den Mann erreichen zu können, den ich liebe, und den entstandenen Abstand, oder den vor mir verursachten Abstand, den ich von Vornherein gesucht und gehalten habe, zu überbrücken, gibt mir ein Gefühl von Beherztheit. Beide, das Telefon ebenso wie die Kamera mit ihrem subjektiven Objektiv, sind nichts als technische Hilfsmittel: Sie helfen dir, die Welt zu erweitern, begegnen musst du ihr nackt und bloß. Und ich weiß, ich werde ihn benutzen, den kleinen schwarzen Kasten, um mich der Welt zu stellen und in sie hinein, aber die Eindimensionalität habe ich soeben ertränkt. Sie liegt auf dem Grunde des Meers.

Den Fischen zum Fraß.

Ich gehe in den nächsten Estanco, doch Zigaretten interessieren mich heute nicht. Stattdessen kaufe ich Oliver eine Postkarte.

Das Fehlen des Wortes Besitz, so schreibe ich, *impliziert die Gleichheit zwischen den Geschlechtern, wäre das ein Satz für deine Sammlung? Bin neugierig auf deinen eigenen Text, in Liebe, Eva*

Ich schicke sie ab; dann fahre ich aus reiner Gewohnheit mit der Gondel den Hügel hinauf. Noch bevor ich ihn sehe, höre ich Marco singen: „Io mi sono persa nell'amore e riesco a ritrovarmi solo con fatica." Und ich meine zu verstehen, wovon sein Lied handelt, obwohl meine Italienischkenntnisse rudimentär sind. Es erzählt davon, wie ein Mann sich in der Liebe verloren hat und nur mühsam zu sich zurückfindet, aber in wen oder was hat er sich verliebt und will er mir etwas damit sagen? Ich nehme mir vor, die Gelegenheit zu nutzen, mich bei Marco für meine Feigheit zu entschuldigen, ihm ausgewichen zu sein.

In geripptem Unterhemd hat er eine Matte vor seinen Wohnwagen ausgebreitet und ist dabei, einige Yoga-Übungen zu machen.

Yoga oder Agro-Yoga.

„Eva! Tutto bene?“

„So bene wie schon lange nicht mehr“, sage ich. „Ich hätte dir nicht aus dem Weg gehen sollen. Ich hatte Angst, du seist womöglich eifersüchtig.“

„Ich stehe nicht auf Frauen, falls du das denkst“, sagt er in seiner lapidaren Art. „Warst du am Strand?“

„Richtig. Und es ist ein Wunder, dass ich jetzt hier bin. Dass ich noch da bin.“ Dem eigenen Tod entronnen, der Auslöschung, die dich langsam sterben lässt, ohne dass du es merkst. Letzteres sage ich nicht.

„So schlimm?“, fragt er.

„Ich habe überlebt.“

„Du hast meine Warnung in den Wind geschlagen,“ sagt Marco, „erinnerst du dich? Kaum warst du angekommen, warnte ich dich vor Dany, um dich vor Auslöschung zu bewahren.“

Sein Motiv war nicht Eifersucht, sondern Fürsorge, denke ich, gehe einen Schritt auf ihn zu und umarme ihn. Er riecht nach einer Bettdecke, die dich zudeckt, wenn dir kalt ist.

„Lass die Finger von ihm, sagtest du, und genau das werde ich in Zukunft tun.“

Er löst sich aus der Umarmung und fragt mich nach meinen Plänen, und ich erkläre, dass ich mit den Vorbereitungen zu meinem Film beginnen müsse. Meine eigenen Worte erreichen mich so unvermutet, wie meine Berührung Marco erreicht haben muss, denn bevor ich sie aussprach, wusste ich nicht, dass ich beabsichtigte, meinem Vorsatz eine konkrete Handlung hinzuzufügen, statt es wie stets bei dem Vorsatz zu belassen.

Was hast du vor? – Einen Film zu realisieren, das weißt du doch!

„Ich wusste nicht, dass du Filme drehst“, sagt Marco, und ich meine, Skepsis zu hören, aber das liegt an meinem Ohr, und deshalb korrigiere ich das von mir Gehörte auf das tatsächlich Gesagte: Da ist keine Skepsis, Eva, sei nicht dumm, sondern freu dich darüber. Von Oliver hättest du lernen können, wie es ist, auf Augenhöhe bewundert zu werden, auch ohne dass er es in einem Magazin für Lebenshilfe festhält. – Das fällt dir ja früh ein.

„Das ist mein Traum“, sage ich.

„Und warum hast du es nicht längst getan?“, fragt Marco. „Lass mich raten: Um einen Film zu drehen, braucht es eine Geschichte, aber während du mit ihm beschäftigt warst, ist sie dir verlorengegangen in deinem Liebesrausch.“

In diesem Punkt hat er recht: Ich habe die Arbeit zu meinem Drehbuch eingestellt. Vielleicht hätte ich tatsächlich eine wunderschöne (auweia!) Liebesgeschichte entwickelt, nur erlaubte ich ihr weder auf dem Papier noch in meinem Leben mit Oliver, sich auszubreiten, denn von Vornherein wollte ich keine Liebesgeschichte erzählen, sondern die Geschichte einer Frau, die sich von ihrem Traum über eine Brücke hinweg in die Wirklichkeit bewegt und die Regie zu ihrem Leben selbst in die Hand nimmt. *Toys could never come alive*, so könnte der Titel der Geschichte lauten, die Liedzeile eines Liedes, das es nicht gibt, aber geben könnte. Jemand müsste die Zeile aufschreiben und sie einem Anderen zur Verfügung stellen, der sie vertont. Der Jemand könnte ich sein, denke ich. Ich bitte Marco um einen Stift, schlage mein Heft auf, das griffbereit im Rucksack liegt, und rekonstruiere aus dem Gedächtnis die Lyrics aus meinem Traum, in denen eine Puppe erkennt, dass sie für immer auf ihrem Regal sitzen bleiben wird und auf jemanden hoffen muss, der kommt, um mit ihr zu spielen, da Puppen nicht ohne die Hand eines Anderen leben können.

„Mach ein Lied daraus, wenn du willst“, sage ich, reiße die Seite heraus und reiche sie ich. „Am besten auf Italienisch, alles andere käme mir spanisch vor.“

„Gehst du?“, fragt er.

„Gehen ist immer eine gute Idee“, sage ich, „das bringt Bewegung in die Sache.“

„Ich finde schade, dass du gehst,“ sagt er, „aber ein wenig beneide ich dich um die Freiheit.“

Als Marco sich auf den Stufen zu seinem Wohnwagen niederlässt und nach der Gitarre greift, schlendere ich über die Wiese, um einige Maiglöckchen zu pflücken. Dann nehme ich Danys Regiestuhl und positioniere ihn so, dass ich die Stadt überblicken kann, und erst, nachdem ich das getan habe, lasse ich mich darauf niedersinken, denn es ist wichtig, dir einen Überblick zu verschaffen.

Wahr oder nicht wahr?

Der Stuhl passt unter meinen Hintern wie angegossen, und auf diese Weise platziert, nehme ich daran teil, wie die Stadt erwacht, wie sie sich reckt und streckt, ohne je geschlafen zu haben, denn stets ist sie wachsam, auch während sie träumt, um nicht überfallen zu werden und um zu vermeiden, dass sie in Hände gerät, in die sie nicht geraten möchte. Hände, die streicheln, ohne zu berühren womöglich, Hände, die festhalten, um zu besitzen.

Augen, die schauen, um zu klauen.

Diese Stadt hat mich verschlungen und spuckt mich jetzt aus, um neu geboren zu werden. Ich vergewissere mich, dass ich bei ihr in guten Händen bin und schließe die Augen. Ich hatte gedacht, es sei Danys Blick, der mich erschaffen wird, nun aber erschaffe ich mir mit meinem Blick meine eigene Welt. Die Sonnenstrahlen fallen im richtigen Einfallswinkel auf mich hinab, der Messwert stimmt, ohne dass ich nach Martin rufen müsste, und so werden die Bilder durch die Augenlider hindurch auf der Netzhaut belichtet. Mein kleiner schwarzer Kasten hat die Ausschnitte gespeichert, die ich der Welt abgewinne, und aufgezeichnet, was ich schon längst hätte aufzeichnen sollen, können, müssen, wollen. Aus der Fülle heraus wähle ich sie aus und füge sie zusammen; die Bilder sind da, in mir, und warten seit langem schon auf den Moment ihrer Geburt, um nicht verfaulen zu müssen wie eine verkommene Aprikose, ja, sie beginnen bereits, zu schimmeln und leiden darunter, ungesehen geblieben zu sein bisher. Das Unglück ist einfacher zu handhaben als das vermeintliche Glück, und was Unglück und was Glück bedeutet, wer will das entscheiden?

Bedeutet es tatsächlich stets Glück, das Licht der Öffentlichkeit zu erblicken oder macht es nicht doch glücklicher, ungesehen zu bleiben? Wann ist der richtige Zeitpunkt gekommen, die Bilder zu gebären? Und werden sie an dem Ort, den du wählst, erwünscht sein oder unerwünscht? Wann ist es klüger, sie noch ein Weilchen zurückzuhalten, zum Beispiel weil die Wolke, auf der sie geboren werden, just in dem Moment ihrer Entstehung zu nah an der Sonne vorbeizieht, im Augenblick der Geburt, sodass sie unzureichend geschützt sein könnten? Fürchte dich nicht, sondern bleibe in der Zuversicht, denn *der Mensch ist Fleisch und muss daher auch einmal zu Asche werden*. Es gibt nichts zu fürchten, nichts zu richten, nichts zu verteidigen, warum also nicht Entscheidungsträgerin und Heldin in einer Person sein?

Das ist möglich, das ist gut, das ist einen Film wert.

Um einen Film drehen zu können, brauche ich die Geschichte, von der Marco sprach, aber es gibt sie ja bereits. Ich sehe alles vor mir und bin bereit und muss nur den flüssigen Inhalt, den ich aus den Tiefen des Ozeans schöpfte, in eine finale Form gießen, um ihn zu einem Film erstarren lassen, den ich später durch meiner Hände Arbeit zum Leben erwecken werde. Bevor ich kein Set der Größe geleitet haben werde, wie ich es hier vor Ort erlebte, bin ich nicht zu glauben bereit, dass die Fähigkeit einer Regisseurin sich tatsächlich danach bemisst, den geordneten Umgang mit der Wirklichkeit zu finden, der mir zu fehlen scheint, strukturiert, klar, machtvoll, und frage mich, ob dieser Maßstab nicht allein den bisher geltenden Strukturen geschuldet ist. Es ist an der Zeit, neue Strukturen aus dem Meer der Möglichkeiten herauszufischen, und ich werde sehr wohl imstande sein, dies zu tun: transparente Strukturmuster vielleicht, Texturen von durchschimmernder Verwobenheit, die es ermöglichen, durch sie hindurchzutauchen, ohne sich in ihnen festzusetzen.

Wenn du an dem A hängenbleibst, dann folge Plan B!

Meinen Film vor Augen laufe ich den Weg vom Hügel hinab, Marcos Gesang im Rücken: „Lei è una bambola, e le bambole non possono mai diventare vive senza la mano di un altro." Die Zeilen wehen davon, denn ich laufe weiter, immer weiter, auf der dem Meer abgewandten Seite Richtung Rambla de Raval, das Getümmel gefällt mir, aber es gibt bisher nur eine Szene in meinem Buch, die inmitten dieses Getümmels spielt. Dies könnte die zweite werden. Zu lang war ich auf dem Hügel, ohne mich in das pralle Leben zu mischen, aber: mitmischen ist möglich.

Wahllos laufe ich in eine der Gassen, in denen die Leute auf der Straße sitzen und Aperol Spritz trinken oder *Tinto de verano*, es wirkt gesellig, aber ich kann nicht innehalten, um Teil davon zu werden, Eile ist vonnöten, wenn ich den Film nicht verlieren will. Er muss erzählt werden, bevor er verschwindet, manifestiert und ins Bewusstsein geholt, um nicht zurückzukehren ins Unbestimmte. Nicht einmal die Erdnussschüsseln, die auf den kleinen, runden Straßencafé-Tischen stehen, vermögen es, mich dazu zu bringen, den Schritt zu verlangsamen, wiewohl es mir sympathisch ist, das Volk der Erdnüsse. Jede einzelne Erdnuss in ihrem Hülsenfruchtdasein ist mir sympathisch, salzig wie das Meer; fest und fettig harrt sie geduldig aus, bis ihre Zeit gekommen ist, während eine Aprikose allzu schnell fault, ja, eher fault sie, als dass sie gegessen würde. Ich sollte dennoch eine Aprikose in meine Geschichte einfügen, denn auf diese Art hätte ich die für eine wirkungsvoll erzählte Geschichte erforderliche Tote, ohne selbst sterben zu müssen.

An den Erdnüssen vorbei laufe ich, denn etwas anderes kann ich jetzt nicht mehr tun als zu laufen, um in einem Bogen zum Meer zurückzukehren, das glitzernd in der Sonne liegt. Die Wendung ist abgeschmackt, aber andere Wendungen fallen mir nicht ein, außer vielleicht: *Es tanzen die Schaumkronen, und das Wasser leckt über den Sand.* Es ist eine Katastrophe mit diesem Meer; zu oft schon wurde es beschrieben, zu oft, als dass es noch originäre Bilder zu produzieren in der Lage wäre, ebenso wenig wie es der Eiffelturm oder das Pantheon oder das Taj Mahal sind, denn sie müssen nur mehr als Motiv für die Fotografien und Selfies herhalten, und nicht anders ergeht es allen übermäßig gezeigten äußeren Bildern: Sie nutzen sich ab.

Da liegt es, das Meer, sagen wir: Nackt liegt es dort, bereit, alles und nichts auf sich projizieren zu lassen, ohne sich gegen die Projektionen wehren zu können und ohne dazu eingeladen zu haben, für Projektionen benutzt zu werden, der freien Verfügung preisgegeben. Ich könnte es küssen, wie es dort liegt, so unschuldig wie *wunderschön*, erst küssen, dann abfilmen, zum soundsovielten Male das benutzte Bild benutzen, weil seine Schönheit nicht oft genug gezeigt werden kann. Genau deshalb, um seiner Schönheit willen, liebe ich es, und ebenso liebe ich die Bilder, die von mir bereits erdacht, aber noch nicht abgelichtet wurden. Wer weiß, ob ich sie dadurch nicht vor dem Ausverkauf der Worte geschützt habe, die über sie verloren werden könnten. Die inneren Bilder sind die einzigen, denen es gelingt, Worten wie *wunderschön* entgehen zu können und nicht abgeschliffen zu werden durch explosionsartige Verbreitung.

Was ist das für ein Verlangen, die inneren Bilder zeigen zu wollen? Sie belichten und beleuchten, ausstellen und ausziehen zu wollen für einen Film? Das Verlangen, die Gräben zu überbrücken, die den Menschen trennen von der Welt, denke ich, und das ist nicht zu viel verlangt, denn selten genug werden diese Brücken errichtet.

HÜGEL BARCELONA AUSSEN/TAG
Melancholia, wie sie auf der Wiese neben den Maiglöckchen liegt. Aber statt sich den Strauß mit den Blümchen in den Schoß zu legen, springt sie auf und läuft den Hügel hinab, auf die Rambla, ins Leben hinein.

So lässt Melancholia die Fesseln der Liebe hinter sich und die Melancholie obendrein, die Sehnsucht nach dem Unbestimmten, denn sie weiß bestimmt, wonach sie sich sehnt: die Gaben zu ergreifen. Und damit sind nicht die Maiglöckchen gemeint.

STRAND AUSSEN/TAG
Melancholia am Strand. Eva eilt an ihr vorbei, bleibt kurz stehen.

EVA
Nach was sehnst du dich?

MELANCHOLIA
Zu laufen, in Bewegung zu kommen, statt in meinem Sumpf darauf zu warten, besungen oder bedichtet oder verfilmt zu werden.

EVA
Na dann: move on. Dies ist kein Traum, in dem du ohnmächtig zusehen musst, was geschieht, auch braucht es nicht die Fähigkeit zum luziden Träumen, nein, du

kannst erfinden, was du willst oder besser noch: finden.

Und Melancholia läuft zum Wasser und flitscht wie ein flacher Stein über die Wasseroberfläche.

Trotz meiner womöglich übertriebenen Eile bin ich geistesgegenwärtig genug, einige Wasserspritzer einzufügen, um Bewegung in das Bild zu bringen, dort, wo Melancholias Zehen die See berühren. Dann laufe ich weiter und erreiche die Gasse, die zum Haus führt, in dem Nancys Wohnung liegt, ja, hier mietete ich mich ein, um in Barcelona sein zu können und Dany zu treffen und mit ihm Einblicke in seinen neuen Film gewinnen.

Ich sperre die schwere Eingangstür auf. Als ich sie das erste Mal aufschob, schien sie mir Verheißung zu sein, das Treppenhaus, die Schwelle, die Tür: alles einzig und allein Verheißung, aber Verheißung bedeutet immer auch, enttäuscht werden zu können.

Ich steige die steinernen Stufen empor, in dieses Reich, in das es keinen Einlass gab. Schon beim Einzug zögerte ich, in das Leben eines anderen Menschen einzusteigen, als wäre ich eine Puppe in einem Kinderzimmer.

Ein Spielzeug, ein *toy*.

Im Dachgeschoss stoße ich beinahe mit Nancy zusammen, die gemeinsam mit Chouchou und zwei schweren Koffern im Begriff ist, die Wohnung zu verlassen.

„We are on our way to London“, sagt Nancy, und ihre Augen glänzen, denn das ist es, wonach sie sich sehnt: in London zu sein. Warum hat sie bisher nichts unternommen, um ihren Traum in Wirklichkeit zu übersetzen? Weil sie darauf wartete, dass Chouchou sie schlussendlich erhören wird? Damit sie zusammen aufbrechen? Sie wartete, auf dass ihr das Erfüllen der Träume abgenommen werde, denke ich und weiß im gleichen Moment, das mag für mich gelten, Nancy hingegen stieß an ein anderes Hindernis: Sie konnte sich den Flug nicht leisten. Nun aber wird sie starten und tun, was sie tun will, zudem in Begleitung von Chouchou. Sie übernimmt die Verantwortung für ihr Glück, denke ich.

„I'm glad that you could raise money", sage ich und meine es aufrichtig und erfahre, dass es in Wirklichkeit (!) das Geld von Chouchous Eltern ist, das es ihnen ermöglicht, gemeinsam nach London zu fliegen. Die beiden sind also tatsächlich ein Paar, nun bin ich sicher, ohne länger an diesem Gedanken zu verweilen; ich kann nicht alles zeigen in meinem Film, nicht alles thematisieren, was mich interessiert, und so sind Nancy und Chouchou einfach ein Teil des Ganzen wie jedes andere Teilchen auch. Die Handlung muss weiterlaufen, sonst führt sie nirgendwohin, und sie soll doch irgendwohin führen, denn alles führt alle irgendwohin: das Flugzeug Nancy nach London, mein Tauchgang mich dahin, Filme zu drehen.

„I love to be in London," sagt Nancy, „but I hate to travel." Bevor sie geht, kann sie es nicht lassen, mir noch Anweisungen zu geben über dies und das, Kleinigkeiten, welche die Wohnung betreffen, denn es ist ihre Wohnung, ihr Raum, ihr Regime, das weiß ich doch, ja, Nancy, ich werde alles so machen, wie du es wünschst und noch viel mehr.

Voller Vorfreude steigt das Paar die Treppe hinunter, als untergeordneter Liebesplot, der die Hauptgeschichte begleitet, und ich gehe unschlüssig durch den leeren Flur. Die Wohnung ist frisch geputzt wie nie, damit nichts hinterlassen wird, was Nancy nach ihrer Rückkehr unangenehm überraschen könnte. Aus eben diesem Grund vermietet sie vermutlich ebenso ungern, wie sie verreist, schließlich kann sie nicht wissen, ob nicht auch ich abreisen werde, was ich im Übrigen tatsächlich zu tun plane. Und dann lasse ich unbedacht eine Aprikose zurück, die zu schimmeln beginnt, oder ich vergesse den Kaffeesatz in der Espresso-Kanne, sodass er zum Himmel stinkt. Und wenn Nancy zurückkommt, riecht sie das Übel, ohne dessen Ursprung ausmachen zu können, denn sie trinkt weder *Kaffee* noch *Caffè* noch *Coffee*. Und auch ich beabsichtige nicht, mir jetzt einen Kaffee zu bereiten, denn ich will meine Koffer packen, schnell, bevor Dany mich aufspürt. Ich weiß, er sucht mich. Er liebt mich, liebt mich jetzt, für diesen Tag oder noch über den Tag hinaus, aber dann schon nicht mehr oder vielleicht doch; es spielt keine Rolle.

Ich begebe mich vor den Spiegel und denke, wie konnte ich dieses Kleid anziehen, mit den albernen Punkten, es sieht aus, als wäre es einem Fünfziger-Jahre-Film entliehen, wie dumm ist das? Und dann lache ich über mich selbst und nehme ein Gummiband, eines von denen, die immer um mein Handgelenk geschlungen sind, damit ich die langen Haare zu fassen bekomme; das ist vergleichsweise einfach verglichen mit den unterschiedlichsten Bemühungen von: etwas zu fassen bekommen wollen. Wie das Meer gilt auch der Spiegel als abgenutztes Motiv, zugleich jedoch ist es bei den Filmschaffenden nach wie vor beliebt, weil es die Kadrierung verdoppelt und von Selbstreflexion erzählen kann, ein Vorgang, der visuell ansonsten schwer darstellbar ist. Ich aber verwende den Spiegel nicht zur Selbstreflexion, sondern um mir einen Pferdeschwanz zu binden, den ich weit aus dem Nacken nach oben ziehe, als wolle ich tatsächlich in die Fünfziger zurückzukehren. Ich nehme eine erstarrte Haltung ein, und plötzlich macht mein Aufzug Sinn, um die Protagonistin des Films zu charakterisieren, in dem ich mich gefangen fühle als meine eigene Protagonistin, und auch die Fünfziger Jahre, an die ihr Kostüm erinnert, sind als Spielzeit passend gewählt. Zwar mögen wir denken, die gesellschaftlichen Verhältnisse seien vorangeschritten seither und die Frau selbstbewusster geworden, aber dann gibt es doch das eine oder andere Zeichen, das wir mithineinschleppen in unsere Gegenwart, und das uns zurückwirft in den Zustand, von dem hier erzählt wird: von Spielzeug ist die Rede, richtig. Hier nun schaut es mit großen Puppenaugen zu mir zurück, dieses Spielzeug, zu dem ich geworden bin, und es handelt sich dabei nicht um das Spielzeug eines bösen Mannes, sondern um das Spielzeug, in das wir uns durch Selbstauflösung verwandeln.

Zu Plastik erstarrt.

Glücklicherweise bewegt sich die Protagonistin jedoch in einer von mir eigenständig und selbstbestimmt erzählten Geschichte, und so trete ich einen Schritt beiseite, lasse den Anblick hinter mir und schreibe Nancy einen Zettel, auf dem steht, dass ich meine restlichen Sachen abholen, wenn ich nach Barcelona zurückkehren werde, bald schon, so nehme ich mir vor. Erst einmal aber muss ich zurückgehen, und dieses Mal werde ich anders beginnen.

Wie anders, was anders? - Andersherum oder von vorn.

Und so sehe ich mich dort stehen, an der Schwelle zum Treppenhaus, das mich verheißungsvoll hier hinaufführte, und die Haustür hinter mir zuziehen. Mit Einschnappen des Schlosses ertönt das Lied aus dem Off: *Toys could never come alive,* dann blende ich aus.

Punkt.

RAMBLA BARCELONA AUSSEN/TAG
Unter der Szene erklingt das Lied: Toys could never come alive. Eva läuft an den Leuten vorbei, die in den Straßencafés sitzen. Sie läuft und läuft, passiert den Plaza del Catalynia und rennt weiter, bis sie rechts in die Gasse biegt, hoch zu dem Haus, in dem Nancys Wohnung liegt.

TREPPENHAUS NANCY INNEN/TAG
Im Treppenhaus trifft Eva Nancy und Chouchou.

NANCY
We are on our way to London.

CHOUCHOU
Mes parents nous ont invités au vol.

NANCY
God bless her parents. And, Eva, please, would you be so kind and

turn off the boiler, just in case you are leaving.

FLUR WOHNHAUS BARCELONA INNEN/TAG
Eva vor dem Spiegel im Flur, der frisch geputzt ist. Sie trägt ihr gepunktetes Kleid, das aus der Zeit gefallen wirkt. Ihre Lippen bewegen sich zu dem Lied, das weiterhin aus dem Off erklingt, und sie zwängt ihre langen Haare in einen Pferdeschwanz, der nach oben absteht. Über die Reflexion des Spiegels wirft sie sich einen Blick zu, die Gestalt friert ein, bewegungslos, beinahe künstlich.

ABBLENDE INS BLACK

Im BLACK hören wir noch einmal die gesungene Zeile *Toys could never come alive*, während das Schwarzbild mit Zwischenbildern unterschnitten wird: das Meer, dann Dany auf dem Strand, wie er in die Wellen schaut, zuletzt sehen wir wieder in den Flur von Nancys Wohnung, wo niemand mehr steht.

Ein Blick auf den Spiegel zeigt: Er ist leer. Nur mehr die weiße Wand spiegelt sich in ihm, eine weiße Fläche, sodass der Eindruck entsteht, es handle sich hier um eine weiße Leinwand.

Epilog

Mit diesen drei Bildern ist die Arbeit am Manuskript beinahe beendet. Ein einzelnes Bild sollte ich noch hinzufügen, um mit einer Situation abzuschließen, die sich aus dem traumkreisförmigen Erzählen hinaus in die Zukunft bewegt. Ich möchte der Linearität Tribut zollen, der jeder Film unterliegt, denn die Film-Zeit bewegt sich fortlaufend vorwärts, und simultane Erzählungen innerhalb dieses Mediums sind nur begrenzt möglich; sie erschöpfen sich in Bildteilungen wie Splitting Screens oder Überlagerungen.

Den Großteil des Manuskriptes verfasste ich in diesem Bett im zwanzigsten Stock in einem der Hotels am Strand von Barcelona.

„Fahren wir nach Spanien?“, hatte ich gefragt, und Oliver sagte: „Spanien, sicher, warum nicht?“

Ich zähle acht Kapitel, die diesem Epilog vorausgegangen sind. Acht ist perfekt, denke ich, die Acht ist eine symbolträchtige Zahl: Sie steht für den glücklichen Anfang, den Neubeginn, die Wiedergeburt und die Auferstehung. Aber in Wirklichkeit (!) schrieb ich keine acht Kapitel; schließlich handelt es sich bei dem Manuskript, das vor mir liegt, um ein Drehbuch, und Symbolen in Drehbüchern ergeht es nicht selten wie Traumsequenzen: Noch vor dem ersten Drehtag werden sie gestrichen.

Die Bögen Papier bedecken meinen nackten Schoß, und ich habe Mühe, sie zu sortieren, nachdem ein Windstoß meine Ordnung durcheinanderbrachte. Dennoch gelingt es mir, eine Reihenfolge zu finden, sodass ich Oliver vorlesen kann, während er seinen Kopf auf meinem Bauch platziert, den Mund nahe an meinem Nabel, und Worte in ihn hineinraunt, in der Art von, dass mein Bauch der wahre Hügel unter Gottes Sonne sei, mit dem verglichen alle Hügel von Barcelona zu dem Werk eines Stümpers verkommen würden.

„Ein schönes Bild", sage ich. „Ich glaube beinahe, insgeheim willst du doch Filmemacher werden", aber Oliver schüttelt den Kopf und meint, ihm genüge, dass ich Filmemacherin sei; nicht nur die Baummenschen hätten ihm von Anfang an gefallen, sondern auch diese Geschichte über Barcelona: „Und deshalb, Eva, sei stolz auf das Werk auf deinem Schoß, dem es entsprungen ist."

Als ich protestieren will, beugt er sich vor, um mich zu küssen, aber dann hält er unvermutet inne: „Warum schaust du so? Bin ich Kino?"

Wir lachen, und dann sage ich, dass ich ihn einfach gern anschauen würde.

„Das ist gut." Er sucht nach meinem Mund, den zum Schauen ich nicht benötige, und ich nehme die freizugängliche Brücke und gehe zu ihm hinüber.

„*Animame*", sagt er. „Das ist Spanisch und bedeutet so viel wie: Hauch mir Leben ein."

Dagegen weiß ich nichts einzuwenden.

Später stehe ich auf und positioniere mich, auf einem Stuhl kniend, ans Fenster, sodass Barcelona sich mir aus einer Perspektive zeigt, als hockte ich auf einem Baum. Und in gewisser Weise fühlt es sich an, als habe ich ebendort die meiste Zeit meines Lebens verbracht.

„Stell dir dieses Gespenst vor", sage ich stumm zu Oliver, er muss wieder eingeschlafen sein. „Du weißt schon, dieses Kubin-Gespenst, das bei Nancy im

Treppenhaus lebt, und vor dem ich mich hatte hüten wollen."

Noch bevor ich es entdeckte, hatte ich es bereits gekannt, aus einem vorherigen Leben, so dachte ich, bis ich diesen Gedanken verwarf. So faul und abgestanden ist das Sujet des Vergangenen, das dir im Jetzigen wiederbegegnet, dass es zum Himmel stinkt; wir hatten das bereits. Aber ein Gespenst als solches stinkt nicht, es ist geruchsneutral. Mit unförmigem Körper wälzte es sich unter dem Treppenabsatz hervor, um mich zu erschrecken, um mich zu begrüßen, mich einzufangen und einzuäschern, aber dann war ich diejenige, die es gefangen nahm, um es in den Dschungel des Regenwaldes zu entlassen. Es wird eine Rolle in dem Baummenschen-Film erhalten; so haben wir es miteinander ausgehandelt.

Die Barcelona-Geschichte aber soll ebenfalls ein Teil dieser Wirklichkeit werden, die sich dort unten in Barcelona abspielt und sich von dem unterscheidet, was ich als Wirklichkeit beschrieb. Gleich werde ich vor die Tür gehen, hinunter zum Strand, der auf mich wartet. So lange musste er warten, bis ich die letzte Zeile geschrieben haben würde, denn ich wollte mir das Meer aufheben: als Belohnung vor meinen Augen. Und nach meinem salzigen Bad werde ich durch die Stadt schlendern und die Fiktion an der Wirklichkeit überprüfen. Auch dem Hügel möchte ich einen Besuch abstatten.

Bevor ich das Zimmer verlasse, schaue ich den schlafenden Oliver an, wie er dort liegt, von der Decke entblößt, nackt und warm und allzeit bereit.

Liegt er dort? – Stell dir vor, was immer du willst.

Ich schwinge mich von meinen Höhengipfeln über den Fensterrahmen und klettere zurück in die

Welt, denn erst, wenn wir unseren Fuß in die Welt hineinstellen, sie mit der Hand berühren und mit unserem Körper, entsteht ein Bild, das nicht allein zum Betrachten bestimmt ist, sondern zum Darin-Verweilen. Das ist mein Elixier, die Belohnung nach dem Abenteuer, wie es der Heldin in beinahe jedem Drehbuch am Ende ihrer Reise zusteht und es der dritte Akt einer Geschichte von uns verlangt.

„Das gefällt mir", sagt Nölle. „Komm, Eva, dreh deinen Film und überlass die Finanzierung mir. Und auch über die Idee mit den Baummenschen sollten wir nochmal sprechen. Vielleicht können wir hier eine Kombination aus Zeichentrickfilm und Puppenanimation andenken?"

So soll es sein.

```
Auf der weißen Leinwand setzt der
ABSPANN ein.

Die Kamera zieht langsam auf, bis wir
sehen, dass wir uns in einem Kino
befinden.

KINO INNEN/ABEND
Kaum ist der Abspann auf der Leinwand
zu Ende, fällt der Vorhang. Wir hören
Applaus, und Eva tritt auf die Bühne,
um sich Gehör zu verschaffen.

                 EVA
      Um einen Film zu machen, genügen
      Träume allein nicht, hat Jean-Luc
      Godard einmal gesagt. Und dennoch
      wäre ich ohne meinen Traum nicht
      hier. Der Traum beginnt in dem
      Flur meiner Wohnung an einem
```

sonnigen Tag. Das Telefon läutet, und der mir unbekannte Mann am anderen Ende der Leitung sagt die magischen Worte, die Worte, die zum Glück führen, zum Ruhm, zum Durchbruch: „Komm, Eva, es ist so weit: Dreh deinen Film." Da also bin ich, seht ihr das, ja, seht ihr das denn nicht?

Aus dem Zipfelchen des Vorhangs formt sich Evas Zukunft.

Eva geht ihr Schritt für Schritt entgegen.